文《ぶん》豪《ごう》ノ怪《かい》談《だん》 ジュニア・セレクション

獣《けもの》 太《だ》宰《ざい》治《おさむ》・宮《みや》沢《ざわ》賢《けん》治《じ》ほか

東《ひがし》 雅《まさ》夫《お》 編《へん》
中《なか》川《がわ》 学《がく》 絵《え》

目《もく》次《じ》

山《さん》月《げつ》記《き》
中《なか》島《じま》敦《あつし》

隴西《ろうさい》*の李徴《りちょう》*は博学才穎《はくがくさいえい》*、天宝《てんぽう》*の末年《まつねん》、若《わか》くして名《な》を虎榜《こぼう》*に連《つら》ね、ついで江南尉《こうなんい》*に補《ほ》せられ*たが、性《せい》、狷介《けんかい》*、自《みずか》らたのむところすこぶる厚《あつ》く、*賤吏《せんり》に甘《あま》んずるを*潔《いさぎよ》しとしなかった。いくばくもなく*官《かん》を退《しりぞ》いた後《あと》は、故山《こざん》*、虢略《かくりゃく》*に帰臥《きが》*し、人《ひと》と交《まじわり》を絶《た》って、ひたすら詩作《しさく》にふけった。下吏《かり》*となって長《なが》く膝《ひざ》を俗悪《ぞくあく》な大官《たいかん》*の前《まえ》に屈《くっ》するよりは、詩家《しか》*としての名《な》を死後百年《しごひゃくねん》にのこそうとしたのである。しかし、文名《ぶんめい》*は容易《ようい》に揚《あが》らず、生活《せいかつ》は日《ひ》をおうて苦《くる》しくなる。李徴《りちょう》はようやく焦燥《しょうそう》*に駆《か》られてきた。この頃《ころ》からその容貌《ようぼう》も峭刻《しょうこく》*となり、肉落《にくお》ち骨秀《ほねひい》で、*眼光《がんこう》のみいたずらに*炯々《けいけい》*として、かつて進士《しんし》*に登第《とうだい》*した頃《ころ》の豊頬《ほうきょう》*の美少年《びしょうねん》のおもかげは、どこに求《もと》めようもない。数年《すうねん》の後《のち》、貧窮《ひんきゅう》に堪《た》えず、妻子《さいし》の衣食《いしょく》のためについに節《せつ》を屈《くっ》して、*ふたたび東《ひがし》へおもむき、一地方官吏《いちちほうかんり》の職《しょく》を奉《ほう》ずる*ことになった。一方《いっぽう》、これは、己《おのれ》の詩業《しぎょう》*に半《なか》ば絶望《ぜつぼう》したためでもある。かつての同輩《どうはい》はすでに遥《はる》か高位《こうい》に進《すす》み、彼《かれ》

隴西《ろうさい》　中国《ちゅうごく》・甘粛省《かんしゅくしょう》西部《せいぶ》の地名《ちめい》。隴山《ろうざん》の西《にし》に当《あ》たることに由《ゆ》来《らい》。

李徴《りちょう》　中国唐代《ちゅうごくとうだい》の伝奇物語《でんきものがたり》「人虎伝《じんこでん》」（作者《さくしゃ》は李景亮《りけいりょう》）の主人《しゅじん》公《こう》。本篇《ほんぺん》は骨子《こっし》を「人虎伝《じんこでん》」によりつつ、独自《どくじ》の視点《してん》を交《まじ》えて再話《さいわ》した作品《さくひん》である。作者《さくしゃ》は一九二〇年発行《ねんはっこう》の『国訳漢文《こくやくかんぶん》大成《たいせい》』（文学部《ぶんがくぶ》　第《だい》十二巻《かん》）で「人虎伝《じんこでん》」を読《よ》んだ可能性《かのうせい》が高《たか》いとされる。

博学才穎《はくがくさいえい》　幅広《はばひろ》く学問《がくもん》に通《つう》じていて、才智《さいち》の点《てん》でも抜群《ばつぐん》なこと。

天宝《てんぽう》　唐代《とうだい》の年号《ねんごう》（七四二〜七五六）。

虎榜《こぼう》　進士《しんし》（科挙《かきょ》と呼《よ》ばれる官吏登用試験《かんりとうようしけん》の一科目《いっかもく》で、主《おも》に文《ぶん》学《がく》の設問《せつもん》が課《か》される）に合格《ごうかく》した者《もの》の名前《なまえ》を掲示《けいじ》する木札《きふだ》。つまり「名《な》を虎榜《こぼう》に連《つら》ね」とは「進士《しんし》に合格《ごうかく》した」の意《い》。

江南尉《こうなんい》　「江南《こうなん》」は揚子江《ようすこう》下流《かりゅう》の南側《みなみがわ》地域《ちいき》。「尉《い》」は軍事《ぐんじ》・警《けい》察《さつ》・刑獄《けいごく》などを司《つかさど》る官職《かんしょく》。

補《ほ》**せられ**　任《にん》じられ。

性《せい》**、狷介**《けんかい》　頑固《がんこ》で、他人《たにん》と妥協《だきょう》しない性格《せいかく》である。

自《みずか》**らたのむところすこぶる厚**《あつ》**く**　非常《ひじょう》な自信家《じしんか》で。

賤吏《せんり》**に甘**《あま》**んずる**　低《ひく》い身分《みぶん》の役人《やくにん》で満足《まんぞく》する。

いくばくもなく　やがて。ほどなく。

故山《こざん》　故郷《こきょう》。ふるさと。

虢略《かくりゃく》　河南省《かなんしょう》の地名《ちめい》。

帰臥《きが》　辞職《じしょく》して故郷《こきょう》に帰《かえ》り、静穏《せいおん》にすごすこと。

下吏《かり》　下級役人《かきゅうやくにん》。

大官《たいかん》　身分《みぶん》の高《たか》い役人《やくにん》。高官《こうかん》。

詩家《しか》　詩人《しじん》。

文名《ぶんめい》　文筆家《ぶんぴつか》としての名声《めいせい》。

焦燥《しょうそう》　あせり。いらだち。

峭刻《しょうこく》　厳《きび》しくて酷薄《こくはく》なさま。

骨秀《ほねひい》**で**　骨《ほね》が目立《めだ》ち。

いたずらに　むやみやたらに。

炯々《けいけい》　眼《め》を鋭《するど》く光《ひか》らせるさま。

進士《しんし》　科挙《かきょ》（官吏登用試験《かんりとうようしけん》）の志望科目《しぼうかもく》のひとつ。進士《しんし》の合格《ごうかく》者《しゃ》を指《さ》すこともある。ちなみに中国全土《ちゅうごくぜんど》から秀才《しゅうさい》が集《あつ》まる科《か》挙《きょ》に受《う》かることは至難《しなん》の業《わざ》で、六十歳近《さいちか》くなってようやく合《ごう》格《かく》する者《もの》も珍《めずら》しくなかった。中国怪談文芸《ちゅうごくかいだんぶんげい》を代表《だいひょう》する名作《めいさく》『聊斎志異《りょうさいしい》』の作者《さくしゃ》・蒲松齢《ほしょうれい》も落第《らくだい》を繰《く》りかえし、及第《きゅうだい》できないまま生涯《しょうがい》を終《お》えている。

登第《とうだい》　合格《ごうかく》すること。

豊頬《ほうきょう》　肉《にく》づきが良《よ》くてふっくらとした頬《ほお》。美女《びじょ》や美少年《びしょうねん》の形容《けいよう》に用《もち》いられる。

節《せつ》**を屈**《くっ》**して**　節操《せっそう》（かたい信念《しんねん》）をつらぬくことを諦《あきら》めて。

職《しょく》**を奉**《ほう》**ずる**　仕事《しごと》に就《つ》く。

詩業《しぎょう》　詩作《しさく》の仕事《しごと》。

が昔《むかし》、鈍物《どんぶつ》＊として歯牙《しが》にもかけなかった＊その連中《れんちゅう》の下命《かめい》を拝《はい》さねば＊ならぬことが、往年《おうねん》の俊才《しゅんさい》＊李徴《りちょう》の自尊心《じそんしん》をいかに傷《きず》つけたかは、想像《そうぞう》にかたくない。彼《かれ》は怏々《おうおう》として＊楽《たの》しまず、狂悖《きょうはい》の性《さが》＊はいよいよおさえがたくなった。一年《いちねん》の後《のち》、公用《こうよう》で旅《たび》に出《で》、汝水《じょすい》＊のほとりに宿《やど》った時《とき》、ついに発狂《はっきょう》した＊。ある夜半《やはん》、急《きゅう》に顔色《かおいろ》を変《か》えて寝床《ねどこ》から起《お》きあがると、なにか訳《わけ》の分《わか》らぬことを叫《さけ》びつつそのまま下《した》にとびおりて、闇《やみ》の中《なか》へ駆《かけ》だした。彼《かれ》は二度《にど》と戻《もど》ってこなかった。附近《ふきん》の山野《さんや》を捜索《そうさく》しても、なんの手掛《てがか》りもない。その後《ご》李徴《りちょう》がどうなったかを知《し》る者《もの》は、誰《だれ》もなかった。

翌年《よくとし》、監察御史《かんさつぎょし》＊、陳郡《ちんぐん》＊の袁傪《えんさん》という者《もの》、勅命《ちょくめい》を奉《ほう》じて＊嶺南《れいなん》＊に使《つかい》し、途《みち》に商於《しょうお》＊の地《ち》に宿《やど》った。次《つぎ》の朝《あさ》まだ暗《くら》い中《うち》に出発《しゅっぱつ》しようとしたところ、駅吏《えきり》＊が言《い》うことに、これから先《さき》の道《みち》に人喰虎《ひとくいどら》が出《で》るゆえ、旅人《たびびと》は白昼《はくちゅう》でなければ、通《とお》れない。今《いま》はまだ朝《あさ》が早《はや》いから、今少《いますこ》し待《ま》たれたがよろしいでしょうと。袁傪《えんさん》は、しかし、供回《ともまわ》り＊の多勢《たぜい》なのをたのみ、駅吏《えきり》の言葉《ことば》をしりぞけて、出発《しゅっぱつ》した。残月《ざんげつ》＊の光《ひかり》をたよりに林中《りんちゅう》の草地《くさち》を通《とお》っていった時《とき》、はたして一《いっ》匹《ぴき》の猛虎《もうこ》が叢《くさむら》の中《なか》から躍《おど》りでた。虎《とら》は、あわや袁傪《えんさん》に躍《おど》りかかるかと見《み》えたが、たちまち身《み》をひるがえして、元《もと》の叢《くさむら》に隠《かく》れた。叢《くさむら》の中《なか》から人間《にんげん》の声《こえ》で「あぶないところだった」と繰返《くりかえ》し呟《つぶや》くのが聞《きこ》えた。その声《こえ》に袁傪《えんさん》は聞《き》き憶《おぼ》えがあった。驚懼《きょうく》*の中《うち》にも、彼《かれ》は咄嗟《とっさ》に思《おも》いあたって、叫《さけ》んだ。「その声《こえ》は、我《わ》が友《とも》、李徴子《りちょうし》*ではないか？」袁傪《えんさん》は李徴《りちょう》と同年《どうねん》に進《しん》士《し》の第《だい》に登《のぼ》り、*友人《ゆうじん》の少《すく》なかった李徴《りちょう》にとっては、最《もっと》も親《した》しい友《とも》であった。温和《おんわ》な袁傪《えんさん》の性格《せいかく》が、峻峭《しゅんしょう》*な李徴《りちょう》の性情《せいじょう》と衝突《しょうとつ》しなかったためであろう。

鈍物《どんぶつ》　才智《さいち》のにぶい人《ひと》。愚鈍《ぐどん》な者《もの》。
歯牙《しが》にもかけなかった　問題《もんだい》にもしなかった。
下命《かめい》を拝《はい》さねば　命令《めいれい》、言《い》いつけに従《したが》わなくては。
俊才《しゅんさい》　優《すぐ》れた才能《さいのう》の持《も》ち主《ぬし》。
怏々《おうおう》として　不平不満《ふへいふまん》を抱《かか》えたさま。
狂悖《きょうはい》の性《さが》　正気《しょうき》をなくして身勝手《みがって》な性質《せいしつ》。
汝水《じょすい》　河南省《かなんしょう》嵩県《すうけん》の老君山《ろうくんさん》に発《はっ》して、淮河《わいが》に流《なが》れ入《い》る川《かわ》。
ついに発狂《はっきょう》した　「人虎伝《じんこでん》」ではすぐに失踪《しっそう》するのではなく、従者《じゅうしゃ》を鞭《むち》で打《う》つなどの狂態《きょうたい》を示《しめ》す。失踪後《しっそうご》に従者《じゅうしゃ》は、主人《しゅじん》の馬《うま》と所持金《しょじきん》を奪《うば》って逃《に》げ去《さ》ったことになっている。
監察御史《かんさつぎょし》　役人《やくにん》の素行《そこう》、賦役《ふえき》の平等《びょうどう》、農業《のうぎょう》の作柄《さくがら》や犯罪《はんざい》などを監督《かんとく》・視察《しさつ》する役目《やくめ》の官吏《かんり》。
陳郡《ちんぐん》　河南省《かなんしょう》の郡《ぐん》。
勅命《ちょくめい》を奉《ほう》じ　皇帝《こうてい》の命《めい》をうけて。
嶺南《れいなん》　五嶺《ごれい》（広東省北部《かんとんしょうほくぶ》の連山《れんざん》）の南方《なんぽう》。広東省《かんとんしょう》・広西壮族《こうせいチワンぞく》自治区《じちく》地方《ちほう》を指《さ》す。
商於《しょうお》　河南省淅川県西部《かなんしょうせっせんけんせいぶ》の地名《ちめい》。
駅吏《えきり》　宿場《しゅくば》の事務《じむ》を担当《たんとう》する役人《やくにん》。
供回《ともまわ》り　お供《とも》の人々《ひとびと》。
残月《ざんげつ》　明《あ》け方《がた》まで残《のこ》っている月《つき》。有明《ありあけ》の月《つき》。
驚懼《きょうく》　おどろき怖《おそ》れること。
李徴子《りちょうし》　李徴《りちょう》さん。「子《し》」は男性《だんせい》に付《つ》ける敬称《けいしょう》。
第《だい》に登《のぼ》り　合格《ごうかく》し。
峻峭《しゅんしょう》　厳格《げんかく》で気位《きぐらい》の高《たか》い。

叢《くさむら》の中《なか》からは、しばらく返辞《へんじ》がなかった。しのび泣《な》きかと思《おも》われる微《かす》かな声《こえ》が時々《ときどき》洩《も》れるばかりである。ややあって、低《ひく》い声《こえ》が答《こた》えた。「いかにも自分《じぶん》は隴西《ろうさい》の李徴《りちょう》である」と。

袁傪《えんさん》は恐怖《きょうふ》を忘《わす》れ、馬《うま》から下《お》りて叢《くさむら》に近《ちか》づき、懐《なつ》かしげに久闊《きゅうかつ》を叙《じょ》*した。そして、なぜ叢《くさむら》から出《で》てこないのかと問《と》うた。李徴《りちょう》の声《こえ》が答《こた》えていう。自分《じぶん》は今《いま》や異類《いるい》*の身《み》となっている。どうして、おめおめと*故人《とも》*の前《まえ》にあさましい姿《すがた》をさらせようか。かつまた、自分《じぶん》が姿《すがた》を現《あらわ》せば、必《かなら》ず君《きみ》に畏怖嫌厭《いふけんえん》*の情《じょう》を起《おこ》させるに決《きま》っているからだ。しかし、今《いま》、図《はか》らずも*故人《とも》にあうことを得《え》て、愧赧《きたん》*の念《ねん》をも忘《わす》れるほどに懐《なつ》かしい。どうか、ほんのしばらくでいいから、我《わ》が醜悪《しゅうあく》な今《いま》の外形《がいけい》を厭《いと》わず、かつて君《きみ》の友李徴《ともりちょう》であったこの自分《じぶん》と話《はなし》を交《かわ》してくれないだろうか。

後《あと》で考《かんが》えれば不思議《ふしぎ》だったが、その時《とき》、袁傪《えんさん》は、この超自然《ちょうしぜん》の怪異《かいい》を、実《じつ》に素直《すなお》に受容《うけい》れて、少《すこ》しも怪《あや》しもうとしなかった。彼《かれ》は部下《ぶか》に命《めい》じて行列《ぎょうれつ》の進行《しんこう》を停《と》め、自分《じぶん》は叢《くさむら》のかたわらに立《た》って、見《み》えざる声《こえ》と対談《たいだん》した。都《みやこ》の噂《うわさ》、旧友《きゅうゆう》の消息《しょうそく》、袁傪《えんさん》が現在《げんざい》の地位《ちい》、それに対《たい》する李徴《りちょう》の祝辞《しゅくじ》。青年時代《せいねんじだい》に親《した》しかった者同志《ものどうし》の、あの隔《へだ》てのない語調《ごちょう》で、それらが語《かた》られた後《あと》、袁傪《えんさん》は、李徴《りちょう》がどうして今《いま》の身《み》となるに至《いた》ったかをたずねた。草中《そうちゅう》の声《こえ》は次《つぎ》のように語《かた》った。

今《いま》から一年《いちねん》ほど前《まえ》、自分《じぶん》が旅《たび》に出《で》て汝水《じょすい》のほとりに泊《とま》った夜《よる》のこと、一睡《いっすい》してから、ふと眼《め》を覚《さ》ますと、戸外《こがい》で誰《だれ》かが我《わ》が名《な》を呼《よ》んでいる。声《こえ》に応《おう》じて外《そと》へ出《で》てみると、声《こえ》は闇《やみ》の中《なか》からしきりに自分《じぶん》を招《まね》く。覚《おぼ》えず、自分《じぶん》は声《こえ》を追《お》うて走《はし》りだした。無我夢中《むがむちゅう》で駆《か》けていくうちに、いつしか途《みち》は山林《さんりん》に入《はい》り、しかも、知《し》らぬ間《ま》に自分《じぶん》は左右《さゆう》の手《て》で地《ち》を攫《つか》んで走《はし》っていた。なにか身体中《からだじゅう》に力《ちから》が充《み》ち満《み》ちたような感《かん》じで、軽々《かるがる》と岩石《がんせき》を跳《と》びこえていった。気《き》がつくと、手先《てさき》や肱《ひじ》のあたりに毛《け》を生《しょう》じているらしい。少《すこ》し明《あか》るくなってから、谷《たに》川《がわ》に臨《のぞ》んで姿《すがた》を映《うつ》してみると、すでに虎《とら》となっていた。* 自分《じぶん》は初《はじ》め眼《め》を信《しん》じなかった。次《つぎ》

愧赧《きたん》 恥《は》じて赤面《せきめん》すること。

すでに虎《とら》となっていた 人間《にんげん》が獣《けもの》に変身《へんしん》する物語《ものがたり》は、西洋《せいよう》では人狼伝説《じんろうでんせつ》が有名《ゆうめい》だが、中国《ちゅうごく》では虎《とら》になる例《れい》が少《すく》なくない。『広異記《こういき》』の「虎《とら》になった老人《ろうじん》」「虎《とら》にされた人《ひと》」、『続玄怪録《ぞくげんかいろく》』の「虎《とら》になった男《おとこ》」、『斉諧記《せいかいき》』の「虎《とら》になった男《おとこ》」など。

久闊《きゅうかつ》を叙《じょ》した 久《ひさ》しぶりに会《あ》って挨拶《あいさつ》を交《か》わした。

異類《いるい》 人間《にんげん》でないもの。禽獣《きんじゅう》や妖怪《ようかい》の類《たぐい》。

おめおめと 恥《はじ》や不名誉《ふめいよ》をだらしなく受容《じゅよう》するさま。

故人《とも》 旧友《きゅうゆう》。

畏怖嫌厭《いふけんえん》 怖《お》じおそれて忌《い》みきらうさま。

図《はか》らずも 思《おも》いがけず。

に、これは夢《ゆめ》に違《ちが》いないと考《かんが》えた。夢《ゆめ》の中《なか》で、これは夢《ゆめ》だぞと知《し》っているような夢《ゆめ》を、自《じ》分《ぶん》はそれまでに見《み》たことがあったから。どうしても夢《ゆめ》でないと悟《さと》らねばならなかった時《とき》、自分《じぶん》は茫然《ぼうぜん》とした。そうして懼《おそ》れた。* まったく、どんなことでも起《おこ》り得《う》るのだと思《おも》うて、深《ふか》く懼《おそ》れた。しかし、なぜこんなことになったのだろう。分《わか》らぬ。まったく何事《なにごと》も我々《われわれ》には判《わか》らぬ。理由《りゆう》も分《わか》らずに押《おし》つけられたものを大人《おとな》しく受取《うけと》って、理由《りゆう》も分《わか》らずに生《い》きていくのが、我々《われわれ》生《い》きもののさだめだ。自分《じぶん》はすぐに死《し》を想《おも》うた。しかし、その時《とき》、眼《め》の前《まえ》を一匹《いっぴき》の兎《うさぎ》が*駆《か》けすぎるのを見《み》たとたんに、自分《じぶん》の中《なか》の人間《にんげん》はたちまち姿《すがた》を消《け》した。再《ふたた》び自分《じぶん》の中《なか》の人間《にんげん》が目《め》を覚《さ》ました時《とき》、自分《じぶん》の口《くち》は兎《うさぎ》の血《ち》に塗《まみ》れ、あたりには兎《うさぎ》の毛《け》が散《ち》らばっていた。これが虎《とら》としての最初《さいしょ》の経験《けいけん》であった。それ以来《いらい》今《いま》までにどんな所行《しょぎょう》*をし続《つづ》けてきたか、それはとうてい語《かた》るに忍《しの》びない。* ただ、一日《いちにち》の中《うち》に必《かなら》ず数時間《すうじかん》は、人間《にんげん》の心《こころ》が

懼《おそ》れた　「懼」は鳥《とり》が警戒《けいかい》して目《め》をきょろきょろ動《うご》かすさまに由来《ゆらい》。おどおど、びくびくする不安《ふあん》な恐怖《きょうふ》。

眼《め》の前《まえ》を一匹《いっぴき》の兎《うさぎ》が……　「人虎伝《じんこでん》」では兎《うさぎ》ではなく人間《にんげん》の女《じょ》性《せい》を殺《ころ》して食《た》べ、「殊《こと》に甘美《かんび》」であると感《かん》じたことになっている。

所行《しょぎょう》　おこない。ふるまい。

語《かた》るに忍《しの》びない　語《かた》ることに耐《た》えられない。

還《かえ》ってくる。そういう時《とき》には、かつての日《ひ》と同《おな》じく、人語《じんご》も操《あやつ》れれば、*複雑《ふくざつ》な思考《しこう》にも堪《た》え得《え》るし、経書《けいしょ》*の章句《しょうく》も誦《そら》んずる*こともできる。その人間《にんげん》の心《こころ》で、虎《とら》としての己《おのれ》の残虐《ざんぎゃく》な行《おこな》いのあとを見《み》、己《おのれ》の運命《うんめい》をふりかえる時《とき》が、最《もっと》も情《なさけ》なく、恐《おそろ》しく、憤《いきどお》ろしい。しかし、その、人間《にんげん》にかえる数時間《すうじかん》も、日《ひ》を経《へ》るに従《したが》って次第《しだい》に短《みじか》くなっていく。今《いま》までは、どうして虎《とら》などになったかと怪《あや》しんでいたのに、この間《あいだ》ひょいと気《き》がついてみたら、己《おれ》はどうして以前《いぜん》、人間《にんげん》だったのかと考《かんが》えていた。これは恐《おそろ》しいことだ。今少《いますこ》し経《た》てば、己《おれ》の中《なか》の人間《にんげん》の心《こころ》は、獣《けもの》としての習慣《しゅうかん》の中《なか》にすっかり埋《うも》れて消《き》えてしまうだろう。ちょうど、古《ふる》い宮殿《きゅうでん》の礎《いしずえ》*が次第《しだい》に土砂《どしゃ》に埋没《まいぼつ》するように。そうすれば、しまいに己《おれ》は自分《じぶん》の過去《かこ》を忘《わす》れ果《は》て、一匹《いっぴき》の虎《とら》として狂《くる》いまわり、今日《きょう》のように途《みち》で君《きみ》と出会《であ》っても故人《とも》と認《みと》めることなく、君《きみ》を裂《さ》き喰《くろ》うてなんの悔《くい》*も感《かん》じないだろう。一体《いったい》、獣《けもの》でも人間《にんげん》でも、*もとはなにか他《ほか》のものだったんだろう。初《はじ》めはそれを憶《おぼ》えているが、次第《しだい》に忘《わす》れてしまい、初《はじ》めから今《いま》の形《かたち》のものだったと思《おも》いこんでいるのではないか？　いや、そんなことはどうでもいい。己《おれ》の中《なか》の人間《にんげん》の心《こころ》がすっかり消《き》えてしまえば、恐《おそ》らく、その方《ほう》が、己《おれ》はしあわせになれるだろう。だのに、己《おれ》の中《なか》の人間《にんげん》は、そのことを、この上《うえ》なく恐《おそろ》しく感《かん》じているのだ。ああ、まったく、どんなに、恐《おそろ》しく、哀《かな》しく、切《せつ》なく思《おも》っているだろう！　己《おれ》が人間《にんげん》だった記憶《きおく》のなくなることを。この気持《きもち》は誰《だれ》にも分《わか》らない。誰《だれ》にも分《わか》らない。己《おれ》と同《おな》じ身《み》の上《うえ》になった者《もの》でなければ。ところで、そうだ。己《おれ》がすっかり人間《にんげん》でなくなってしまう前《まえ》に、一《ひと》つ頼《たの》んでおきたいことがある。

袁傪《えんさん》はじめ一行《いっこう》は、息《いき》をのんで、叢中《そうちゅう》の声《こえ》の語《かた》る不思議《ふしぎ》に聞入《ききい》っていた。声《こえ》は続《つづ》けて言《い》う。

他《ほか》でもない。自分《じぶん》は元来《がんらい》詩人《しじん》として名《な》を成《な》す*つもりでいた。しかも、業《ぎょう》いまだ成《な》らざるに、*この運命《うんめい》に立至《たちいた》った。*かつて作《つく》るところの詩数百篇《しすうひゃっぺん》、もとより、*まだ世《よ》に行《おこな》われて*

人語《じんご》も操《あやつ》れれば　人間《にんげん》の言葉《ことば》を話《はな》すこともできれば。
経書《けいしょ》　儒学《じゅがく》の教理《きょうり》を説《と》いた書物《しょもつ》。四書《ししょ》・五経《ごきょう》など。
誦《そら》んずる　暗誦《あんしょう》する。
礎《いしずえ》　ここでは、建物《たてもの》の土台部分《どだいぶぶん》。
悔《くい》　後悔《こうかい》の念《ねん》。
一体《いったい》、獣《けもの》でも人間《にんげん》でも……　本篇《ほんぺん》のみならず本書《ほんしょ》の収録作品《しゅうろくさくひん》すべてに相通《あいつう》ずる、卓抜《たくばつ》な洞察《どうさつ》である。
名《な》を成《な》す　名声《めいせい》を得《え》る。
業《ぎょう》いまだ成《な》らざるに　詩人《しじん》として未《いま》だ評価《ひょうか》されていないのに。
立至《たちいた》った　重大《じゅうだい》・深刻《しんこく》な事態《じたい》となった。
もとより　いうまでもなく。
世《よ》に行《おこな》われて　世《よ》の中《なか》に普及《ふきゅう》して。

おらぬ。遺稿《いこう》*の所在《しょざい》ももはや判《わか》らなくなっていよう。ところで、その中《うち》、今《いま》もなお記誦《きしょう》*せるものが数十《すうじゅう》ある。これを我《わ》がために伝録《でんろく》*していただきたいのだ。なにも、これによって一人前《いちにんまえ》の詩人面《しじんづら》をしたいのではない。作《さく》の巧拙《こうせつ》は知《し》らず、とにかく、産《さん》を破《やぶ》り*心《こころ》を狂《くる》わせてまで自分《じぶん》が生涯《しょうがい》それに執着《しゅうちゃく》したところのものを、一部《いちぶ》なりとも後代《こうだい》に伝《つた》えないでは、死《し》んでも死《し》に切《き》れないのだ。

袁傪《えんさん》は部下《ぶか》に命《めい》じ、筆《ふで》をとって叢中《そうちゅう》の声《こえ》にしたがって書《か》きとらせた。李徴《りちょう》の声《こえ》は叢《くさむら》の中《なか》から朗々《ろうろう》と響《ひび》いた。長短《ちょうたん》およそ三十篇《さんじゅっぺん》、格調高雅《かくちょうこうが》、意趣卓逸《いしゅたくいつ》*、一読《いちどく》して作者《さくしゃ》の才《さい》の非《ひ》凡《ぼん》*を思《おも》わせるものばかりである。しかし、袁傪《えんさん》は感嘆《かんたん》しながらも漠然《ばくぜん》と次《つぎ》のように感《かん》じていた。なるほど、作者《さくしゃ》の素質《そしつ》が第一流《だいいちりゅう》に属《ぞく》するものであることは疑《うたが》いない。しかし、このままでは、第一流《だいいちりゅう》の作品《さくひん》となるのには、*どこか（非常《ひじょう》に微妙《びみょう》な点《てん》において）欠《か》けるところがあるのではないか、と。

旧詩《きゅうし》*を吐《は》き終《お》った李徴《りちょう》の声《こえ》は、突然調子《とつぜんちょうし》を変《か》え、自《みずか》らを嘲《あざけ》るがごとくにいった。

羞《はずか》しいことだが、今《いま》でも、こんなあさましい*身《み》と成《な》りはてた今《いま》でも、己《おれ》は、己《おれ》の詩集《ししゅう》が長安風流人士《ちょうあんふうりゅうじんし》＊の机《つくえ》の上《うえ》に置《お》かれているさまを、夢《ゆめ》に見《み》ることがあるのだ。岩窟《がんくつ》の中《なか》に横《よこ》たわって見《み》る夢《ゆめ》にだよ。嗤《わら》ってくれ。詩人《しじん》になりそこなって虎《とら》になった哀《あわ》れな男《おとこ》を。（袁《えん》傪《さん》は昔《むかし》の青年《せいねん》李徴《りちょう》の自嘲癖《じちょうへき》＊を思出《おもいだ》しながら、哀《かな》しく聞《き》いていた。）そうだ。お笑《わら》い草《ぐさ》ついでに、今《いま》の懐《おもい》を即席《そくせき》の詩《し》に述《の》べてみようか。この虎《とら》の中《なか》に、まだ、かつての李徴《りちょう》が生《い》きているしるしに。

袁傪《えんさん》はまた下吏《かり》に命《めい》じてこれを書《か》きとらせた。その詩《し》にいう。

答《とう》でもあろう。

旧詩《きゅうし》　昔《むかし》つくった詩作品《しさくひん》。

あさましい　なさけない。みじめ。さもしい。もとは意外《いがい》なことに驚《おどろ》く意味《いみ》で善悪《ぜんあく》どちらにも用《もち》いられた。本篇《ほんぺん》のキイワードのひとつ。

長安風流人士《ちょうあんふうりゅうじんし》　長安《ちょうあん》（中国陝西省西安市《ちゅうごくせんせいしょうせいあんし》の古称《こしょう》。中国史上《ちゅうごくしじょう》に名高《なだか》い旧都《きゅうと》）の都《みやこ》に暮《く》らす風雅《ふうが》な知識人《ちしきじん》たち。

自嘲癖《じちょうへき》　自分《じぶん》で自分《じぶん》を馬鹿《ばか》にして笑《わら》う性癖《せいへき》。

遺稿《いこう》　死後《しご》に遺《のこ》された未発表《みはっぴょう》の原稿《げんこう》。

記誦《きしょう》　記憶《きおく》し暗誦《あんしょう》すること。

伝録《でんろく》　記録《きろく》して伝《つた》えること。

産《さん》**を破**《やぶ》**り**　家産《かさん》を破綻《はたん》させて。

格調高雅《かくちょうこうが》**、意趣卓逸**《いしゅたくいつ》　「格調《かくちょう》」は詩歌《しいか》の体裁《ていさい》と調子《ちょうし》。気高《けだか》くみやびな書きぶりで、そこに込《こ》められた思《おも》いや趣向《しゅこう》も卓越《たくえつ》していること。

才《さい》**の非凡**《ひぼん》　凡庸《ぼんよう》でない優《すぐ》れた才能《さいのう》があること。

第一流《だいいちりゅう》**の作品**《さくひん》**となるのには……**　文筆《ぶんぴつ》に志《こころざ》す作者自身《さくしゃじしん》の自問自《じもんじ》

偶因狂疾成殊類《たまたまきょうしつによってしゅるいとなり》＊　災患相仍不可逃《さいかんあいよってのがるべからず》
今日爪牙誰敢敵《こんにちのそうがたれかあえてきせん》　当時声跡共相高《とうじのせいせきともにあいたかし》
我為異物蓬茅下《われいぶつとなるほうぼうのもと》　君已乗軺気勢豪《きみすでにようにのってきせいごうなり》
此夕渓山対明月《このゆうべけいざんのめいげつにたいす》　不成長嘯但成嘷《ちょうしょうをなさずただこうをなす》

時《とき》に、残月《ざんげつ》、光冷《ひかりひや》やかに、白露《しらつゆ》は地《ち》に滋《しげ》く、＊樹間《じゅかん》を渡《わた》る冷風《れいふう》はすでに暁《あかつき》の近《ちか》き＊を告《つ》げていた。人々《ひとびと》はもはや、事《こと》の奇異《きい》＊を忘《わす》れ、粛然《しゅくぜん》として、＊この詩人《しじん》の薄倖《はっこう》を嘆《たん》じた。李徴《りちょう》の声《こえ》は再《ふたた》び続《つづ》ける。

なぜこんな運命《うんめい》になったか判《わか》らぬと、先刻《せんこく》はいったが、しかし、考《かんが》えようによれば、思《おも》いあたることが全然《ぜんぜん》ないでもない。人間《にんげん》であった時《とき》、己《おれ》は努《つと》めて人《ひと》との交《まじわり》を避《さ》けた。人々《ひとびと》は己《おれ》を倨傲《きょごう》＊だ、尊大《そんだい》だといった。実《じつ》は、それがほとんど羞恥心《しゅうちしん》＊に近《ちか》いものであることを、人々《ひとびと》は知《し》らなかった。もちろん、かつての郷党《きょうとう》の鬼才《きさい》＊といわれた自分《じぶん》に、自尊心《じそんしん》＊が無《な》かったとはいわない。しかし、それは臆病《おくびょう》な自尊心《じそんしん》とでもいうべきものであった。己《おれ》は詩《し》によって名《な》を成《な》そうと思《おも》いながら、進《すす》んで師《し》に就《つ》いたり、求《もと》めて詩友《しゆう》と交《まじわ》って切磋琢磨《せっさたくま》*に努《つと》めたりすることをしなかった。かといって、また、己《おれ》は俗物《ぞくぶつ》*の間《あいだ》に伍《ご》する*ことも潔《いさぎよ》しとしなかった*。共《とも》に、我《わ》が臆病《おくびょう》な自尊心《じそんしん》と、尊大《そんだい》な羞恥心《しゅうちしん》とのせいである。己《おのれ》の珠《たま》にあらざること*を惧《おそ》れるがゆえに、あえて刻苦《こっく》して*磨《みが》こうともせず、また、己《おのれ》の珠《たま》なるべきを半《なか》ば信《しん》ずるがゆえに、碌々《ろくろく》として*瓦《かわら》に伍《ご》する*こともできなかった。己《おれ》は次第《しだい》に世《よ》と離《はな》れ、人《ひと》と遠《とお》ざ

偶因狂疾成殊類……　たまたま狂気《きょうき》を発《はっ》して我《わ》が身《み》は獣《けもの》に変《へん》じた。災厄《さいやく》が重《かさ》なり合《あ》って不運《ふうん》から逃《のが》れることができない。今《いま》の我《わ》が鋭《するど》い爪《つめ》と牙《きば》に誰《だれ》がかなうだろうか。昔《むかし》は貴君《きくん》と共《とも》に秀才《しゅうさい》の名《な》を高《たか》くしたものだが。いまや私《わたし》は獣《けもの》となって草《くさ》むらにひそみ、貴君《きくん》は出世《しゅっせ》して乗物《のりもの》で移動《いどう》する。今宵《こよい》この山々《やまやま》と峡谷《きょうこく》を照《て》らす明月《めいげつ》に向《む》かい、詩歌《しいか》を吟《ぎん》ずることもできず、ただ咆吼《ほうこう》するばかりだ。（大意《たいい》）

地《ち》に滋《しげ》く　地面《じめん》をうるおし。

暁《あかつき》の近《ちか》き　夜明《よあ》けが近《ちか》いことを。

事《こと》の奇異《きい》　事態《じたい》の不思議《ふしぎ》で奇怪《きかい》なこと。

粛然《しゅくぜん》として　静《しず》まりかえって。

倨傲《きょごう》　おごりたかぶっていること。

羞恥心《しゅうちしん》　恥《は》ずかしく思《おも》う気持《きも》ち。

郷党《きょうとう》の鬼才《きさい》　同郷人《どうきょうじん》の中《なか》で人並《ひとなみ》はずれた才能《さいのう》がある者《もの》。

自尊心《じそんしん》　プライド。

切磋琢磨《せっさたくま》　文芸《ぶんげい》や学問《がくもん》を仲間同志《なかまどうし》で競《きそ》い高《たか》めること。

俗物《ぞくぶつ》　私利私欲《しりしよく》にとらわれている、くだらない人間《にんげん》。

伍《ご》する　仲間《なかま》に入《はい》る。肩《かた》を並《なら》べる。

潔《いさぎよ》しとしなかった　みずからのプライドなどにより、受《う》け入《い》れることができなかった。

己《おのれ》の珠《たま》にあらざること　自分《じぶん》に本物《ほんもの》の才能《さいのう》がないこと。

刻苦《こっく》して　進《すす》んで苦労《くろう》をして。

碌々《ろくろく》として　平凡《へいぼん》で役《やく》に立《た》たないさま。小石《こいし》が多数《たすう》あるさま。

瓦《かわら》に伍《ご》する　がらくたの仲間《なかま》に入《はい》る。

かり、憤悶《ふんもん》*と慙恚《ざんい》*とによってますます己《おのれ》の内《うち》なる臆病《おくびょう》な自尊心《じそんしん》を飼《か》いふとらせる結果《けっか》になった。人間《にんげん》は誰《だれ》でも猛獣使《もうじゅうつかい》*であり、その猛獣《もうじゅう》に当《あた》るのが、各人《かくじん》の性情《せいじょう》だという。己《おれ》の場《ば》合《あい》、この尊大《そんだい》な羞恥心《しゅうちしん》が猛獣《もうじゅう》だった。虎《とら》だったのだ。これが己《おのれ》を損《そこな》い、妻子《さいし》を苦《くる》しめ、友《ゆう》人《じん》を傷《きず》つけ、果《は》ては、己《おのれ》の外形《がいけい》をかくのごとく、内心《ないしん》にふさわしいものに変《か》えてしまったのだ。今思《いまおも》えば、まったく、己《おれ》は、己《おれ》のもっていた僅《わず》かばかりの才能《さいのう》を空費《くうひ》*してしまったわけだ。人生《じんせい》は何事《なにごと》をも為《な》さぬには余《あま》りに長《なが》いが、何事《なにごと》かを為《な》すには余《あま》りに短《みじか》いなどと口《くち》先《さき》ばかりの警句《けいく》を弄《ろう》しながら*、事実《じじつ》は、才能《さいのう》の不足《ふそく》を暴露《ばくろ》するかもしれないとの卑怯《ひきょう》な危《き》惧《ぐ》*と、刻苦《こっく》をいとう怠惰《たいだ》*とが己《おれ》のすべてだったのだ。己《おれ》よりも遥《はる》かに乏《とぼ》しい才能《さいのう》でありながら、それを専一《せんいつ》*に磨《みが》いたために、堂々《どうどう》たる詩家《しか》となった者《もの》がいくらでもいるのだ。虎《とら》と成《な》りはてた今《いま》、己《おれ》はようやくそれに気《き》がついた。それを思《おも》うと、己《おれ》は今《いま》も胸《むね》を灼《や》かれるような悔《くい》を感《かん》じる。己《おれ》にはもはや人間《にんげん》としての生活《せいかつ》はできない。たとえ、今《いま》、己《おれ》が頭《あたま》の中《なか》で、どんな優《すぐ》れた詩《し》を作《つく》ったにしたところで、どういう手段《しゅだん》で発表《はっぴょう》できよう。まして、己《おれ》の頭《あたま》は日《ひ》ごとに虎《とら》に近《ちか》づいていく。どうすればいいのだ。己《おれ》の空費《くうひ》された過去《かこ》は？　己《おれ》は堪《たま》らなくなる。そういう時《とき》、己《おれ》は、向《むこ》うの山《やま》の頂《いただき》の巌《いわ》に上《のぼ》り、空谷《くうこく》*に向《むか》って吼《ほ》える。この胸《むね》を灼《や》く悲《かな》しみを誰《だれ》かに訴《うった》えたいのだ。己《おれ》は昨夕《さくゆう》も、あそこで月《つき》に向《むか》って咆《ほ》えた。誰《だれ》かにこの苦《くる》しみが分《わか》ってもらえないかと。しかし、獣《けもの》どもは己《おれ》の声《こえ》を聞《き》いて、ただ、懼《おそ》れ、ひれ伏《ふ》すばかり。山《やま》も樹《き》も月《つき》も露《つゆ》も、一匹《いっぴき》の虎《とら》が怒《いか》りくるって、哮《たけ》って*いるとしか考《かんが》えない。天《てん》に躍《おど》り地《ち》に伏《ふ》して嘆《なげ》いても、誰一人己《だれひとりおれ》の気持《きもち》を分《わか》ってくれるものはない。ちょうど、人間《にんげん》だった頃《ころ》、己《おれ》の傷《きず》つきやすい内心《ないしん》を誰《だれ》も理解《りかい》してくれなかったように。己《おれ》の毛皮《けがわ》の濡《ぬ》れたのは、夜露《よつゆ》のためばかりではない。

ようやく四辺《あたり》の暗《くら》さが薄《うす》らいできた。木《こ》の間《ま》を伝《つた》って、どこからか、暁角《ぎょうかく》*が哀《かな》しげに響《ひび》

憤悶《ふんもん》　心《こころ》がもだえ憤《いきどお》ろしいこと。
慙恚《ざんい》　恥《は》じて恨《うら》み怒《おこ》ること。
猛獣使《もうじゅうつかい》　サーカスなどで虎《とら》やライオンなどの猛獣《もうじゅう》をあやつる芸人《げいにん》。
空費《くうひ》　むだづかい。
警句《けいく》を弄《ろう》しながら　世《よ》の真理《しんり》を単刀直入《たんとうちょくにゅう》に表現《ひょうげん》する語句《ごく》をもてあそびながら。

危惧《きぐ》　あやぶみ、おそれること。
怠惰《たいだ》　なまけて、だらしないこと。
専一《せんいつ》に　ひとつのことに打《う》ち込《こ》んで。ひたすらに。
空谷《くうこく》　人《ひと》けのない寂《さび》しい谷間《たにま》。
哮《たけ》って　声高《こえたか》く叫《さけ》んで。
暁角《ぎょうかく》　夜明《よあ》けを告げる角笛《つのぶえ》の音《おと》。

きはじめた。

もはや、別《わか》れを告《つ》げねばならぬ。酔《よ》わねばならぬ時《とき》が、（虎《とら》に還《かえ》らねばならぬ時《とき》が）近《ちか》づいたから、と、李徴《りちょう》の声《こえ》がいった。だが、お別《わか》れする前《まえ》にもう一《ひと》つ頼《たの》みがある。それは我《わ》が妻子《さいし》のことだ。彼《かれ》らはいまだ虢略《かくりゃく》にいる。もとより、己《おれ》の運命《うんめい》については知《し》るはずがない。君《きみ》が南《みなみ》から帰《かえ》ったら、己《おれ》はすでに死《し》んだと彼《かれ》らに告《つ》げてもらえないだろうか。けっして今日《きょう》のことだけは明《あ》かさないでほしい。厚《あつ》かましいお願《ねがい》だが、彼《かれ》らの孤弱《こじゃく》*を憐《あわ》れんで、今後《こんご》とも道途《どうと》*に飢凍《きとう》*することのないように計《はか》っていただけるならば、自分《じぶん》にとって、恩倖《おんこう》*、これに過《す》ぎたるはない。

言終《いいおわ》って、叢中《そうちゅう》から慟哭《どうこく》*の声《こえ》が聞《きこ》えた。袁《えん》もまた涙《なみだ》を泛《うか》べ、欣《よろこ》んで李徴《りちょう》の意《い》にそいたい旨《むね》を答《こた》えた。李徴《りちょう》の声《こえ》はしかしたちまちまた先刻《せんこく》の自嘲的《じちょうてき》な調子《ちょうし》に戻《もど》って、いった。

本当《ほんとう》は、まず、このことの方《ほう》を先《さき》*にお願《ねが》いすべきだったのだ、己《おれ》が人間《にんげん》だったなら。飢《う》え凍《こご》えようとする妻子《さいし》のことよりも、己《おのれ》の乏《とぼ》しい詩業《しぎょう》の方《ほう》を気《き》にかけているような男《おとこ》だから、こんな獣《けもの》に身《み》を堕《おと》すのだ。

そうして、つけ加《くわ》えていうことに、袁傪《えんさん》が嶺南《れいなん》からの帰途《きと》にはけっしてこの途《みち》を通《とお》らないで欲《ほ》しい、その時《とき》には自分《じぶん》が酔《よ》っていて故人《とも》を認《みと》めずに襲《おそ》いかかるかもしれないから。また、今別《いまわか》れてから、前方百歩《ぜんぽうひゃっぽ》の所《ところ》にある、あの丘《おか》に上《あが》ったら、此方《こちら》を振《ふ》りかえって見《み》てもらいたい。自分《じぶん》は今《いま》の姿《すがた》をもう一度《いちど》お目《め》にかけよう。勇《ゆう》に誇《ほこ》ろう*としてではない。我《わ》が醜悪《しゅうあく》な姿《すがた》を示《しめ》して、もって、再《ふたた》びここを過《す》ぎて自分《じぶん》に会《あ》おうとの気持《きもち》を君《きみ》に起《おこ》させないためであると。

袁傪《えんさん》は叢《くさむら》に向《むか》って、懇《ねんご》ろに別《わか》れの言葉《ことば》を述《の》べ、馬《うま》に上《のぼ》った。叢《くさむら》の中《なか》からは、また、堪《た》え得《え》ざる*がごとき悲泣《ひきゅう》の声《こえ》が洩《も》れた。袁傪《えんさん》も幾度《いくど》か叢《くさむら》を振返《ふりかえ》りながら、涙《なみだ》の中《うち》に出発《しゅっぱつ》した。

一行《いっこう》が丘《おか》の上《うえ》についた時《とき》、彼《かれ》らは、言《い》われた通《とお》りに振返《ふりかえ》って、先《さき》ほどの林間《りんかん》の草地《くさち》を眺《なが》

このことの方《ほう》を先《さき》に……　「人虎伝《じんこでん》」では順序《じゅんじょ》が逆《ぎゃく》で、先《さき》に妻《さい》子《し》の行《ゆ》く末《すえ》を気《き》にかけ、続《つづ》いて詩文《しぶん》の伝録《でんろく》を頼《たの》んでいる。

勇《ゆう》に誇《ほこ》ろう　勇《いさ》ましい姿《すがた》を見《み》せびらかそう。

堪《た》え得《え》ざる　堪《た》えられない。

孤弱《こじゃく》　孤立《こりつ》して弱《よわ》い状態《じょうたい》のこと。

道途《どうと》　道路《どうろ》。道《みち》ばた。

飢凍《きとう》する　餓《う》えて凍《こご》える。

恩倖《おんこう》　天《てん》の恵《めぐ》み。

慟哭《どうこく》　大声《おおごえ》で泣《な》き悲《かな》しむこと。

めた。たちまち、一匹《いっぴき》の虎《とら》が草《くさ》の茂《しげ》みから道《みち》の上《うえ》に躍《おど》りでたのを彼《かれ》らは見《み》た。虎《とら》は、すでに白《しろ》く光《ひかり》を失《うしな》った月《つき》をあおいで、二声《ふたこえ》三声《みこえ》咆哮《ほうこう》したかと思《おも》うと、また、元《もと》の叢《くさむら》に躍《おど》りいって、再《ふたた》びその姿《すがた》を見《み》なかった。*

（「文學界《ぶんがくかい》」一九四二年《ねん》二月号《がつごう》に〈古譚《こたん》〉と題《だい》して「文字禍《もじか》」とともに掲載《けいさい》）

再《ふたた》びその姿《すがた》を見《み》なかった　「人虎伝《じんこでん》」ではこの後《あと》に、袁傪《えんさん》が李《り》徴《ちょう》の妻子《さいし》に使《つか》いを送《おく》り、後《のち》に遺児《いじ》と対面《たいめん》、自《みず》らの財産《ざいさん》を分《わ》け与《あた》えるといった一連《いちれん》の後日談《ごじつだん》が記《しる》されている。本篇《ほんぺん》では、虎《とら》が姿《すがた》を消《け》したシーンで、あえて物語《ものがたり》を断《た》ち切《き》ることで、深《ふか》い余韻《よいん》が醸《かも》し出《だ》されている点《てん》に留意《りゅうい》。

牛《うし》女《おんな》

小《お》川《がわ》未《み》明《めい》

ある村《むら》に、背《せ》の高《たか》い、大《おお》きな女《おんな》がありました。あまり大《おお》きいので、くびを垂《た》れて歩《ある》きました。その女《おんな》は、おし*でありました。性質《せいしつ》は、いたってやさしく、涙《なみだ》もろくて、よく、一人《ひとり》の子供《こども》をかわいがりました。

女《おんな》は、いつも黒《くろ》いような着物《きもの》*をきていました。ただ子供《こども》と二人《ふたり》ぎり*でありました。まだ年《とし》のいかない*子供《こども》の手《て》を引《ひ》いて、道《みち》を歩《ある》いているのを、村《むら》の人《ひと》はよく見《み》たのであります。そして、大女《おおおんな》でやさしいところから、だれがいったものか「牛女《うしおんな》*」と名《な》づけたのであります。

村《むら》の子供《こども》らは、この女《おんな》が通《とお》ると、「牛女《うしおんな》」が通《とお》ったといって、珍《めずら》しいものでも見《み》るように、みんなして、後《うし》ろについていって、いろいろのことをいいはやし*ましたけれど、女《おんな》はおしで、耳《みみ》が聞《き》こえませんから、黙《だま》って、いつものように下《した》を向《む》いて、のそりのそりと歩《ある》いてゆくようすが、いかにもかわいそうであったのであります。

牛女《うしおんな》は、自分《じぶん》の子供《こども》をかわいがることは、一通《ひととお》りでありません*でした。自分《じぶん》が不具者《ふぐしゃ》*だということも、子供《こども》が、不具者《ふぐしゃ》の子《こ》だから、みんなにばかにされるのだろうということも、父親《ちちおや》がないから、ほかにだれも子供《こども》を育《そだ》ててくれるものがないということも、よく知《し》っていました。

それですから、いっそう子供《こども》に対《たい》する不憫《ふびん》がました*とみえて、子供《こども》をかわいがったのであります。

子供《こども》は男《おとこ》の子《こ》で、母親《ははおや》を慕《した》いました。そして、母親《ははおや》のゆくところへは、どこへでもついてゆきました。

牛女《うしおんな》は、大女《おおおんな》で、力《ちから》も、またほかの人《ひと》たちよりは、幾倍《いくばい》もありましたうえに、性質《せいしつ》が、

おし　「唖《おし》」とも。口《くち》がきけないこと。口《くち》のきけない人《ひと》。

黒《くろ》いような着物《きもの》　「黒《くろ》い着物《きもの》」とのニュアンスの違《ちが》いに留意《りゅうい》。

二人《ふたり》ぎり　二人《ふたり》きり。二人《ふたり》だけ。

年《とし》のいかない　幼《おさな》いこと。

牛女《うしおんな》　人頭牛身《じんとうぎゅうしん》（ときには牛頭人身《ぎゅうとうじんしん》）の妖怪《ようかい》「件《くだん》」や牛頭人《ぎゅうとうじん》身《しん》の怪物《かいぶつ》「ミノタウロス」など、牛《うし》と人間《にんげん》が合成《ごうせい》された幻《げん》獣《じゅう》の物語《ものがたり》は、世界各地《せかいかくち》に伝《つた》えられている。

いいはやし　からかって言葉《ことば》をかけること。

一通《ひととお》りでありません　普通《ふつう》ではない。非常《ひじょう》に。

不具者《ふぐしゃ》　身体《しんたい》に不自由《ふじゆう》のある人《ひと》。身体障害者《しんたいしょうがいしゃ》。

不憫《ふびん》がました　かわいそうに思《おも》う気持《きも》ちが増《ま》した。「不敏《ふびん》」とも。「不憫《ふびん》」は当《あ》て字《じ》。

やさしくあったから、人々《ひとびと》は、牛女《うしおんな》に力仕事《ちからしごと》を頼《たの》みました。たきぎ*をしょったり、石《いし》を運《はこ》んだり、また、荷物《にもつ》をかつがしたり、いろいろのことを頼《たの》みました。牛女《うしおんな》は、よく働《はたら》きました。そして、その金《かね》で二人《ふたり》は、その日《ひ》、その日《ひ》を暮《く》らしていました。

こんなに大《おお》きくて、力《ちから》の強《つよ》い牛女《うしおんな》も、病気《びょうき》になりました。どんなものでも、病気《びょうき》にかからないものはないでありましょう。しかも、牛女《うしおんな》の病気《びょうき》は、なかなか重《おも》かったのでありました。そして働《はたら》くこともできなくなりました。

牛女《うしおんな》は、自分《じぶん》は死《し》ぬのでないかと思《おも》いました。もし、自分《じぶん》が死《し》ぬようなことがあったなら、子供《こども》をだれが見《み》てくれようと思《おも》*いました。そう思《おも》うと、たとえ死《し》んでも死《し》にきれない。自分《じぶん》の霊魂《たましい》は、なにかに化《ば》けてきても、きっと、子供《こども》の行《ゆ》く末《すえ》を見守《みまも》ろうと思《おも》いました。牛女《うしおんな》の大《おお》きなやさしい目《め》の中《なか》から、大粒《おおつぶ》の涙《なみだ》が、ぽとりぽとりと流《なが》れたのであります。

しかし、運命《うんめい》には牛女《うしおんな》も、しかたがなかったとみえます。病気《びょうき》が重《おも》くなって、とうとう牛女《うしおんな》は死《し》んでしまいました。

村《むら》の人々《ひとびと》は、牛女《うしおんな》をかわいそうに思《おも》いました。どんなに置《お》いていった子供《こども》のことに心《こころ》を取《と》られたろう*と、だれしも深《ふか》く察《さっ》して、牛女《うしおんな》をあわれまぬものはなかったのであります。

人々《ひとびと》は寄《よ》り集《あつ》まって、牛女《うしおんな》の葬式《そうしき》を出《だ》して、墓地《ぼち》にうずめてやりました。そして、後《あと》に残《のこ》った子供《こども》を、みんながめんどうを見《み》て育《そだ》ててやることになりました。

子供《こども》は、ここの家《うち》から、かしこ*の家《うち》へというふうに移《うつ》り変《か》わって、だんだん*月日《つきひ》とともに大《おお》きくなっていったのであります。しかし、うれしいこと、また、悲《かな》しいことがあるにつけて、子供《こども》は死《し》んだ母親《ははおや》を恋《こい》しく思《おも》いました。

村《むら》には、春《はる》がき、夏《なつ》がき、秋《あき》となり、冬《ふゆ》となりました。子供《こども》は、だんだん死《し》んだ母親《ははおや》をなつかしく思《おも》い、恋《こい》しく思《おも》うばかりでありました。

ある冬《ふゆ》の日《ひ》のこと、子供《こども》は、村《むら》はずれに立《た》って、かなたの国境《こっきょう》の山々《やまやま》をながめていますと、大《おお》きな山《やま》の半腹《はんぷく》に*、母《はは》の姿《すがた》がはっきりと、まっ白《しろ》な雪《ゆき》の上《うえ》に黒《くろ》く浮《う》き出《だ》して見《み》えたの

やさしくあった　やさしかった。
たきぎ　かまどや炉《ろ》などで焚《た》くための木材《もくざい》。
見《み》てくれよう　見《み》てくれるだろうか。
心《こころ》を取《と》られたろう　気《き》がかりだったろう。心配《しんぱい》しただろう。
かしこ　あそこ。
だんだん　次第《しだい》に。
半腹《はんぷく》　中腹《ちゅうふく》。山頂《さんちょう》と山麓《さんろく》の中間《ちゅうかん》くらいの地点《ちてん》。

であります。これを見《み》ると、子供《こども》はびっくりしました。けれど、このことを口《くち》に出《だ》してだれにもいいませんでした。

子供《こども》は、母親《ははおや》が恋《こい》しくなると、村《むら》はずれに立《た》って、かなたの山《やま》を見《み》ました。すると、天《てん》気《き》のいい晴《は》れた日《ひ》には、いつでも母親《ははおや》の黒《くろ》い姿《すがた》をありありと見《み》ることができたのです。ちょうど母親《ははおや》は、黙《だま》って、じっとこちらを見《み》つめて、我《わ》が子《こ》の身《み》の上《うえ》を見守《みまも》っているように思《おも》われたのでありました。

子供《こども》は、口《くち》に出《だ》して、そのことをいいませんでしたけれど、いつか村人《むらびと》は、ついにこれを見《み》つけました。

「西《にし》の山《やま》に、牛女《うしおんな》が現《あらわ》れた。」と、いいふらしました。そして、みんな外《そと》に出《で》て、西《にし》の山《やま》をながめたのであります。

「きっと、子供《こども》のことを思《おも》って、あの山《やま》に現《あらわ》れたのだろう。」と、みんなは口々《くちぐち》にいいました。子供《こども》らは、天気《てんき》のいい晩方《ばんがた》には、西《にし》の国境《こっきょう》の山《やま》の方《ほう》を見《み》て、

「牛女《うしおんな》！　牛女《うしおんな》！」と、口々《くちぐち》にいって、その話《はなし》でもちきったのです。*

ところが、いつしか春《はる》がきて、雪《ゆき》が消《き》えかかると、牛女《うしおんな》の姿《すがた》もだんだんうすくなっていって、まったく雪《ゆき》が消《き》えてしまう春《はる》の半《なか》ばごろになると、牛女《うしおんな》の姿《すがた》は見《み》られなくなってしまったのです。

しかし、冬《ふゆ》となって、雪《ゆき》が山《やま》に積《つ》もり里《さと》に降《ふ》るころになると、西《にし》の山《やま》に、またしても、ありありと牛女《うしおんな》の黒《くろ》い姿《すがた》が現《あらわ》れました。村《むら》の人々《ひとびと》や子供《こども》らは冬《ふゆ》の間《あいだ》、牛女《うしおんな》のうわさでもちきりました。そして、牛女《うしおんな》の残《のこ》していった子供《こども》は、恋《こい》しい母親《ははおや》の姿《すがた》を、毎日《まいにち》のように村《むら》はずれに立《た》ってながめたのであります。

「牛女《うしおんな》が、また西《にし》の山《やま》に現《あらわ》れた。あんなに子供《こども》の身《み》の上《うえ》を心配《しんぱい》している。かわいそうなものだ。」と、村人《むらびと》はいって、その子供《こども》のめんどうをよく見《み》てやったのです。

やがて春《はる》がきて、暖《あたた》かになると、牛女《うしおんな》の姿《すがた》は、その雪《ゆき》とともに消《き》えてしまったのでありました。

こうして、くる年《とし》も、くる年《とし》も、西《にし》の山《やま》に牛女《うしおんな》の黒《くろ》い姿《すがた》は現《あらわ》れました。そのうちに、子《こ》

もちきった　ある状態《じょうたい》が終始《しゅうし》つづくこと。

供《ども》は大《おお》きくなったものですから、この村《むら》から程近《ほどちか》い、町《まち》のある商家《しょうか》へ、奉公《ほうこう》＊させられることになったのであります。

子供《こども》は、町《まち》にいってからも、西《にし》の山《やま》を見《み》て恋《こい》しい母親《ははおや》の姿《すがた》をながめました。村《むら》の人々《ひとびと》は、その子供《こども》がいなくなってからも、雪《ゆき》が降《ふ》って、西《にし》の山《やま》に牛女《うしおんな》の姿《すがた》が現《あらわ》れると、母親《ははおや》と、子《こ》供《ども》の情合《じょうあ》い＊について、語《かた》りあったのでありました。

「ああ、牛女《うしおんな》の姿《すがた》があんなにうすくなったもの、暖《あたた》かになったはずだ。」と、しまいには、季節《きせつ》の移《うつ》り変《か》わりを、牛女《うしおんな》について人々《ひとびと》はいうようになったのでした。

牛女《うしおんな》の子供《こども》は、ある年《とし》の春《はる》、西《にし》の山《やま》に現《あらわ》れた母親《ははおや》の許《ゆる》しも受《う》けずに、かってにその商家《しょうか》から飛《と》びだして、汽車《きしゃ》に乗《の》って、故郷《ふるさと》を見捨《みす》てて、南《みなみ》の方《ほう》の国《くに》へいってしまったのであります。

村《むら》の人《ひと》も、町《まち》の人《ひと》も、もうだれも、その子供《こども》のことについて、その後《のち》のことを知《し》ることができませんでした。そのうちに、夏《なつ》も過《す》ぎ、秋《あき》も去《さ》って、冬《ふゆ》となりました。

やがて、山《やま》にも、村《むら》にも、町《まち》にも、雪《ゆき》が降《ふ》って積《つ》もりました。ただ不思議《ふしぎ》なのは、どうしたことか、今年《ことし》にかぎって、西《にし》の山《やま》に牛女《うしおんな》の姿《すがた》が見《み》えないことでありました。

人々《ひとびと》は、牛女《うしおんな》の姿《すがた》が見《み》えないのをいぶかしがって、

「子供《こども》が、もう町《まち》にいなくなったから、牛女《うしおんな》は見守《みまも》る必要《ひつよう》がなくなったのだろう。」と、語《かた》りあいました。

その冬《ふゆ》も、いつしか過《す》ぎて春《はる》がきたころであります。町《まち》の中《なか》には、まだところどころに雪《ゆき》が消《き》えずに残《のこ》っていました。ある日《ひ》の夜《よる》のことであります。町《まち》の中《なか》を大《おお》きな女《おんな》が、のそりのそりと歩《ある》いていました。それを見《み》た人々《ひとびと》は、びっくりしました。まさしく、それは牛《うし》女《おんな》であったからであります。

どうして牛女《うしおんな》が、どこからきたものかと、みんなは語《かた》りあいました。人々《ひとびと》はその後《のち》もたびたび真夜中《まよなか》に、牛女《うしおんな》がさびしそうに町《まち》の中《なか》を歩《ある》いている姿《すがた》を見《み》たのでありました。

「きっと牛女《うしおんな》は、子供《こども》が故郷《こきょう》から出《で》ていってしまったのを知《し》らないのだろう。それで、こ

奉公《ほうこう》　他家《たけ》に住《す》み込《こ》み、仕事《しごと》に従事《じゅうじ》すること。
情合《じょうあ》い　思《おも》いが通《かよ》い合《あ》うこと。

の町《まち》の中《なか》を歩《ある》いて、子供《こども》を探《さが》しているのにちがいない。」と、人々《ひとびと》はいいました。

雪《ゆき》がまったく消《き》えて、町《まち》の中《なか》には跡《あと》をも止《とど》めなくなりました。木々《きぎ》は、みんな銀色《ぎんいろ》の芽《め》をふいて、夜《よる》もうす明《あか》るくていい季節《きせつ》となりました。

ある夜《よ》、人《ひと》は牛女《うしおんな》が町《まち》の暗《くら》い路次《ろじ》に立《た》って、さめざめと泣《な》いているのを見《み》たといいます。しかしその後《のち》、だれひとり、また牛女《うしおんな》の姿《すがた》を見《み》たものがありません。牛女《うしおんな》はどうしたことか、もはやこの町《まち》にはおらなかったのです。

その年以来《としいらい》、冬《ふゆ》になっても、ふたたび山《やま》には牛女《うしおんな》の黒《くろ》い姿《すがた》は見《み》えなかったのであります。

牛女《うしおんな》の子供《こども》は、南《みなみ》の方《ほう》の雪《ゆき》の降《ふ》らない国《くに》へいって、そこでいっしょうけんめいに働《はたら》きました。そして、かなりの金持《かねも》ちとなりました。そうすると、自分《じぶん》の生《う》まれた国《くに》がなつかしくなったのであります。国《くに》へ帰《かえ》っても、母親《ははおや》もなければ、兄弟《きょうだい》もありませんけれど、子供《こども》の時分《じぶん》に自分《じぶん》を育《そだ》ててくれたしんせつな人々《ひとびと》がありました。彼《かれ》は、その人《ひと》たちや、村《むら》のことを思《おも》いだしました。その人《ひと》たちに対《たい》して、お礼《れい》をいわなければならぬと思《おも》いました。

子供《こども》は、たくさんの土産物《みやげもの》と、お金《かね》とを持《も》って、はるばると故郷《こきょう》に帰《かえ》ってきたのであり

ます。そして、村《むら》の人々《ひとびと》に厚《あつ》くお礼《れい》を申《もう》しました。村《むら》の人《ひと》たちは、牛女《うしおんな》の子供《こども》が出世《しゅっせ》をしたのを喜《よろこ》び、祝《いわ》いました。

牛女《うしおんな》の子供《こども》は、なにか、自分《じぶん》は事業《じぎょう》をしなければならぬと考《かんが》えました。そこで村《むら》に広《ひろ》い地面《じめん》を買《か》って、たくさんのりんごの木《き》を植《う》えました。大《おお》きないいりんごの実《み》を結《むす》ばして、それを諸国《しょこく》に出《だ》そう*としたのであります。

彼《かれ》は、多《おお》くの人《ひと》を雇《やと》って、木《き》に肥料《ひりょう》をやったり、冬《ふゆ》になると囲《かこ》いをして、雪《ゆき》のために折《お》れないように手《て》をかけたりしました。そのうちに木《き》はだんだん大《おお》きく伸《の》びて、ある年《とし》の春《はる》には、広《ひろ》い畑一面《はたけいちめん》に、さながら雪《ゆき》の降《ふ》ったように、りんごの花《はな》が咲《さ》きました。太陽《たいよう》は終日《しゅうじつ》、花《はな》の上《うえ》を明《あか》るく照《て》らして、みつばちは、朝《あさ》から日《ひ》の暮《く》れるまで、花《はな》の中《なか》をうなりつづけていました。

初夏《しょか》のころには、青《あお》い、小《ちい》さな実《み》が鈴生《すずな》り*になりました。そして、その実《み》がだんだん大《おお》きくなりかけた時分《じぶん》に、一時《いちじ》に虫《むし》がついて、畑全体《はたぜんたい》にりんごの実《み》が落《お》ちてしまいました。

明《あ》くる年《とし》も、その明《あ》くる年《とし》も、同《おな》じように、りんごの実《み》は落《お》ちてしまいました。それは

なんとなく、子細《しさい》*のあるらしいことでありました。村《むら》のものわかったじ*いさんは、牛《うし》女《おんな》の子供《こども》に向《む》かって、

「なにかのたたりかもしれない。おまえさんには、心《こころ》あたりになるようなことはないかな。」と、あるとき、聞《き》きました。牛女《うしおんな》の子供《こども》は、そのときは、なにもそれについて思《おも》い出《だ》すことはありませんでした。

しかし、彼《かれ》は、独《ひと》りとなって、静《しず》かに考《かんが》えたとき、自分《じぶん》は町《まち》から出《で》て、遠方《えんぽう》へいった時《じ》分《ぶん》にも、母親《ははおや》の霊魂《たましい》に無断《むだん》であったことを思《おも》いました。また、故郷《こきょう》へ帰《かえ》ってきてからも、母親《ははおや》のお墓《はか》におまいりをしたばかりで、まだ法事《ほうじ》*も営《いとな》まなかったことを思《おも》い出《だ》しました。

あれほど、母親《ははおや》は、自分《じぶん》をかわいがってくれたのに、そして、死《し》んでからもああして自《じ》分《ぶん》の身《み》の上《うえ》を守《まも》ってくれたのに、自分《じぶん》はそれに対《たい》して、あまり冷淡《れいたん》であったことに、心《こころ》づ

子細《しさい》 詳《くわ》しい事情《じじょう》や経緯《けいい》。
もののわかった 知識《ちしき》や道理《どうり》をよく心得《こころえ》た。
法事《ほうじ》 死者《ししゃ》の供養《くよう》のために営《いとな》む仏事《ぶつじ》。

出《だ》そう 出荷《しゅっか》しよう。
鈴生《すずな》り 木《き》の実《み》などが神楽鈴《かぐらすず》（里神楽《さとかぐら》の演者《えんじゃ》が使《つか》う鈴《すず》。十二個《こ》の鈴《すず》がついている）のようにむらがって房《ふさ》を成《な》すこと。

きました。きっと、これは母《はは》の怒《いか》りであろうと思《おも》いましたから、子供《こども》は、懇《ねんご》ろに母親《ははおや》の霊魂《たましい》を弔《とむら》って、坊《ぼう》さんを呼《よ》び、村《むら》の人々《ひとびと》を呼《よ》び、真心《まごころ》をこめて母親《ははおや》の法事《ほうじ》を営《いとな》んだのでありました。

明《あ》くる年《とし》の春《はる》、またりんごの花《はな》は真《ま》っ白《しろ》に雪《ゆき》のごとく咲《さ》きました。そして、夏《なつ》には、青々《あおあお》と実《みの》りました。毎年《まいとし》このころになると、悪《わる》い虫《むし》がつくのでありましたから、今年《ことし》は、どうか満足《まんぞく》に実《み》を結《むす》ばせたいと思《おも》いました。

すると、その年《とし》の夏《なつ》の日暮《ひぐ》れ方《がた》のことであります。どこからとなく、たくさんのこうもりが飛《と》んできて、毎晩《まいばん》のようにりんご畑《ばたけ》の上《うえ》を飛《と》びまわって、悪《わる》い虫《むし》をみんな食《た》べたのであります。その中《なか》に、一《いっ》ぴき大《おお》きなこうもりがありました。その大《おお》きなこうもりは、ちょうど女王《じょおう》のように、ほかのこうもりを率《ひき》いているごとく、見《み》えました。月《つき》が円《まる》く、東《ひがし》の空《そら》から上《のぼ》る晩《ばん》も、また、黒雲《くろくも》が出《で》て外《そと》の真《ま》っ暗《くら》な晩《ばん》も、こうもりは、りんご畑《ばたけ》の上《うえ》を飛《と》びまわりました。その年《とし》は、りんごに虫《むし》がつかずよく実《みの》って、予想《よそう》したよりも、多《おお》くの収穫《しゅうかく》があったのであります。村《むら》の人々《ひとびと》は、たがいに語《かた》らいました。

「牛女《うしおんな》が、こうもりになってきて、子供《こども》の身《み》の上《うえ》を守《まも》るんだ。」と、そのやさしい、情《じょう》の深《ふか》い、心根《こころね》＊を哀《あわ》れに思《おも》ったのであります。

また、つぎの、つぎの年《とし》も、夏《なつ》になると、一《いっ》ぴきの大《おお》きなこうもりが、多《おお》くのこうもりを率《ひき》いてきて、りんご畑《ばたけ》の上《うえ》を毎晩《まいばん》のように飛《と》びまわりました。そして、りんごには、おかげで悪《わる》い虫《むし》がつかずによく実《みの》りました。

こうして、それから四《し》、五年《ごねん》の後《のち》には、牛女《うしおんな》の子供《こども》は、この地方《ちほう》での幸福《こうふく》な身《み》の上《うえ》の百《ひゃく》姓《しょう》＊となったのであります。

（「おとぎの世界《せかい》」一九一九年《ねん》五月号掲載《がつごうけいさい》）

心根《こころね》　本性《ほんしょう》。心《こころ》の底《そこ》。

百姓《ひゃくしょう》　農民《のうみん》。

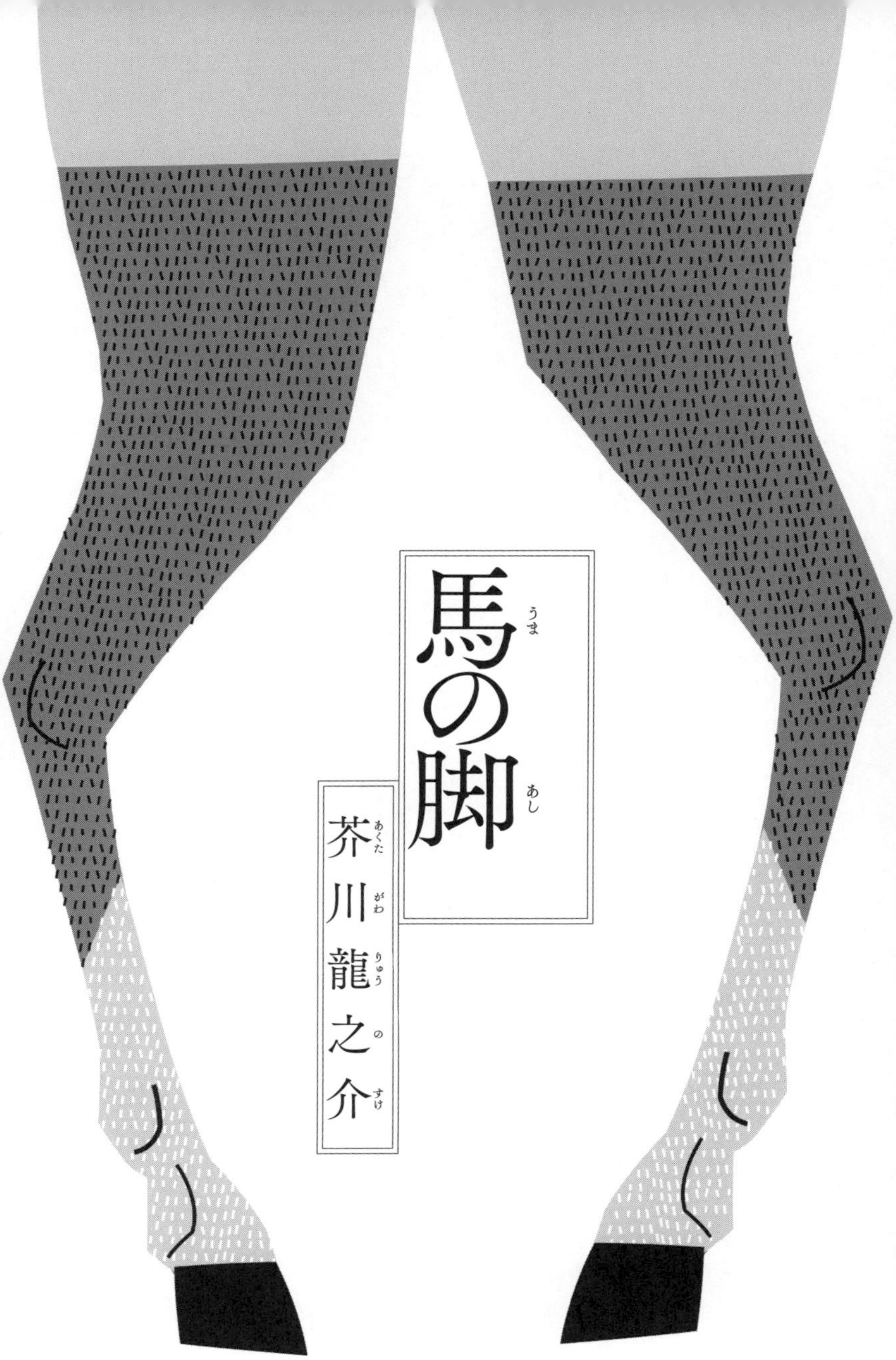

馬《うま》の脚《あし》

芥《あくた》川《がわ》龍《りゅう》之《の》介《すけ》

この話《はなし》の主人公《しゅじんこう》は忍野半三郎《おしのはんざぶろう》という男《おとこ》である。あいにく大《たい》した男《おとこ》ではない。北京《ペキン》*の三《みつ》菱《びし》*に勤《つと》めている三十前後《さんじゅうぜんご》の会社員《かいしゃいん》である。半三郎《はんざぶろう》は商科大学《しょうかだいがく》を卒業《そつぎょう》した後《のち》、二月目《ふたつきめ》に北京《ペキン》へ来《く》ることになった。同僚《どうりょう》や上役《うわやく》の評判《ひょうばん》は格別《かくべつ》いいというほどではない。しかしまた悪《わる》いというほどでもない。まず平々凡々《へいへいぼんぼん》たることは半三郎《はんざぶろう》の風采《ふうさい》*の通《とお》りである。もう一《ひと》つついでにつけ加《くわ》えれば、半三郎《はんざぶろう》の家庭生活《かていせいかつ》の通《とお》りである。

半三郎《はんざぶろう》は二年前《にねんまえ》にある令嬢《れいじょう》と結婚《けっこん》した。令嬢《れいじょう》の名前《なまえ》は常子《つねこ》である。これもあいにく恋愛《れんあい》結婚《けっこん》ではない。ある親戚《しんせき》の老人夫婦《ろうじんふうふ》に仲人《なこうど》を頼《たの》んだ媒妁結婚《ばいしゃくけっこん》である。常子《つねこ》は美人《びじん》というほどではない。もっともまた醜婦《しゅうふ》というほどでもない。ただまるまる肥《ふと》った頬《ほお》にいつも微《び》笑《しょう》を浮《う》かべている。奉天《ほうてん》*から北京《ペキン》へ来《く》る途中《とちゅう》、寝台車《しんだいしゃ》の南京虫《なんきんむし》*に螫《さ》された時《とき》のほかはいつも微笑《びしょう》を浮《う》かべている。しかももう今《いま》は南京虫《なんきんむし》に二度《にど》と螫《さ》される心配《しんぱい》はない。それは××

胡同《ことう》*の社宅《しゃたく》の居間《いま》に蝙蝠印《こうもりじるし》の除虫菊《じょちゅうぎく》*が二缶《ふたかん》、ちゃんと具《そな》えつけてあるからである。

わたしは半三郎《はんざぶろう》の家庭生活《かていせいかつ》は平々凡々《へいへいぼんぼん》を極《きわ》めているといった。実際《じっさい》その通《とお》りに違《ちが》いない。彼《かれ》はただ常子《つねこ》と一《いっ》しょに飯《めし》を食《く》ったり、蓄音機《ちくおんき》*をかけたり、活動写真《かつどうしゃしん》*を見《み》にいったり、——あらゆる北京中《ペキンじゅう》の会社員《かいしゃいん》と変《かわ》りのない生活《せいかつ》を営《いとな》んでいる。しかし彼等《かれら》の生活《せいかつ》も運命《うんめい》の支配《しはい》に漏《も》れるわけにはゆかない。運命《うんめい》はある真昼《まひる》の午後《ごご》、この平々凡々《へいへいぼんぼん》たる家庭生活《かていせいかつ》の単《たん》調《ちょう》を一撃《いちげき》のもとにうち砕《くだ》いた。三菱会社員《みつびしかいしゃいん》忍野半三郎《おしのはんざぶろう》は脳溢血《のういっけつ》のために頓死《とんし》*したのである。

北京《ペキン》　現在《げんざい》の中華人民共和国《ちゅうかじんみんきょうわこく》の首都《しゅと》。河北省《かほくしょう》中央部《ちゅうおうぶ》に位置《いち》する。北平《ほくへい》、大都《だいと》などと呼《よ》ばれた時期《じき》もある。明《みん》の時代《じだい》から北京《ペキン》と称《しょう》されるようになった。

三菱《みつびし》　三菱財閥《みつびしざいばつ》。創業者《そうぎょうしゃ》は土佐藩士《とさはんし》の岩崎弥太郎《いわさきやたろう》。明治新政《めいじしんせい》府御用《ふごよう》の海運業者《かいうんぎょうしゃ》・三菱商会《みつびししょうかい》（現在《げんざい》の日本郵船《にっぽんゆうせん》の前身《ぜんしん》）を基盤《きばん》に発展《はってん》、三井《みつい》と並《なら》ぶ日本最大《にほんさいだい》の財閥《ざいばつ》となった。

風采《ふうさい》　見《み》ための様子《ようす》。

媒酌結婚《ばいしゃくけっこん》　仲人《なこうど》を通《つう》じたお見合《みあ》いにより結婚《けっこん》すること。

奉天《ほうてん》　中国遼寧省《ちゅうごくりょうねいしょう》の工業都市《こうぎょうとし》。現在《げんざい》の瀋陽《しんよう》。日露戦争《にちろせんそう》の「奉《ほう》天会戦《てんかいせん》」でも名高《なだか》い。

南京虫《なんきんむし》　トコジラミの別称《べっしょう》。人畜《じんちく》に寄生《きせい》し血《ち》を吸《す》って激《はげ》しい痒《かゆ》みを起《お》こさせる昆虫《こんちゅう》。

胡同《ことう》　横町《よこちょう》や小路《こうじ》を意味《いみ》する中国語《ちゅうごくご》。

除虫菊《じょちゅうぎく》　キク科《か》の多年草《たねんそう》で、花《はな》を乾燥《かんそう》したものには殺虫力《さっちゅうりょく》があり、蚤取粉《のみとりこ》などの殺虫剤《さっちゅうざい》として広《ひろ》く使用《しよう》された。

蓄音機《ちくおんき》　円盤式《えんばんしき》のレコードから音《おと》を発生《はっせい》させる装置《そうち》。レコード・プレーヤー。

活動写真《かつどうしゃしん》　映画《えいが》の旧称《きゅうしょう》。

頓死《とんし》　急死《きゅうし》すること。

半三郎《はんざぶろう》はやはりその午後《ごご》にも東単牌楼《トンタヌピイロオ》*の社《しゃ》の机《つくえ》にせっせと書類《しょるい》を調《しら》べていた。机《つくえ》を向《む》かいあわせた同僚《どうりょう》にも格別《かくべつ》異状《いじょう》などは見《み》えなかったそうである。が、一段落《いちだんらく》ついたと見《み》え、巻煙草《まきたばこ》を口《くち》へ啣《くわ》えたまま、マッチをすろうとする拍子《ひょうし》に突然《とつぜん》俯伏《うつぶ》し*になって死《し》んでしまった。いかにもあっけない死《し》にかたである。しかし世間《せけん》は幸《さいわ》いにも死《し》にかたには余《あま》り批評《ひひょう》をしない。批評《ひひょう》をするのは生《い》きかただけである。半三郎《はんざぶろう》もそのために格別《かくべつ》非難《ひなん》を招《まね》かずにすんだ。いや、非難《ひなん》どころではない。上役《うわやく》や同僚《どうりょう》は未亡人《びぼうじん》常子《つねこ》にいずれも深《ふか》い同情《どうじょう》を表《ひょう》した。

同仁病院《どうじんびょういん》*長《ちょう》山井《やまい》博士《はかせ》の診断《しんだん》に従《したが》えば、半三郎《はんざぶろう》の死因《しいん》は脳溢血《のういっけつ》である。が、半三郎《はんざぶろう》自《じ》身《しん》は不幸《ふこう》にも脳溢血《のういっけつ》とは思《おも》っていない。第一《だいいち》死《し》んだとも思《おも》っていない。ただいつか見《み》たことのない事務室《じむしつ》へ*来《き》たのに驚《おどろ》いている。——

事務室《じむしつ》の窓《まど》かけ*は日《ひ》の光《ひかり》の中《なか》にゆっくりと風《かぜ》に吹《ふ》かれている。もっとも窓《まど》の外《そと》はなにも

東単牌楼《トンタヌピイロオ》　北京城内《ペキンじょうない》の東長安街《ひがしちょうあんがい》に設《もう》けられた門《もん》（＝牌楼《ピイロオ》）の呼《よ》び名《な》。

俯伏《うつぶ》し　顔《かお》などを下《した》に向《む》けた状態《じょうたい》。「うつぶせ」とも。

同仁病院《どうじんびょういん》　北京《ペキン》にある大学病院《だいがくびょういん》。

見《み》たことのない事務室《じむしつ》へ　死者《ししゃ》がおもむく冥府《めいふ》を、事務所《じむしょ》のように描《えが》いているのである。「窓《まど》の外《そと》はなにも見《み》えない」とあるのが、さりげなく異界性《いかいせい》を示《しめ》した描写《びょうしゃ》で秀逸《しゅういつ》。

窓《まど》かけ　カーテン。

見《み》えない。事務室《じむしつ》のまん中《なか》の大机《おおづくえ》には白《しろ》い大掛児《タアクワル》*を着《き》た支那人《しなじん》*が二人《ふたり》、差《さ》し向《む》かいに帳簿《ちょうぼ》を検《し》らべている。一人《ひとり》はまだ二十前後《はたちぜんご》であろう。もう一人《ひとり》はやや黄《き》ばみかけた、長《なが》い口髭《くちひげ》をはやしている。

そのうちに二十前後《はたちぜんご》の支那人《しなじん》は帳簿《ちょうぼ》へペンを走《はし》らせながら、目《め》も挙《あ》げずに彼《かれ》へ話《はな》しかけた。

「アアル・ユウ*・ミスタア・ヘンリイ・バレット・アアント・ユウ?」

半三郎《はんざぶろう》はびっくりした。が、出来《でき》るだけ悠然《ゆうぜん》と北京官話《ペキンかんわ》*の返事《へんじ》をした。「我《われ》はこれ日本《にっぽん》三菱公司《みつびしこうし》*の忍野半三郎《おしのはんざぶろう》」と答《こた》えたのである。

「おや、君《きみ》は日本人《にほんじん》ですか?」

やっと目《め》を挙《あ》げた支那人《しなじん》はやはり驚《おどろ》いたようにこういった。年《とし》とったもう一人《ひとり》の支那人《しなじん》も帳簿《ちょうぼ》へなにか書《か》きかけたまま、茫然《ぼうぜん》と半三郎《はんざぶろう》を眺《なが》めている。

「どうしましょう? 人違《ひとちが》いですが*。」

「困《こま》る。実《じつ》に困《こま》る。第一革命《だいいちかくめい》*以来《いらい》一度《いちど》もないことだ。」

年《とし》とった支那人《しなじん》は怒《おこ》ったと見《み》え、ぶるぶる手《て》のペンを震《ふる》わせている。
「とにかく早《はや》く返《かえ》してやり給《たま》え。」
「君《きみ》は——ええ、忍野君《おしのくん》ですね。ちょっと待《ま》って下《くだ》さいよ。」
二十前後《はたちぜんご》の支那人《しなじん》は新《あ》らたに厚《あつ》い帳簿《ちょうぼ》をひろげ、なにか口《くち》の中《なか》に読《よ》みはじめた。が、その帳簿《ちょうぼ》をとざしたと思《おも》うと、前《まえ》よりも一層驚《いっそうおどろ》いたように年《とし》とった支那人《しなじん》へ話《はな》しかけた。
「駄目《だめ》です。忍野半三郎君《おしのはんざぶろうくん》は三日前《みっかまえ》に死《し》んでいます。」
「三日前《みっかまえ》に死《し》んでいる?」
「しかも脚《あし》は腐《くさ》っています。両脚《りょうあし》とも腿《もも》から腐《くさ》っています。」

大掛児《タアクワル》 清《しん》の時代《じだい》の礼服《れいふく》の一種《いっしゅ》。服《ふく》の上《うえ》から羽織《はお》る長《なが》い上衣《じょうい》。

支那人《しなじん》 中国人《ちゅうごくじん》。

アアル・ユウ…… Are you Mr. Henry Barret, aren't you?（あなたはヘンリー・バレットさんですか?）新来《しんらい》の死者《ししゃ》が欧米人《おうべいじん》だと思《おも》い、英語《えいご》で呼《よ》びかけたのである。

北京官話《ペキンかんわ》 清代《しんだい》の北京《ペキン》で公用《こうよう》に使《つか》われていた標準語《ひょうじゅんご》のこと。

公司《こうし》 中国語《ちゅうごくご》で会社《かいしゃ》または公社《こうしゃ》のこと。

人違《ひとちが》いですが 冥府《めいふ》の役人《やくにん》が死《し》ぬべき定《さだ》めの人間《にんげん》を間違《まちが》えて騒《そう》動《どう》となる類《たぐい》の話《はなし》は、中国《ちゅうごく》や日本《にほん》の説話《せつわ》に多《おお》い。「山月記《さんげつき》」の典拠《てんきょ》「人虎伝《じんこでん》」を収《おさ》めた『国訳漢文大成《こくやくかんぶんたいせい》』（文学部《ぶんがくぶ》 第十二《だいじゅうに》巻《かん》）所収《しょしゅう》「再生記《さいせいき》」の一篇《いっぺん》「士人甲《しじんこう》」は、毛深《けぶか》い異民族《いみんぞく》の足《あし》を付《つ》けられ蘇《よみがえ》る男《おとこ》の話《はなし》で、本篇《ほんぺん》の典拠《てんきょ》である可能性《かのうせい》が高《たか》い。

第一革命《だいいちかくめい》 辛亥革命《しんがいかくめい》のこと。一九一一年《ねん》に起《お》きた中国初《ちゅうごくはつ》の民主《みんしゅ》革命《かくめい》。清朝《しんちょう》が倒《たお》され中華民国《ちゅうかみんこく》が誕生《たんじょう》した。

　半三郎《はんざぶろう》はもう一度《いちど》びっくりした。彼等《かれら》の問答《もんどう》に従《したが》えば、第一《だいいち》に彼《かれ》は死《し》んでいる。第二《だいに》に死後三日《しごみっか》も経《へ》ている。第三《だいさん》に脚《あし》は腐《くさ》っている。そんな莫迦《ばか》げたことのあるはずはない。現《げん》に彼《かれ》の脚《あし》はこの通《とお》り、——彼《かれ》は脚《あし》を眺《なが》めるが早《はや》いか、思《おも》わずあっと大声《おおごえ》を出《だ》した。大声《おおごえ》を出《だ》したのも不思議《ふしぎ》ではない。折《お》り目《め》の正《ただ》しい白《しろ》ズボンに白靴《しろぐつ》をはいた彼《かれ》の脚《あし》は窓《まど》からはいる風《かぜ》のために二《ふた》つとも斜《なな》めに靡《なび》いている！　彼《かれ》はこういう光景《こうけい》を見《み》た時《とき》、ほとんど彼《かれ》の目《め》を信《しん》じなかった。が、両手《りょうて》にさわってみると、実際両脚《じっさいりょうあし》とも、腿《もも》から下《した》は空気《くうき》を摑《つか》むのと同《おな》じことである。半三郎《はんざぶろう》はとうとう尻《しり》もちをついた。同時《どうじ》にまた脚《あし》は——というよりもズボンはちょうどゴム風船《ふうせん》のしなびたようにへなへなと床《ゆか》の上《うえ》へ下《お》りた。

「よろしい。よろしい。どうにかしてあげますから。」

　年《とし》とった支那人《しなじん》はこう言《い》った後《のち》、まだ余憤《よふん》＊の消《き》えないように若《わか》い下役《したやく》＊へ話《はな》しかけた。

「これは君《きみ》の責任《せきにん》だ。好《い》いかね。君《きみ》の責任《せきにん》だ。早速上申書《さっそくじょうしんしょ》＊を出《だ》さなければならん。そこでだ。そこでヘンリイ・バレットは現在《げんざい》どこに行《い》っているかね？」

「今調《いましら》べたところによると、急《きゅう》に漢口《ハンカオ》＊へ出《で》かけたようです。」

「では漢口《ハンカオ》へ電報《でんぽう》を打《う》ってヘンリイ・バレットの脚《あし》を取《と》り寄《よ》せよう。」

「いや、それは駄目《だめ》でしょう。漢口《ハンカオ》から脚《あし》の来《く》るうちには忍野君《おしのくん》の胴《どう》が腐《くさ》ってしまいます。」

「困《こま》る。実《じつ》に困《こま》る。」

年《とし》とった支那人《しなじん》は歎息《たんそく》した。なんだか急《きゅう》に口髭《くちひげ》さえ一層《いっそう》だらりと下《さが》ったようである。

「これは君《きみ》の責任《せきにん》だ。早速上申書《さっそくじょうしんしょ》を出《だ》さなければならん。あいにく乗客《じょうきゃく》*は残《のこ》っていまいね?」

「ええ、一時間《いちじかん》ばかり前《まえ》に立《た》ってしまいました。もっとも馬《うま》ならば一匹《いっぴき》いますが。」

「どこの馬《うま》かね?」

「徳勝門《とくしょうもん》*外《がい》の馬市《うまいち》の馬《うま》です。今《いま》しがた死《し》んだばかりですから。」

余憤《よふん》 内心《ないしん》おさまらない怒《いか》り。
下役《したやく》 部下《ぶか》。
上申書《じょうしんしょ》 上司《じょうし》に提出《ていしゅつ》する報告書《ほうこくしょ》。
漢口《ハンカオ》 中国《ちゅうごく》・湖北省《こほくしょう》武漢市《ぶかんし》の地名《ちめい》。漢水《かんすい》が揚子江《ようすこう》に合流《ごうりゅう》する河口《かこう》に面《めん》して貿易港《ぼうえきこう》がある。
乗客《じょうきゃく》 ここでは冥府《めいふ》へ送《おく》り出《だ》す死者《ししゃ》のこと。
徳勝門《とくしょうもん》 北京《ペキン》内城《ないじょう》の城門《じょうもん》のひとつ。

「じゃその馬《うま》の脚《あし》をつけよう。馬《うま》の脚《あし》でもないよりは好《い》い。ちょっと脚《あし》だけ持《も》ってきたまえ。」

二十前後《はたちぜんご》の支那人《しなじん》は大机《おおづくえ》の前《まえ》を離《はな》れると、すうっとどこかへ出《で》ていってしまった。半三郎《はんざぶろう》は三度《さんど》びっくりした。何《なん》でも今《いま》の話《はなし》によると、馬《うま》の脚《あし》をつけられるらしい。馬《うま》の脚《あし》などになった日《ひ》には大変《たいへん》である。彼《かれ》は尻《しり》もちをついたまま、年《とし》とった支那人《しなじん》に歎願《たんがん》した。

「もしもし、馬《うま》の脚《あし》だけは勘忍《かんにん》して下《くだ》さい。わたしは馬《うま》は大嫌《だいきら》いなのです。どうか後生一生《ごしょういっしょう》＊のお願《ねが》いですから、人間《にんげん》の脚《あし》をつけて下《くだ》さい。ヘンリイなんとかの脚《あし》でもかまいません。少々《しょうしょう》くらい毛脛《けずね》でも人間《にんげん》の脚《あし》ならば我慢《がまん》しますから。」

年《とし》とった支那人《しなじん》は気《き》の毒《どく》そうに半三郎《はんざぶろう》を見下《みおろ》しながら、何度《なんど》も点頭《てんとう》＊を繰《く》り返《かえ》した。

「それはあるならばつけてあげます。しかし人間《にんげん》の脚《あし》はないのですから。——まあ、災難《さいなん》とお諦《あきら》めなさい。しかし馬《うま》の脚《あし》は丈夫《じょうぶ》ですよ。時々蹄鉄《ときどきていてつ》＊を打《う》ちかえれば、どんな山道《やまみち》でも平気《へいき》ですよ。……」

するともう若《わか》い下役《したやく》は馬《うま》の脚《あし》を二本《にほん》ぶら下《さ》げたなり、すうっとまたどこかからはいってきた。ちょうどホテルの給仕《きゅうじ》*などの長靴《ながぐつ》を持《も》ってくるのと同《おな》じことである。半三郎《はんざぶろう》は逃《に》げようとした。しかし両脚《りょうあし》のない悲《かな》しさには容易《ようい》に腰《こし》を上《あ》げることもできない。そのうちに下役《したやく》は彼《かれ》の側《そば》へ来《く》ると、白靴《しろぐつ》や靴下《くつした》を外《はず》しだした。

「それはいけない。馬《うま》の脚《あし》だけはよしてくれ給《たま》え。第一僕《だいいちぼく》の承認《しょうにん》を経《へ》ずに僕《ぼく》の脚《あし》を修繕《しゅうぜん》する法《ほう》はない。……」

半三郎《はんざぶろう》のこう喚《わめ》いているうちに下役《したやく》はズボンの右《みぎ》の穴《あな》へ馬《うま》の脚《あし》を一本《いっぽん》さしこんだ。馬《うま》の脚《あし》は歯《は》でもあるように右《みぎ》の腿《もも》へ食《く》らいついた。それから今度《こんど》は左《ひだり》の穴《あな》へもう一本《いっぽん》の脚《あし》をさしこんだ。これもまたかぷりと食《く》らいついた。

「さあ、それでよろしい。」

二十前後《はたちぜんご》の支那人《しなじん》は満足《まんぞく》の微笑《びしょう》を浮《う》かべながら、爪《つめ》の長《なが》い両手《りょうて》を*すり合《あわ》せている。半三《はんざぶ》

後生一生《ごしょういっしょう》　来世《らいせ》でも現世《げんせ》でも一度《いちど》きりの。

点頭《てんとう》　うなずくこと。

蹄鉄《ていてつ》　馬《うま》のひづめの底《そこ》に装着《そうちゃく》し、ひづめの磨滅《まめつ》や損傷《そんしょう》を防《ふせ》ぐ鉄《てつ》具《ぐ》。

給仕《きゅうじ》　ボーイ。従業員《じゅうぎょういん》。

爪《つめ》の長《なが》い両手《りょうて》を……　馬《うま》の脚《あし》が食《く》らいつく描写《びょうしゃ》とともに、二人《ふたり》の支那人《しなじん》の超自然性《ちょうしぜんせい》、得体《えたい》の知《し》れぬ無気味《ぶきみ》さを暗示《あんじ》する描写《びょうしゃ》である。

郎《ろう》はぼんやり彼《かれ》の脚《あし》を眺《なが》めた。するといつか白《しろ》ズボンの先《さき》には太《ふと》い栗毛《くりげ》*の馬《うま》の脚《あし》が二本《にほん》、ちゃんと蹄《ひづめ》を並《なら》べている。——

　半三郎《はんざぶろう》はここまで覚《おぼ》えている。少《すく》なくともその先《さき》はここまでのようにはっきりと記憶《きおく》には残《のこ》っていない。なんだか二人《ふたり》の支那人《しなじん》と喧嘩《けんか》したようにも覚《おぼ》えている。また嶮《けわ》しい梯子段《はしごだん》を転《ころ》げ落《お》ちた*ようにも覚《おぼ》えている。が、どちらも確《たし》かではない。とにかく彼《かれ》はえたいの知《し》れない幻《まぼろし》の中《なか》を彷徨《ほうこう》した*後《のち》やっと正気《しょうき》を恢復《かいふく》した時《とき》には××胡同《ことう》の社宅《しゃたく》にすえた寝棺《ねがん》*の中《なか》に横《よこ》たわっていた。のみならずちょうど寝棺《ねがん》の前《まえ》には若《わか》い本願寺派《ほんがんじは》*の布教師《ふきょうし》が一人《ひとり》、引《いん》導《どう》*かなにかを渡《わた》していた。

　こう言《い》う半三郎《はんざぶろう》の復活《ふっかつ》の評判《ひょうばん》になったのは勿論《もちろん》である。「順天時報《じゅんてんじほう》」*はそのために大《おお》きい彼《かれ》の写真《しゃしん》を出《だ》したり、三段抜《さんだんぬ》きの記事《きじ》*を掲《かか》げたりした。なんでもこの記事《きじ》に従《したが》えば、喪《も》服《ふく》を着《き》た常子《つねこ》はふだんよりも一層《いっそう》にこにこしていたそうである。ある上役《うわやく》や同僚《どうりょう》は無駄《むだ》になった香奠《こうでん》*を会費《かいひ》に復活祝賀会《ふっかつしゅくがかい》を開《ひら》いたそうである。もっとも山井博士《やまいはかせ》の信用《しんよう》だけは危険《きけん》に瀕《ひん》したのに違《ちが》いない。が、博士《はかせ》は悠然《ゆうぜん》と葉巻《はまき》の煙《けむり》を輪《わ》に吹《ふ》きながら、巧《たく》みに信用《しんよう》を恢復《かいふく》した。それは医学《いがく》を超越《ちょうえつ》する自然《しぜん》の神秘《しんぴ》を力説《りきせつ》したのである。つまり博士自身《はかせじしん》の信用《しんよう》の代《かわ》りに医学《いがく》の信用《しんよう》を抛棄《ほうき》*したのである。

けれども当人《とうにん》の半三郎《はんざぶろう》だけは復活祝賀会《ふっかつしゅくがかい》へ出席《しゅっせき》した時《とき》さえ、少《すこ》しも浮《う》いた顔《かお》*を見《み》せなかった。見《み》せなかったのももちろん、不思議《ふしぎ》ではない。彼《かれ》の脚《あし》は復活以来《ふっかついらい》いつの間《ま》にか馬《うま》の脚《あし》に変《かわ》っていたのである。指《ゆび》の代《かわ》りに蹄《ひづめ》のついた栗毛《くりげ》の馬《うま》の脚《あし》に変《かわ》っていたのである。彼《かれ》はこの脚《あし》を眺《なが》めるたびになんともいわれぬ情《なさけ》なさを感《かん》じた。万一《まんいち》この脚《あし》の見《み》つかった日《ひ》に

栗毛《くりげ》　馬《うま》の毛色《けいろ》の呼《よ》び名《な》。たてがみと尾《お》が赤褐色《せっかっしょく》で地色《じいろ》が赤黒《せっこく》色《しょく》のもの。

梯子段《はしごだん》を転《ころ》げ落《お》ちた……　あの世《よ》とこの世《よ》の境界《きょうかい》を階段《かいだん》で表現《ひょうげん》しているのである。記紀神話《ききしんわ》で黄泉国《よみのくに》（死《し》の世界《せかい》）と地上《ちじょう》の境《さかい》にあるとされる「黄泉平坂《よもつひらさか》」を連想《れんそう》させる。

彷徨《ほうこう》した　さまよい歩《ある》いた。

寝棺《ねがん》　遺体《いたい》をあおむけに横《よこ》たえる棺桶《かんおけ》。「ねかん」とも発音《はつおん》。

本願寺派《ほんがんじは》　仏教《ぶっきょう》の真宗十派《しんしゅうじっぱ》のひとつ。開祖《かいそ》・親鸞上人直系《しんらんしょうにんちょっけい》で、京都《きょうと》の西本願寺《にしほんがんじ》を本山《ほんざん》とする。

引導《いんどう》　死者《ししゃ》を済度《さいど》するため、葬儀《そうぎ》に際《さい》して導師《どうし》の僧《そう》が棺前《かんぜん》に立《た》ち法語《ほうご》を説《と》くこと。

「順天時報《じゅんてんじほう》」　北京《ペキン》で発行《はっこう》されていた新聞《しんぶん》。清代《しんだい》に北京一帯《ペキンいったい》が「順天府《じゅんてんふ》」と呼《よ》ばれたことにちなむ名称《めいしょう》。

三段抜《さんだんぬ》きの記事《きじ》　新聞紙面《しんぶんしめん》の三段分《さんだんぶん》を使《つか》って報《ほう》じられた記事《きじ》。

香奠《こうでん》　「香典《こうでん》」とも。死者《ししゃ》の霊前《れいぜん》に手向《たむ》けるお香《こう》に代《か》えて遺族《いぞく》に渡《わた》す金銭《きんせん》。

抛棄《ほうき》　「放棄《ほうき》」とも。捨《す》て去《さ》ること。

浮《う》いた顔《かお》　喜《よろこ》び浮《う》かれた表情《ひょうじょう》。

は会社《かいしゃ》も必《かなら》ず半三郎《はんざぶろう》を馘首《かくしゅ》*してしまうのに違《ちが》いない。同僚《どうりょう》も今後《こんご》の交際《こうさい》は御免《ごめん》を蒙《こうむ》るのにきまっている。常子《つねこ》も――おお、「弱《よわ》きものよ汝《なんじ》の名《な》は女《おんな》なり」*！ 常子《つねこ》も恐《おそ》らくはこの例《れい》に洩《も》れず、馬《うま》の脚《あし》などになった男《おとこ》を御亭主《ごていしゅ》に持《も》ってはいないであろう。――半三郎《はんざぶろう》はこう考《かんが》えるたびに、どうしても彼《かれ》の脚《あし》だけは隠《かく》さなければならぬと決心《けっしん》した。和服《わふく》を廃《はい》したのもそのためである。長靴《ながぐつ》をはいたのもそのためである。浴室《よくしつ》の窓《まど》や戸《と》じまりを厳重《げんじゅう》にしたのもそのためである。しかし彼《かれ》はそれでもなお絶《た》えず不安《ふあん》を感《かん》じていた。また不安《ふあん》を感《かん》じたのも無理《むり》ではなかったのに違《ちが》いない。なぜと言《い》えば、――

半三郎《はんざぶろう》のまず警戒《けいかい》したのは同僚《どうりょう》の疑惑《ぎわく》を避《さ》けることである。これは彼《かれ》の苦心《くしん》の中《なか》でも比較的楽《ひかくてきらく》な方《ほう》だったかも知《し》れない。が、彼《かれ》の日記《にっき》によれば、やはりいつも多少《たしょう》の危険《きけん》と闘《たたか》わなければならなかったようである。

「七月《しちがつ》×日《にち》　どうもあの若《わか》い支那人《しなじん》のやつは怪《け》しからぬ脚《あし》*をくっつけたものである。俺《おれ》の脚《あし》は両方《りょうほう》とも蚤《のみ》の巣窟《そうくつ》と言《い》*っても好《い》い。俺《おれ》は今日《きょう》も事務《じむ》を執《と》りながら、気違《きちが》いになるくらい痒《かゆ》い思《おも》いをした。とにかく当分《とうぶん》は全力《ぜんりょく》を挙《あ》げて蚤退治《のみたいじ》の工夫《くふう》をしなければならぬ。……

「八月《はちがつ》×日《にち》　俺《おれ》は今日《きょう》マネエジャア*のところへ商売《しょうばい》のことを話《はな》しにいった。するとマネエジャアは話《はなし》の中《うち》にも絶《た》えず鼻《はな》を鳴《な》らせている。どうも俺《おれ》の脚《あし》の臭《にお》いは長靴《ながぐつ》の外《そと》にも発散《はっさん》するらしい。……

「九月《くがつ》×日《にち》　馬《うま》の脚《あし》を自由《じゆう》に制御《せいぎょ》することは確《たし》かに馬術《ばじゅつ》よりも困難《こんなん》である。俺《おれ》は今日午休《きょうひるやす》み前《まえ》に急《いそ》ぎの用《よう》をいいつけられたから、小走《こばし》りに梯子段《はしごだん》を走《はし》りおりた。誰《だれ》でもこういう瞬間《しゅんかん》には用《よう》のことしか思《おも》わぬものである。俺《おれ》もそのためにいつの間《ま》にか馬《うま》の脚《あし》を忘《わす》れていたのであろう。あっと言《い》う間《ま》に俺《おれ》の脚《あし》は梯子段《はしごだん》の七段目《ななだんめ》を踏《ふ》みぬいてしまった。……

「十月《じゅうがつ》×日《にち》　俺《おれ》はだんだん馬《うま》の脚《あし》を自由《じゆう》に制御《せいぎょ》することを覚《おぼ》えだした。これもやっと体得《たいとく》してみると、畢竟《ひっきょう》*腰《こし》の吊《つ》りあい*一《ひと》つである。が、今日《きょう》は失敗《しっぱい》した。もっとも今日《きょう》の失敗《しっぱい》

馘首《かくしゅ》　解雇《かいこ》すること。くびにすること。

「弱《よわ》きものよ汝《なんじ》の名《な》は女《おんな》なり」　シェイクスピアの戯曲《ぎきょく》『ハムレット』の有名《ゆうめい》なセリフ。

怪《け》しからぬ　よくない。不都合《ふつごう》な。

蚤《のみ》の巣窟《そうくつ》……　妻《つま》の常子《つねこ》が南京虫《なんきんむし》に悩《なや》まされた挿話《そうわ》に照応《しょうおう》している。

マネエジャア　(manager)マネージャー。支配人《しはいにん》、経営者《けいえいしゃ》。

畢竟《ひっきょう》　つまり。結局《けっきょく》は。

吊《つ》りあい　通常《つうじょう》は「釣合《つりあい》」と表記《ひょうき》。バランス。

は必《かなら》ずしも俺《おれ》の罪《つみ》ばかりではない。俺《おれ》は今朝《けさ》九時前後《くじぜんご》に人力車《じんりきしゃ》に乗《の》って会社《かいしゃ》へ行《い》った。すると車夫《しゃふ》は十二銭《じゅうにせん》の賃銭《ちんせん》をどうしても二十銭《にじゅっせん》よこせという。おまけに俺《おれ》をつかまえたなり、会社《かいしゃ》の門内《もんない》へはいらせまいとする。俺《おれ》は大《おお》いに腹《はら》が立《た》ったから、いきなり車夫《しゃふ》を蹴飛《けと》ばしてやった。車夫《しゃふ》の空中《くうちゅう》へ飛《と》びあがったことはフット・ボオルかと思《おも》うくらいである。俺《おれ》はもちろん後悔《こうかい》した。同時《どうじ》にまた思《おも》わず噴飯《ふんぱん》*した。とにかく脚《あし》を動《うご》かす時《とき》には一層細心《いっそうさいしん》に注《ちゅう》意《い》しなければならぬ。……」

しかし同僚《どうりょう》を瞞着《まんちゃく》*するよりも常子《つねこ》の疑惑《ぎわく》を避《さ》けることは遥《はる》かに困難《こんなん》に富《と》んでいたらしい。半三郎《はんざぶろう》は彼《かれ》の日記《にっき》の中《なか》に絶《た》えずこの困難《こんなん》を痛嘆《つうたん》*している。

「七月《しちがつ》×日《にち》　俺《おれ》の大敵《たいてき》は常子《つねこ》である。俺《おれ》は文化生活《ぶんかせいかつ》の必要《ひつよう》を楯《たて》に、たった一《ひと》つの日本間《にほんま》をもとうとう西洋間《せいようま》にしてしまった。こうすれば常子《つねこ》の目《め》の前《まえ》でも靴《くつ》を脱《ぬ》がずにいられるからである。常子《つねこ》は畳《たたみ》のなくなったことを大《おお》いに不平《ふへい》に思《おも》っているらしい。が、靴足袋《くつたび》*をはいているにもせよ、この脚《あし》で日本間《にほんま》を歩《ある》かせられるのはとうてい俺《おれ》には不可能《ふかのう》である。

……

「九月《くがつ》×日《にち》　俺《おれ》は今日《きょう》道具屋《どうぐや》にダブル・ベッドを売《う》りはらった。このベッドを買《か》ったのはある亜米利加人《アメリカじん》のオオクション*である。俺《おれ》はあのオオクションへ行《い》った帰《かえ》りに租界《そかい》*の並《な》み木《き》の下《した》を歩《ある》いていった。並《な》み木《き》の槐《えんじゅ》は花盛《はなざか》りだった。運河《うんが》の水明《みずあか》りも美《うつく》しかった。しかし――今《いま》はそんなことに恋々《れんれん》*としている場合《ばあい》ではない。俺《おれ》は昨夜《ゆうべ》もう少《すこ》しで常子《つねこ》の横腹《よこばら》を蹴《け》るところだった。……

「十一月《じゅういちがつ》×日《にち》　俺《おれ》は今日《きょう》洗濯物《せんたくもの》を俺自身《おれじしん》洗濯屋《せんたくや》へ持《も》っていった。もっとも出入《でい》りの*洗濯屋《せんたくや》ではない。東安市場《とうあんしじょう》*の側《そば》の洗濯屋《せんたくや》である。これだけは今後《こんご》も実行《じっこう》しなければならぬ。猿股《さるまた》やズボン下《した》や靴下《くつした》にはいつも馬《うま》の毛《け》がくっついているから。……

「十二月《じゅうにがつ》×日《にち》　靴下《くつした》の切《き》れることは非常《ひじょう》なものである。実《じつ》は常子《つねこ》に知《し》られぬように靴下代《くつしただい》

噴飯《ふんぱん》　口《くち》の中《なか》の飯《めし》を吹《ふ》き出《だ》すほど、おかしいこと。ふきだし笑《わら》い。
瞞着《まんちゃく》　ごまかす。
痛嘆《つうたん》　ひどく悲《かな》しんで嘆《なげ》くこと。
靴足袋《くつたび》　くつした。
オオクション（auction）競売会《きょうばいかい》。オークション。

租界《そかい》　阿片戦争《あへんせんそう》（一八四〇～四二年《ねん》に起《お》きた英国《えいこく》と清国《しんこく》の戦争《せんそう》）をきっかけに清《しん》の開港都市《かいこうとし》に設《もう》けられた外国《がいこく》の租借《そしゃく》（領土《りょうど》の一部《いちぶ》を借《か》りること）地区《ちく》。
恋々と《れんれん》　未練《みれん》がましいさま。
出入りの《でい》　なじみの。常用《じょうよう》している。
東安市場《とうあんしじょう》　北京《ペキン》の東城王府井大街路東《とうじょうおうふせいだいがいろひがし》にあった大《おお》きな市場《いちば》。

を工面《くめん》するだけでも並《な》みたいていの苦労《くろう》ではない。……

「二月《にがつ》×日《にち》　俺《おれ》はもちろん寝《ね》る時《とき》でも靴下《くつした》やズボン下《した》を脱《ぬ》いだことはない。その上《うえ》常子《つねこ》に見《み》られぬように脚《あし》の先《さき》を毛布《もうふ》に隠《かく》してしまうのはいつも容易《ようい》ならぬ冒険《ぼうけん》である。常子《つねこ》は昨夜《ゆうべ》寝《ね》る前《まえ》に『あなたはほんとうに寒《さむ》がりね。腰《こし》へも毛皮《けがわ》を巻《ま》いていらっしゃるの？』と言《い》った。ことによると俺《おれ》の馬《うま》の脚《あし》も露見《ろけん》*する時《とき》が来《き》たのかもしれない。……」

半三郎《はんざぶろう》はこのほかにも幾多《いくた》の危険《きけん》に遭遇《そうぐう》した。それを一々枚挙《いちいちまいきょ》*するのはとうていわたしの堪《た》えるところではない。が、半三郎《はんざぶろう》の日記《にっき》の中《なか》でも最《もっと》もわたしを驚《おどろ》かせたのは下《しも》に掲《かか》げる出来事《できごと》である。

「二月《にがつ》×日《にち》　俺《おれ》は今日《きょう》午休《ひるやす》みに隆福寺《りゅうふくじ》*の古本屋《ふるぼんや》を覗《のぞ》きにいった。古本屋《ふるぼんや》の前《まえ》の日《ひ》だまりには馬車《ばしゃ》が一台《いちだい》止《と》まっている。もっとも西洋《せいよう》の馬車《ばしゃ》ではない。藍色《あいいろ》の幌《ほろ》を張《は》った支那馬車《しなばしゃ》である。馭者《ぎょしゃ》*ももちろん馬車《ばしゃ》の上《うえ》に休《やす》んでいたのに違《ちが》いない。が、俺《おれ》は格別《かくべつ》気《き》にも止《と》めずに古本屋《ふるぼんや》の店《みせ》へはいろうとした。するとその途端《とたん》である。馭者《ぎょしゃ》は鞭《むち》を鳴《な》らせながら、「スオ、スオ」と声《こえ》をかけた。「スオ、スオ」は馬《うま》を後《あと》にやる時《とき》に支那人《しなじん》の使《つか》う言葉《ことば》である。馬車《ばしゃ》はこの言葉《ことば》の終《おわ》らぬうちにがたがた後《あと》へ下《さが》りだした。と同時《どうじ》に驚《おどろ》くまいことか！　俺《おれ》も古《ふる》本屋《ぼんや》を前《まえ》に見《み》たまま、一足《ひとあし》ずつ後《あと》へ下《さが》りだした。この時《とき》の俺《おれ》の心《こころ》もちは恐怖《きょうふ》＊というか、驚《きょう》愕《がく》というか、とうてい筆舌《ひつぜつ》に尽《つく》す＊ことはできない。俺《おれ》は徒《いたず》らに＊一足《ひとあし》でも前《まえ》へ出《で》ようと努力《どりょく》しながら、しかも恐《おそろ》しい不可抗力《ふかこうりょく》＊のもとにやはり後《うしろ》へ下《さが》っていった。そのうちに馭者《ぎょしゃ》の「スオオ」といったのはまだしも俺《おれ》のためには幸福《こうふく》である。俺《おれ》は馬車《ばしゃ》の止《と》まる拍子《ひょうし》にやっと後《あと》ずさりをやめることができた。しかし不思議《ふしぎ》はそれだけではない。俺《おれ》はほっと一息《ひといき》しながら、思《おも》わず馬車《ばしゃ》の方《ほう》へ目《め》を転《てん》じた。すると馬《うま》は――馬車《ばしゃ》を牽《ひ》いていた葦毛《あしげ》の馬《うま》はなんともいわれぬ嘶《いなな》きかた＊をした。なんともいわれぬ？――いや、なんともいわれぬではない。俺《おれ》はその疳走《かんばし》った＊声《こえ》の中《なか》に確《たし》かに馬《うま》の笑《わら》ったのを感《かん》じた。馬《うま》のみならず俺《おれ》の喉《のど》もとにも嘶《いなな》

露見《ろけん》する　隠《かく》していたことが明《あ》かされる。ばれる。
枚挙《まいきょ》する　一々《いちいち》かぞえあげる。
隆福寺《りゅうふくじ》　北京《ペキン》・東城区《とうじょうく》の隆福寺街北《りゅうふくじがいきた》にあった大寺院《だいじいん》。周辺《しゅうへん》は門前町《もんぜんまち》として市《いち》が立《た》ちにぎわった。古書店街《こしょてんがい》で有名《ゆうめい》。
馭者《ぎょしゃ》　馬車《ばしゃ》を操縦《そうじゅう》する運転手《うんてんしゅ》。
俺《おれ》の心《こころ》もちは恐怖《きょうふ》　「山月記《さんげつき》」の李徴《りちょう》の恐怖《きょうふ》を想起《そうき》させる。

筆舌《ひつぜつ》に尽《つく》す　文章《ぶんしょう》や言葉《ことば》で表現《ひょうげん》する。
徒《いたず》らに　むだに。
不可抗力《ふかこうりょく》　人力《じんりき》ではどうすることもできないこと。
嘶《いなな》きかた　馬《うま》の鳴《な》き方《かた》。
疳走《かんばし》った　（音声《おんせい》が）細《ほそ》く高《たか》く鋭《するど》く響《ひび》いた。甲高《かんだか》い。通常《つうじょう》は「甲走《かんばし》った」と表記《ひょうき》。

きに似《に》たものがこみあげるのを感《かん》じた。この声《こえ》を出《だ》しては大変《たいへん》である。俺《おれ》は両耳《りょうみみ》へ手《て》をやるが早《はや》いか、一散《いっさん》*にそこを逃《に》げだしてしまった。……」

けれども運命《うんめい》は半三郎《はんざぶろう》のために最後《さいご》の打撃《だげき》を用意《ようい》していた。と言《い》うのはほかでもない。三月《さんがつ》の末《すえ》のある午頃《ひるごろ》、彼《かれ》は突然《とつぜん》彼《かれ》の脚《あし》の躍《おど》ったり跳《は》ねたりするのを発見《はっけん》したのである。なぜ彼《かれ》の馬《うま》の脚《あし》はこの時急《ときぎゅう》に騒《さわ》ぎだしたか？　その疑問《ぎもん》に答《こた》えるためには半三郎《はんざぶろう》の日記《にっき》を調《しら》べなければならぬ。が、不幸《ふこう》にも彼《かれ》の日記《にっき》はちょうど最後《さいご》の打撃《だげき》を受《う》ける一日前《いちにちまえ》に終《おわ》っている。ただ前後《ぜんご》の事情《じじょう》により、大体《だいたい》の推測《すいそく》は下《くだ》せぬこともない。わたしは馬政紀《ばせいき》*、馬記《ばき》*、元亨療牛馬駝集《げんきょうりょうぎゅうばだしゅう》*、伯楽相馬経《はくらくそうばきょう》*等《とう》の諸書《しょしょ》に従《したが》い、彼《かれ》の脚《あし》の興奮《こうふん》したのはこういうためだったと確信《かくしん》している。——

当日《とうじつ》は烈《はげ》しい黄塵《こうじん》だった。黄塵《こうじん》とは蒙古《もうこ》*の春風《しゅんぷう》の北京《ペキン》へ運《はこ》んで来《く》る砂埃《すなぼこ》りである。「順天時報《てんじほう》」の記事《きじ》によれば、当日《とうじつ》の黄塵《こうじん》は十数年来未《じゅうすうねんらいいま》だ嘗見《かつてみ》ないところであり、「五歩《ごほ》の外《そと》に正陽門《せいようもん》*を仰《あお》ぐも、すでに門楼《もんろう》を見《み》るべからず」と言《い》うのであるから、よほど烈《はげ》しかったのに違《ちが》いない。しかるに半三郎《はんざぶろう》の馬《うま》の脚《あし》は徳勝門外《とくしょうもんがい》の馬市《うまいち》の斃馬《へいば》*についていた脚《あし》であり、そのまた斃馬《へいば》は明《あき》らかに張家口《ちょうかこう》*、錦州《きんしゅう》*を通《とお》ってきた蒙古産《もうこさん》の庫倫《クーロン》*馬《ば》である。すると彼《かれ》の馬《うま》の脚《あし》の蒙古《もうこ》の空気《くうき》を感《かん》ずるが早《はや》いか、たちまち躍《おど》ったり跳《は》ねたりしだしたのはむしろ当然《とうぜん》ではないであろうか？　かつまた当時《とうじ》は塞外《さいがい》*の馬《うま》の必死《ひっし》に交尾《こうび》を求《もと》めながら、縦横《じゅうおう》に駆《か》けまわる時期《じき》である。して見《み》れば彼《かれ》の馬《うま》の脚《あし》がじっとしているのに忍《しの》びなかったのも同情《どうじょう》に価《あたい》するといわなければならぬ。……

この解釈《かいしゃく》の是非《ぜひ》*はともかく、半三郎《はんざぶろう》は当日会社《とうじつかいしゃ》にいた時《とき》も、舞踏《ぶとう》かなにかするように絶《た》

一散《いっさん》に　わきめもふらず急《いそ》いで。

馬政記《ばせいき》　明代《みんだい》の馬政《ばせい》（馬《うま》の飼育改良《しいくかいりょう》などに関《かん》する政令《せいれい》）の解説《かいせつ》書《しょ》。楊時喬《ようじきょう》の撰《せん》。

馬記《ばき》　明代《みんだい》の高官《こうかん》で文人《ぶんじん》としても多《おお》くの著作《ちょさく》を遺《のこ》した郭子章《かくししょう》の撰《せん》。

元亨療牛馬駝集《げんきょうりょうぎゅうばだしゅう》　牛馬《ぎゅうば》やラクダの病気治療法《びょうきちりょうほう》などについて記《しる》した書《しょ》。清代《しんだい》の喩本元《ゆほんげん》・喩本亨《ゆほんきょう》による共撰《きょうせん》。

伯楽相馬経《はくらくそうばきょう》　周代《しゅうだい》の伯楽《はくらく》（馬《うま》を鑑定《かんてい》する名人《めいじん》だった伝説上《でんせつじょう》の人《じん》物《ぶつ》）の撰《せん》とされる馬学《ばがく》の書《しょ》。

蒙古《もうこ》　モンゴル。

「五歩《ごほ》の外《そと》に……」　正陽門《せいようもん》（北京《ペキン》の内城《ないじょう》の南正門《みなみせいもん》）からたった五歩離《ごほはな》れて見上《みあ》げても、門楼《もんろう》（門《もん》の上《うえ》にある楼《ろう》）が見《み》えないほどだ、の意《い》。

斃馬《へいば》　死《し》んだ馬《うま》。

張家口《ちょうかこう》　北京《ペキン》の北《きた》、察哈爾省《チャハルしょう》（現在《げんざい》の河北省北西部《かほくしょうほくせいぶ》）の都市《とし》名《めい》。「万里《ばんり》の長城《ちょうじょう》」の大境門《だいきょうもん》に近《ちか》く、モンゴルとの通商拠《つうしょうきょ》点《てん》となる。馬市《うまいち》が開《ひら》かれた。

錦州《きんしゅう》　清代《しんだい》の遼寧省《りょうねいしょう》西部《せいぶ》の地名《ちめい》。現在《げんざい》の錦県《きんけん》。鉄道《てつどう》の要衝《ようしょう》であった。

庫倫《クーロン》　モンゴルの首都《しゅと》ウランバートルの旧称《きゅうしょう》。

塞外《さいがい》　とりでの外《そと》。すなわち万里《ばんり》の長城《ちょうじょう》の外側《そとがわ》。

是非《ぜひ》　よしあし。正《ただ》しいか否《いな》か。

えず跳《は》ねまわっていたそうである。また社宅《しゃたく》へ帰《かえ》る途中《とちゅう》も、たった三町《さんちょう》*ばかりの間《あいだ》に人力車《じんりきしゃ》を七台《ななだい》踏《ふ》みつぶしたそうである。最後《さいご》に社宅《しゃたく》へ帰《かえ》った後《のち》も、——なんでも常子《つねこ》の話《はなし》によれば、彼《かれ》は犬《いぬ》のように喘《あえ》ぎながら、よろよろ茶《ちゃ》の間《ま》へはいってきた。それからやっと長椅子《ながいす》へかけると、あっけにとられた細君《さいくん》に細引《ほそびき》*を持《も》ってこいと命令《めいれい》した。常子《つねこ》はもちろん夫《おっと》のようすに大事件《だいじけん》の起《おこ》ったことを想像《そうぞう》した。第一顔色《だいいちかおいろ》も非常《ひじょう》に悪《わる》い。のみならず苛立《いらだ》たしさに堪《た》えないように長靴《ながぐつ》の脚《あし》を動《うご》かしている。彼女《かのじょ》はそのためにいつものように微笑《びしょう》することも忘《わす》れたなり*、一体細引《いったいほそびき》をなににするつもりか、聞《き》かしてくれと歎願《たんがん》*した。しかし夫《おっと》は苦《くる》しそうに額《ひたい》の汗《あせ》を拭《ぬぐ》いながら、こう繰《く》りかえすばかりである。

「早《はや》くしてくれ。早《はや》く。——早《はや》くしないと、大変《たいへん》だから。」

常子《つねこ》はやむを得《え》ず荷造《にづく》りに使《つか》う細引《ほそびき》を一束夫《ひとたばおっと》へ渡《わた》した。すると彼《かれ》はその細引《ほそびき》に長靴《ながぐつ》の両《りょう》

三町《ちょう》 約《やく》三〇〇メートル。
細引《ほそびき》 麻《あさ》などを撚《よ》り合《あ》わせた丈夫《じょうぶ》な縄《なわ》。
忘《わす》れたなり 忘《わす》れたまま。
歎願《たんがん》 嘆《なげ》いて願《ねが》うこと。切望《せつぼう》すること。

脚《あし》を縛《しば》りはじめた。彼女《かのじょ》の心《こころ》に発狂《はっきょう》という恐怖《きょうふ》*のきざしたのはこの時《とき》である。常子《つねこ》は夫《おっと》を見《み》つめたまま、震《ふる》える声《こえ》に山井博士《やまいはかせ》の来診《らいしん》を請《こ》うことを勧《すす》めだした。しかし彼《かれ》は熱心《ねっしん》に細引《ほそびき》を脚《あし》へからげながら、どうしてもその勧《すす》めに従《したが》わない。

「あんな藪医者《やぶいしゃ》になにがわかる？　あいつは泥棒《どろぼう》だ！　大詐偽師《おおさぎし》だ！　それよりもお前《まえ》、ここへ来《き》て俺《おれ》の体《からだ》を抑《おさ》えていてくれ。」

彼等《かれら》は互《たがい》に抱《だ》きあったなり、じっと長椅子《ながいす》に坐《すわ》っていた。北京《ペキン》を蔽《おお》った黄塵《こうじん》はいよいよ烈《はげ》しさを加《くわ》えるのであろう。今《いま》は入《い》り日《ひ》さえ窓《まど》の外《そと》に全然光《ぜんぜんひかり》という感《かん》じのしない、濁《にご》った朱《しゅ》の色《いろ》を漂《ただよ》わせている。半三郎《はんざぶろう》の脚《あし》はその間《あいだ》ももちろん静《しず》かにしているわけではない。細引《ほそびき》にぐるぐる括《くく》られたまま、目《め》に見《み》えぬペダルを踏《ふ》むようにやはり絶《た》えず動《うご》いている。常子《つねこ》は夫《おっと》をいたわるように、また夫《おっと》を励《はげ》ますようにいろいろのことを話《はな》しかけた。

「あなた、あなた、どうしてそんなに震《ふる》えていらっしゃるんです？」

「なんでもない。なんでもないよ。」

「だってこんなに汗《あせ》をかいて、――この夏《なつ》は内地《ないち》*へ帰《かえ》りましょうよ。ねえ、あなた、久《ひさ》しぶりに内地《ないち》へ帰《かえ》りましょうよ。」

「うん、内地《ないち》へ帰《かえ》ることにしよう。内地《ないち》へ帰《かえ》って暮《く》らすことにしよう。」

五分《ごふん》、十分《じゅっぷん》、二十分《にじゅっぷん》、——時《とき》はこういう二人《ふたり》の上《うえ》に遅《おそ》い歩《あゆ》みを運《はこ》んでいった。常子《つねこ》は「順天時報《じゅんてんじほう》」の記者《きしゃ》にこの時《とき》の彼女《かのじょ》の心《こころ》もちはちょうど鎖《くさり》に繋《つな》がれた囚人《しゅうじん》のようだったと話《はな》している。が、かれこれ三十分《さんじゅっぷん》の後《のち》、ついに鎖《くさり》の断《た》たれる時《とき》は来《き》た。もっともそれは常子《つねこ》のいわゆる鎖《くさり》の断《た》たれる時《とき》ではない。半三郎《はんざぶろう》を家庭《かてい》へ縛《しば》りつけた人間《にんげん》の鎖《くさり》の断《た》たれる時《とき》である。濁《にご》った朱《しゅ》の色《いろ》を透《す》かせた窓《まど》は流《なが》れ風《かぜ》*にでも煽《あお》られたのか、突然《とつぜん》がたがたと鳴《な》りわたった。と同時《どうじ》に半三郎《はんざぶろう》はなにか大声《おおごえ》を出《だ》すが早《はや》いか、三尺《さんじゃく》*ばかり宙《ちゅう》へ飛《と》びあがった。

発狂《はっきょう》という恐怖《きょうふ》　中島敦《なかじまあつし》「山月記《さんげつき》」に通《つう》ずる。ちなみに芥川《あくたがわ》龍之介《りゅうのすけ》の生母《せいぼ》フクは、龍之介《りゅうのすけ》を産《う》んで九ヶ月頃《げつごろ》に発狂《はっきょう》している。「僕《ぼく》の母《はは》はいかにももの静《しず》かな狂人《きょうじん》だった。僕《ぼく》や僕《ぼく》の姉《あね》などに画《え》を描《か》いてくれと迫《せま》られると、四《よ》つ折《おり》の半紙《はんし》に画《え》を描《か》いてくれる。（略《りゃく》）ただそれ等《ら》の画中《がちゅう》の人物《じんぶつ》はいずれも狐《きつね》の顔《かお》をしていた」（芥川龍之介《あくたがわりゅうのすけ》「点鬼簿《てんきぼ》」より）いつか自分《じぶん》も発狂《はっきょう》するのではないかという不安《ふあん》と恐怖《きょうふ》は、龍之介《りゅうのすけ》自身《じしん》を悩《なや》ませ、「歯車《はぐるま》」「河童《かっぱ》」など晩年《ばんねん》の作品《さくひん》のモチーフともなった。

内地《ないち》　日本国内《にほんこくない》。当時《とうじ》は朝鮮《ちょうせん》、台湾《たいわん》、樺太《からふと》（サハリン）なども大日本帝国《だいにほんていこく》の領土《りょうど》であり、それらの地域《ちいき》（＝外地《がいち》）を除《のぞ》いた旧来《きゅうらい》の国土《こくど》を、内地《ないち》と通称《つうしょう》していた。

流《なが》れ風《かぜ》　突風《とっぷう》。

三尺《さんじゃく》　一メートル弱《じゃく》。

常子《つねこ》はその時《とき》細引《ほそびき》のばらりと切《き》れるのを見《み》たそうである。半三郎《はんざぶろう》は、——これは常子《つねこ》の話《はなし》ではない。彼女《かのじょ》は夫《おっと》の飛《と》びあがるのを見《み》たぎり、長椅子《ながいす》の上《うえ》に失神《しっしん》してしまった。しかし社宅《しゃたく》の支那人《しなじん》のボオイはこう同《おな》じ記者《きしゃ》に話《はな》している。——半三郎《はんざぶろう》はなにかに追《お》われるように社宅《しゃたく》の玄関《げんかん》へ躍《おど》りでた。それからほんの一瞬間《いっしゅんかん》、玄関《げんかん》の先《さき》に佇《たたず》んでいた。が、身震《みぶる》いを一《ひと》つすると、ちょうど馬《うま》の嘶《いなな》きに似《に》た、気味《きみ》の悪《わる》い声《こえ》を残《のこ》しながら、往来《おうらい》を罩《こ》めた黄塵《こうじん》*の中《なか》へまっしぐらに走《はし》っていってしまった。……

その後《ご》の半三郎《はんざぶろう》はどうなったか？　それは今日《こんにち》でも疑問《ぎもん》である。もっとも「順天時報《じゅんてんじほう》」の記者《きしゃ》は当日《とうじつ》の午後八時前後《ごごはちじぜんご》、黄塵《こうじん》に煙《けむ》った月明《つきあか》りの中《なか》に帽子《ぼうし》をかぶらぬ男《おとこ》が一人《ひとり》、万里《ばんり》の長城《ちょうじょう》*を見《み》るのに名高《なだか》い八達嶺《はったつれい》*下《か》の鉄道線路《てつどうせんろ》を走《はし》っていったことを報《ほう》じている。が、この記事《きじ》は必《かなら》ずしも確実《かくじつ》な報道《ほうどう》ではなかったらしい。現《げん》にまた同《おな》じ新聞《しんぶん》の記者《きしゃ》はやはり午後《ごご》八時前後《はちじぜんご》、黄塵《こうじん》を沾《うるお》した雨《あめ》の中《なか》に帽子《ぼうし》をかぶらぬ男《おとこ》が一人《ひとり》、石人石馬《せきじんせきば》*の列《れつ》をなした十三陵《じゅうさんりょう》*の大道《だいどう》を走《はし》っていったことを報《ほう》じている。すると半三郎《はんざぶろう》は××胡同《ことう》の社宅《しゃたく》の玄関《げんかん》を飛《と》びだした後《のち》、全然《ぜんぜん》どこへどうしたか、判然《はんぜん》しないといわなければならぬ。

半三郎《はんざぶろう》の失踪《しっそう》も彼《かれ》の復活《ふっかつ》と同《おな》じように評判《ひょうばん》になったのはもちろんである。しかし常子《つねこ》、マネエジャア、同僚《どうりょう》、山井博士《やまいはかせ》、「順天時報《じゅんてんじほう》」の主筆《しゅひつ》*等《ら》はいずれも彼《かれ》の失踪《しっそう》を発狂《はっきょう》のためと解釈《かいしゃく》した。もっとも発狂《はっきょう》のためと解釈《かいしゃく》するのは馬《うま》の脚《あし》のためと解釈《かいしゃく》するのよりも容易《ようい》だったのに違《ちが》いない。難《なん》を去《さ》って易《い》につく*のは常《つね》に天下《てんか》の公道《こうどう》*である。この公道《こうどう》を代表《だいひょう》する「順天時報《じゅんてんじほう》」の主筆牟多口氏《しゅひつむだぐちし》*は半三郎《はんざぶろう》の失踪《しっそう》した翌日《よくじつ》、その椽大《てんだい》の筆《ふで》*を揮《ふる》って下《しも》の社説《しゃせつ》を公《おおやけ》にした。——

「三菱社員忍野半三郎氏《みつびししゃいんおしのはんざぶろうし》は昨夕五時十五分《さくゆうごじじゅうごふん》、突然発狂《とつぜんはっきょう》したるがごとく、常子夫人《つねこふじん》の止《と》むるを聴《き》かず、単身《たんしん》いずこにか失踪《しっそう》したり。同仁病院長山井博士《どうじんびょういんちょうやまいはかせ》の説《せつ》によれば、忍野氏《おしのし》は昨《さっ》

罩《こ》めた　たちこめた。充満《じゅうまん》した。
万里《ばんり》の長城《ちょうじょう》　中国《ちゅうごく》の北辺《ほくへん》、東《ひがし》は山海関《さんかいかん》（河北省《かほくしょう》）から西《にし》は嘉峪《かよく》関《かん》（甘粛省《かんしゅくしょう》）に至《いた》る大城壁《だいじょうへき》。春秋戦国時代《しゅんじゅうせんごくじだい》の諸国《しょこく》が辺境《へんきょう》防衛《ぼうえい》のために築《きず》き、秦《しん》の始皇帝《しこうてい》が大増築《だいぞうちく》して、命名《めいめい》した。
八達嶺《はったつれい》　北京《ペキン》・延慶県南方《えんけいけんなんぽう》の山《やま》。軍都山《ぐんとざん》とも。
石人石馬《せきじんせきば》　墓前《ぼぜん》や参道《さんどう》に立《た》てる、石《いし》で出来《でき》た人形《にんぎょう》や馬《うま》の像《ぞう》。
十三陵《じゅうさんりょう》　北京《ペキン》の郊外《こうがい》、昌平区天寿山《しょうへいくてんじゅさん》にある明代《みんだい》の皇帝十三名《こうていじゅうさんめい》の墓陵《ぼりょう》。
主筆《しゅひつ》　新聞社《しんぶんしゃ》などで、記者《きしゃ》の筆頭《ひっとう》となり主要《しゅよう》な記事《きじ》を担当《たんとう》する者《もの》。
難《なん》を去《さ》って易《い》につく　難《むずか》しいことを避《さ》けて安易《あんい》なほうを選《えら》ぶ。
天下《てんか》の公道《こうどう》　世《よ》のならい。道理《どうり》。
牟田口氏《むだぐちし》　「無駄口《むだぐち》」に掛《か》けた命名《めいめい》だろう。
椽大《てんだい》の筆《ふで》　椽《たるき》（＝垂木《たるき》）のように大《おお》きな筆《ふで》。立派《りっぱ》な文章《ぶんしょう》。

夏脳溢血《かのういっけつ》を患《わずら》い、三日間人事不省《みっかかんじんじふせい》*なりしより、爾来《じらい》*多少精神《たしょうせいしん》に異常《いじょう》を呈《てい》せるものならんという。また常子夫人《つねこふじん》の発見《はっけん》したる忍野氏《おしのし》の日記《にっき》に徴《ちょう》する*も、氏《し》は常《つね》に奇怪《きかい》なる恐迫観念《きょうはくかんねん》*を有《ゆう》したるがごとし。しかれども吾人《ごじん》*の問《と》わんと欲《ほっ》するは忍野氏《おしのし》の病名《びょうめい》いかんにあらず。*常子夫人《つねこふじん》の夫《おっと》たる忍野氏《おしのし》の責任《せきにん》いかんにあり。

「それわが金甌無欠《きんおうむけつ》*の国体《こくたい》*は家族主義《かぞくしゅぎ》の上《うえ》に立《た》つものなり。家族主義《かぞくしゅぎ》の上《うえ》に立《た》つものとせば、一家《いっか》の主人《しゅじん》たる責任《せきにん》のいかに重大《じゅうだい》なるかは問《と》うを待《ま》たず。この一家《いっか》の主人《しゅじん》にして妄《みだり》に*発狂《はっきょう》する権利《けんり》ありや否《いな》や？ 吾人《ごじん》はかかる疑問《ぎもん》の前《まえ》に断乎《だんこ》として否《いな》と答《こた》うる*ものなり。試《こころ》みに天下《てんか》*の夫《おっと》にして発狂《はっきょう》する権利《けんり》を得《え》たりとせよ。彼等《かれら》はことごとく家族《かぞく》を後《あと》に、あるいは道途《どうと》に行吟《こうぎん》し*、あるいは山沢《さんたく》に逍遥《しょうよう》し*、あるいはまた精神病院裡《せいしんびょういんり》に飽食暖衣《ほうしょくだんい》するの*幸《こう》福《ふく》を得《う》べし。然《しか》れども世界《せかい》に誇《ほこ》るべき二千年来《にせんねんらい》の家族主義《かぞくしゅぎ》は土崩瓦解《どほうがかい》する*を免《まぬか》れざるなり。語《ご》に曰《いわく》*、其罪《そのつみ》を悪《にく》んで其人《そのひと》を悪《にく》まず*と。吾人《ごじん》は素《もと》より忍野氏《おしのし》に酷《こく》ならん*とするものにあらざるなり。しかれども軽忽《けいこつ》*に発狂《はっきょう》したる罪《つみ》は鼓《こ》を鳴《な》らして責《せ》めざるべからず。*否《いな》、忍野氏《おしのし》の罪《つみ》のみならんや。発狂禁止令《はっきょうきんしれい》を等閑《とうかん》に附《ふ》せる*歴代政府《れきだいせいふ》の失政《しっせい》*をも天《てん》に替《かわ》って責《せ》めざるべからず。

「常子《つねこ》夫人《ふじん》の談《だん》によれば、夫人《ふじん》は少《すくな》くとも一ヶ年間《いっかねんかん》、××胡同《ことう》の社宅《しゃたく》に止《とど》まり、忍野氏《おしのし》の

人事不省《じんじふせい》　意識不明《いしきふめい》になること。
爾来《じらい》　それ以来《いらい》。
徴《ちょう》する　証拠《しょうこ》を求《もと》めて参照《さんしょう》する。
恐迫観念《きょうはくかんねん》　頭《あたま》につきまとって、どうにも逃《のが》れられない病的《びょうてき》な考《かんが》えや感情《かんじょう》。
吾人《ごじん》　われわれ。
病名《びょうめい》いかんにあらず　病名《びょうめい》が何《なに》かではない。
金甌無欠《きんおうむけつ》　傷《きず》ひとつない黄金《おうごん》の瓶《かめ》のように、完全《かんぜん》で欠点《けってん》がないこと。特《とく》に国家《こっか》が強力《きょうりょく》で、他国《たこく》の侵略《しんりゃく》を受《う》けたことがない場《ば》合《あい》に用《もち》いられる。
国体《こくたい》　国家体制《こっかたいせい》。
妄《みだり》に　むやみに。思慮《しりょ》もなく。
かかる疑問《ぎもん》の前《まえ》に断乎《だんこ》として否《いな》と答《こた》うる　このような問《と》いには断《だん》じてノーだと答《こた》える。
天下《てんか》の　世《よ》の中《なか》の。
道途《どうと》に行吟《こうぎん》し　道《みち》を歩《ある》きながら詩歌《しいか》を吟《ぎん》じ。
山沢《さんたく》に逍遥《しょうよう》し　山林《さんりん》や水辺《みずべ》を気《き》ままに散策《さんさく》して。「山沢《さんたく》に遊《あそ》びて魚鳥《ぎょちょう》を見《み》れば心楽《こころたの》しぶ」（『徒然草《つれづれぐさ》』より）
精神病院裡《せいしんびょういんり》に飽食暖衣《ほうしょくだんい》する　精神病院《せいしんびょういん》に収容《しゅうよう》されて衣食《いしょく》に困《こま》らない生活《せいかつ》をする。作者《さくしゃ》の自虐《じぎゃく》も交《まじ》えた強烈《きょうれつ》な諷刺《ふうし》を感《かん》じさせるくだりである。
土崩瓦解《どほうがかい》する　土砂《どしゃ》が崩《くず》れるように、物事《ものごと》が崩壊《ほうかい》して支《ささ》えられなくなる。
語《ご》に曰《いわく》　『論語《ろんご》』によれば。
其罪《そのつみ》を悪《にく》んで其人《そのひと》を悪《にく》まず　犯罪《はんざい》を憎《にく》むのは当然《とうぜん》だが、犯人《はんにん》まで憎《にく》んではならない。『孔叢子《くぞうし》』の「刑論《けいろん》」にある孔子《こうし》の言《こと》葉《ば》から。
酷《こく》ならん　厳《きび》しくしよう。
軽忽《けいこつ》　「きょうこつ」とも発音《はつおん》。軽々《かるがる》しくそそっかしいふるまい。
鼓《こ》を鳴《な》らして責《せ》めざるべからず　軍用《ぐんよう》の鼓《つづみ》（打楽器《だがっき》）を鳴《な》らして攻撃《こうげき》しなくてはならない。『論語《ろんご》』の「先進《せんしん》」にある一節《いっせつ》から。
等閑《とうかん》に附《ふ》せる　なおざりにする。いいかげんにして放《ほう》っておく。
失政《しっせい》　間違《まちが》った政治《せいじ》、政策《せいさく》。

帰《かえ》るを待《ま》たんとするよし。吾人《ごじん》は貞淑《ていしゅく》なる夫人《ふじん》のために満腔《まんこう》*の同情《どうじょう》を表《ひょう》すると共《とも》に、賢明《けんめい》なる三菱当事者《みつびしとうじしゃ》のために夫人《ふじん》の便宜《べんぎ》*を考慮《こうりょ》するに吝《やぶさ》かならざらんことを切望《せつぼう》*するものなり。……」

しかし少《すく》なくとも常子《つねこ》だけは半年《はんとし》ばかりたった後《のち》、この誤解《ごかい》に安《やす》んずることのできぬある新事実《しんじじつ》に遭遇《そうぐう》した。それは北京《ペキン》の柳《やなぎ》や槐《えんじゅ》も黄《き》ばんだ葉《は》を落《お》としはじめる十月《じゅうがつ》のある薄暮《はくぼ》*である。常子《つねこ》は茶《ちゃ》の間《ま》の長椅子《ながいす》にぼんやり追憶《ついおく》に沈《しず》んでいた。彼女《かのじょ》の唇《くちびる》はもう今《いま》では永遠《えいえん》の微笑《びしょう》*を浮《う》かべていない。彼女《かのじょ》の頬《ほお》もいつの間《ま》にかすっかり肉《にく》を失《うしな》っている。彼女《かのじょ》は失踪《しっそう》した夫《おっと》のことだの、売《う》りはらってしまったダブル・ベッドのことだの、南京虫《なんきんむし》のことだのを考《かんが》えつづけた。すると誰《だれ》かためらい勝《が》ちに社宅《しゃたく》の玄関《げんかん》のベルを押《お》した。彼女《かのじょ》はそれでも気《き》にせずにボオイの取《と》り次《つ》ぎに任《まか》かせておいた。が、ボオイはどこへ行《い》ったか、容易《ようい》に姿《すがた》を現《あらわ》さない。ベルはその内《うち》にもう一度鳴《いちどな》った。常子《つねこ》はやっと長椅子《ながいす》を離《はな》れ、静《しず》かに玄関《げんかん》へ歩《ある》いていった。

落《お》ち葉《ば》の散《ち》らばった玄関《げんかん》には帽子《ぼうし》をかぶらぬ男《おとこ》が一人《ひとり》、薄明《うすあか》りの中《なか》に佇《たたず》んでいる。帽子《ぼうし》を、——いや、帽子《ぼうし》をかぶらぬばかりではない。男《おとこ》は確《たし》かに砂埃《すなぼこ》りにまみれたぼろぼろの上衣《うわぎ》を着用《ちゃくよう》している。常子《つねこ》はこの男《おとこ》の姿《すがた》にほとんど恐怖《きょうふ》に近《ちか》いものを感《かん》じた。

「なにか御用《ごよう》でございますか？」

男《おとこ》はなんとも返事《へんじ》をせずに髪《かみ》の長《なが》い頭《こうべ》を垂《た》れている。常子《つねこ》はその姿《すがた》を透《す》かして見《み》ながら、もう一度《いちど》恐《おそ》る恐《おそ》る繰《く》りかえした。

「なにか、……なにか御用《ごよう》でございますか？」

男《おとこ》はやっと頭《あたま》をもたげた。

「常子《つねこ》、……」

それはたった一《ひと》ことだった。しかしちょうど月光《げっこう》のようにこの男《おとこ》を、——この男《おとこ》の正体《しょうたい》をみるみる明《あき》らかにする一《ひと》ことだった。常子《つねこ》は息《いき》を呑《の》んだまま、しばらくは声《こえ》を失《うしな》ったよ

満腔《まんこう》　満身《まんしん》。全力《ぜんりょく》で。
便宜《べんぎ》　適切《てきせつ》な対応《たいおう》。
吝かならざらんことを《やぶさ》　努力《どりょく》を惜《お》しまないように。
薄暮《はくぼ》　薄明《うすあ》かりの残《のこ》る夕暮《ゆうぐ》れどき。
永遠の微笑《えいえんびしょう》　謎《なぞ》めいた微笑《びしょう》を浮《う》かべる貴婦人《きふじん》を描《えが》いた、レオナルド・ダ・ヴィンチの名画《めいが》「モナリザ」を踏《ふ》まえた表現《ひょうげん》か。

うに男《おとこ》の顔《かお》を見《み》つめつづけた。男《おとこ》は髭《ひげ》を伸《の》ばした上《うえ》、別人《べつじん》のように窶《やつ》れている。が、彼女《かのじょ》を見《み》ている瞳《ひとみ》は確《たし》かに待《ま》ちに待《ま》った瞳《ひとみ》だった。

「あなた！」

常子《つねこ》はこう叫《さけ》びながら、夫《おっと》の胸《むね》へすがろうとした。けれども一足《ひとあし》出《だ》すが早《はや》いか、熱鉄《ねってつ》*か何《なに》かを踏《ふ》んだようにたちまち後《うし》ろへ飛《と》びすさった。夫《おっと》は破《やぶ》れたズボンの下《した》に毛《け》だらけの馬《うま》の脚《あし》を露《あらわ》している。薄明《うすあか》りの中《なか》にも毛色《けいろ》の見《み》える栗毛《くりげ》の馬《うま》の脚《あし》を露《あらわ》している。

「あなた！」

常子《つねこ》はこの馬《うま》の脚《あし》に名状《めいじょう》のできぬ*嫌悪《けんお》を感《かん》じた。しかし今《いま》を逸《いっ》したが*最後《さいご》、二度《にど》と夫《おっと》に会《あ》われぬことを感《かん》じた。夫《おっと》はやはり悲《かな》しそうに彼女《かのじょ》の顔《かお》を眺《なが》めている。常子《つねこ》はもう一度《いちど》夫《おっと》の胸《むね》へ彼女《かのじょ》の体《からだ》を投《な》げかけようとした。が、嫌悪《けんお》はもう一度《いちど》彼女《かのじょ》の勇気《ゆうき》を圧倒《あっとう》した。

「あなた！」

彼女《かのじょ》が三度目《さんどめ》にこう言《い》った時《とき》、夫《おっと》はくるりと背《せ》を向《む》けたと思《おも》うと、静《しず》かに玄関《げんかん》をおりていった。常子《つねこ》は最後《さいご》の勇気《ゆうき》を振《ふる》い、必死《ひっし》に夫《おっと》へ追《お》いすがろうとした。が、まだ一足《ひとあし》も出《だ》さぬうちに彼女《かのじょ》の耳《みみ》にはいったのは戞々《かつかつ》＊と蹄《ひづめ》の鳴《な》る音《おと》である。常子《つねこ》は青《あお》い顔《かお》をしたまま、呼《よ》びとめる勇気《ゆうき》も失《うしな》ったようにじっと夫《おっと》の後《うし》ろ姿《すがた》を見《み》つめた。それから、——玄関《げんかん》の落《お》ち葉《ば》の中《なか》に昏々《こんこん》＊と正気《しょうき》を失《うしな》ってしまった。……

常子《つねこ》はこの事件《じけん》以来《いらい》、夫《おっと》の日記《にっき》を信《しん》ずるようになった。しかしマネエジャア、同僚《どうりょう》、山《やま》井博士《いはかせ》、牟多口氏《むだぐちし》等《ら》の人《ひと》びとはいまだに忍野半三郎《おしのはんざぶろう》の馬《うま》の脚《あし》になったことを信《しん》じていない。のみならず常子《つねこ》の馬《うま》の脚《あし》を見《み》たのも幻覚《げんかく》に陥《おちい》ったことと信《しん》じている。わたしは北京《ペキン》滞《たい》在中《ざいちゅう》、山井博士《やまいはかせ》や牟多口氏《むだぐちし》に会《あ》い、たびたびその妄《もう》を破《やぶ》ろうと＊した。が、いつも反対《はんたい》の嘲笑《ちょうしょう》を受《う》けるばかりだった。その後《ご》も、——いや、最近《さいきん》には小説家《しょうせつか》岡田三郎《おかださぶろう》＊氏《し》も誰《だれ》かからこの話《はなし》を聞《き》いたと見《み》え、どうも馬《うま》の脚《あし》になったことは信《しん》ぜられぬという手紙《てがみ》をよこした。

熱鉄《ねってつ》　灼《や》けて高温《こうおん》になった鉄《てつ》。
名状《めいじょう》のできぬ　言葉《ことば》で言《い》い表《あら》わすことのできない。
逸《いっ》したが　逃《のが》したら。
戞々《かつかつ》　硬《かた》い物《もの》が触《ふ》れる音《おと》。
昏々《こんこん》と　意識《いしき》のない状態《じょうたい》で。

妄《もう》を破《やぶ》ろうと　いつわり、誤解《ごかい》を正《ただ》そうと。
岡田三郎《おかださぶろう》　北海道出身《ほっかいどうしゅっしん》の小説家《しょうせつか》（一八九〇〜一九五四）。パリに遊学《ゆうがく》し、フランスのコント（軽妙《けいみょう》で機知《きち》に富《と》んだ短篇《たんぺん》や掌篇《しょうへん》）形式《けいしき》を日本《にほん》に紹介《しょうかい》した。代表作《だいひょうさく》に『巴里《ぱり》　叛逆者《はんぎゃくしゃ》の告白《こくはく》』『物質《ぶっしつ》の禅道《ぜんどう》』『地獄絵《じごくえ》』など。

岡田氏《おかだし》はもし事実《じじつ》とすれば、「多分馬《たぶんうま》の前脚《まえあし》をとってつけたものと思《おも》いますが、スペイン速歩《そくほ》*とか言《い》う妙技《みょうぎ》を演《えん》じ得《う》る逸足《いっそく》*ならば、前脚《まえあし》で物《もの》を蹴《け》るくらいの変《かわ》り芸《げい》もするかしれず、それとても湯浅少佐《ゆあさしょうさ》*あたりが乗《の》るのでなければ、はたして馬自身《うまじしん》でやりおおせるかどうか、疑問《ぎもん》に思《おも》われます」というのである。わたしももちろんその点《てん》には多少《たしょう》の疑惑《ぎわく》を抱《いだ》かざるを得《え》ない。けれどもそれだけの理由《りゆう》のために半三郎《はんざぶろう》の日記《にっき》ばかりか、常子《つねこ》の話《はなし》をも否定《ひてい》するのはいささか早計《そうけい》に過《す》ぎないであろうか？*　現《げん》にわたしの調《しら》べたところによれば、彼《かれ》の復活《ふっかつ》を報《ほう》じた「順天時報《じゅんてんじほう》」は同《おな》じ面《めん》の二三段下《にさんだんした》にこう言《い》う記事《きじ》をも掲《かか》げている。——

「美華《びか》*禁酒会長《きんしゅかいちょう》ヘンリイ・バレット氏《し》は京漢鉄道《けいかんてつどう》*の汽車中《きしゃちゅう》に頓死《とんし》したり。同氏《どうし》は薬罎《くすりびん》を手《て》に死《し》しいたる*より、自殺《じさつ》の疑《うたが》いを生《しょう》ぜしが、罎中《びんちゅう》の水薬《すいやく》は分析《ぶんせき》の結果《けっか》、アルコオル類《るい》と判《はん》*明《めい》したるよし。」

（「新潮《しんちょう》」一九二五年《ねん》一月号《がつごう》に「馬《うま》の脚《あし》」、二月号《がつごう》に「続篇馬《ぞくへんうま》の脚《あし》」として掲載《けいさい》）

スペイン速歩《そくほ》　馬術競技《ばじゅつきょうぎ》でおこなわれる歩行法《ほこうほう》のひとつ。

逸足《いっそく》　足《あし》が速《はや》いこと。

湯浅少佐《ゆあさしょうさ》　日露戦争《にちろせんそう》の旅順港閉塞作戦《りょじゅんこうへいそくさくせん》で乗艦《じょうかん》を操《あやつ》り任務遂行《にんむすいこう》後《ご》に戦死《せんし》を遂《と》げ、軍神《ぐんしん》と崇《あが》められた湯浅竹次郎《ゆあさたけじろう》（一八七一～一九〇四）のことか。

早計《そうけい》に過《す》ぎないであろうか？　軽率《けいそつ》すぎる判断《はんだん》ではないのか。

美華《びか》　美《び》は米国《べいこく》、華《か》は中国《ちゅうごく》の略称《りゃくしょう》。

京漢鉄道《けいかんてつどう》　北京正陽門《ペキンせいようもん》に発《はっ》して漢口大智門《かんこうだいちもん》に至《いた》る鉄道《てつどう》。

死《し》しいたる　死《し》んでいた。

アルコオル類《るい》と……　禁酒会《きんしゅかい》の会長《かいちょう》が、薬《くすり》の瓶《びん》に酒《さけ》を入《い》れてこっそり飲《の》んでいたのである。新聞社《しんぶんしゃ》の主筆《しゅひつ》のくだりもそうだが、本篇《ほんぺん》では世《よ》の俗物連《ぞくぶつれん》に対《たい》する作者《さくしゃ》の毒《どく》をふくんだ諷刺《ふうし》と諧謔《かいぎゃく》がきわだっている。

お化《ばけ》うさぎ

与《よ》謝《さ》野《の》晶《あき》子《こ》

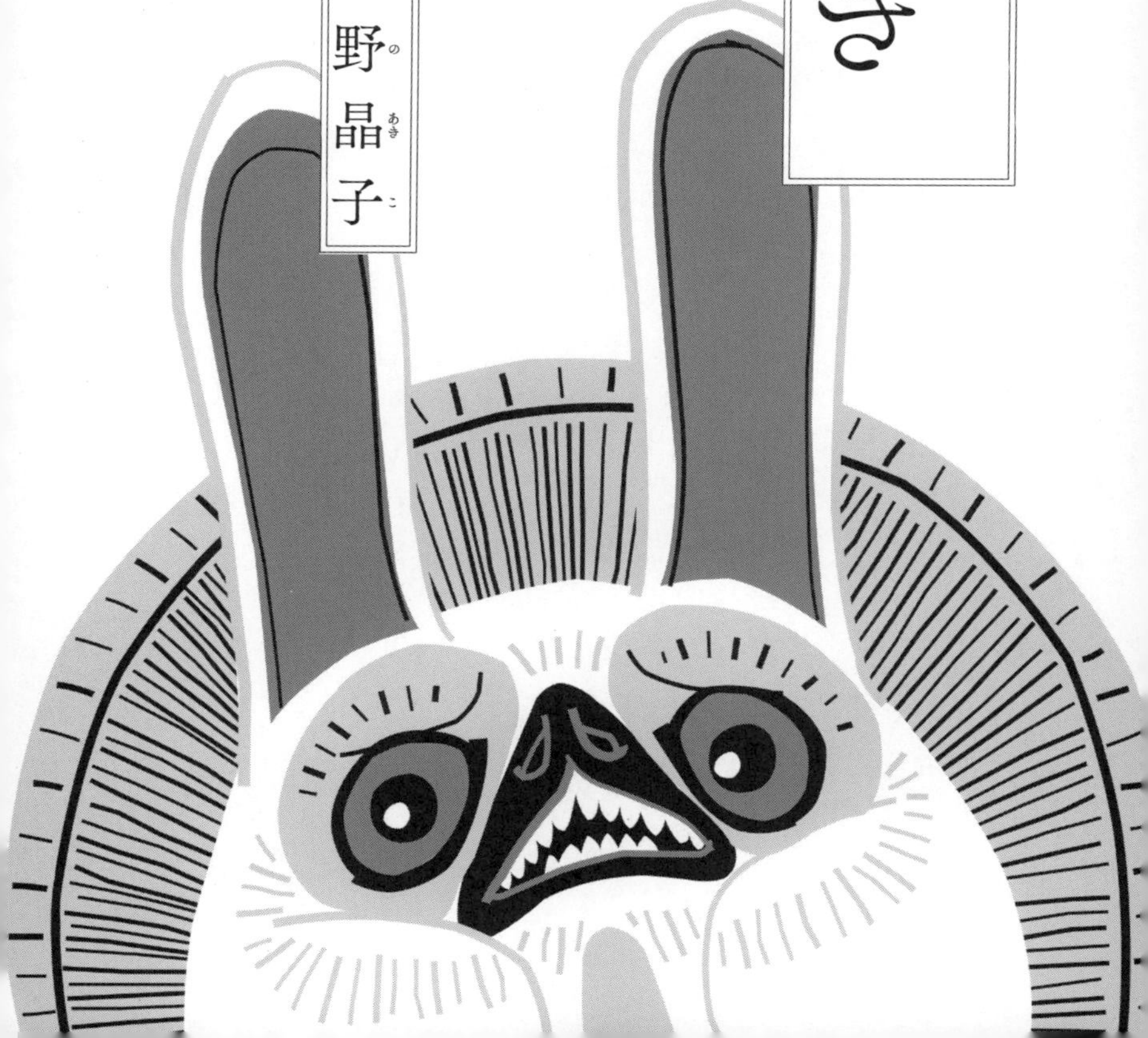

ある日《ひ》の夕方《ゆうがた》、太郎《たろう》さんがお座敷《ざしき》にいて、お庭《にわ》の方《ほう》を眺《なが》めていますと、向《むこ》うの築山《つきやま》*のかげに白《しろ》いものが見《み》えます。

「なんだろう、梅《うめ》*や見《み》てごらん、お庭《にわ》に白《しろ》いものがあるよ。」

「おや、タオルが飛《と》んでいったのでございましょうか。」

「そうじゃないよ、動《うご》いてるもの。」

「ほんとにそうですね。」

「なんだか歩《ある》いてくるようだ。」

太郎《たろう》さんがそういうものですから、梅《うめ》も縁側《えんがわ》へ出《で》てじっと見《み》ています。

「犬《いぬ》でしょうか。坊《ぼ》っちゃん。ポチ、ポチ、*ポチ、ポチ。」

「犬《いぬ》なら走《はし》ってくるねえ、梅《うめ》。」

「そうですね。」

梅《うめ》も首《くび》を傾《かたむ》けて考《かんが》えました。

「坊《ぼ》っちゃん、兎《うさぎ》のようです。」

「そうね、だけれど少《すこ》し変《へん》だね。」

そういううちに、その白《しろ》いものはだんだんと近《ちか》くへ参《まい》ります。

「坊《ぼ》っちゃん、兎《うさぎ》ですけれど変《へん》な兎《うさぎ》ですね、尻尾《しっぽ》がね、坊《ぼ》っちゃん、長《なが》いじゃありませんか。」

「お腹《なか》もあんまり大《おお》きいね。」

「顔《かお》も狸《たぬき》のようですね。」

「狸《たぬき》が兎《うさぎ》に化《ば》けてきたのだ、きっと。」

「そうでしょう、きっと。」

築山《つきやま》　庭園《ていえん》などに土《つち》や石《いし》で築《きず》かれた人工《じんこう》の小山《こやま》。
梅《うめ》　会話《かいわ》の内容《ないよう》から、同家《どうけ》の使用人《しようにん》と考《かんが》えられる女性《じょせい》の名前《なまえ》。

ポチ、ポチ……　ポチは飼《か》い犬《いぬ》につけられる典型的《てんけいてき》な愛称《あいしょう》。

「面白《おもしろ》いね、花子《はなこ》ちゃん入《い》らっしゃい、早《はや》く早《はや》く。」

「なあに。」

といって、そこへ花子《はなこ》ちゃんも走《はし》ってきました。白《しろ》いお化《ばけ》の兎《うさぎ》も縁側《えんがわ》の傍《そば》までまいりました。

「今日《こんにち》は。」

「君《きみ》は兎《うさぎ》かい。」

「そうです。」

太郎《たろう》さんは自分《じぶん》の方《ほう》からいろいろのことをいってみて、この化兎《ばけうさぎ》に「私《わたし》は狸《たぬき》でありながら兎《うさぎ》になんか化《ば》けまして悪《わる》うございました」といわせようと思《おも》いました。

「君《きみ》は耳《みみ》だけが長《なが》いけれど、少《すこ》し兎《うさぎ》とは違《ちが》っている。」

「どこがですか、坊《ぼ》っちゃん。」

「白《しろ》い兎《うさぎ》の目《め》はたいてい赤《あか》いじゃないか。」

「おや、そうですか。」

狸《たぬき》のぐるぐる目《め》*がついていた兎《うさぎ》は、太郎《たろう》さんの言葉《ことば》を聞《き》いてすぐ赤《あか》い目《め》になりました。

「そうだ、そうだ、それで好《い》いよ。けれどまだおかしい。」

「坊《ぼ》っちゃん、今度《こんど》はなんです。」

「尻尾《しっぽ》がそれじゃあ。」

「おや。」

といいました兎《うさぎ》は、後《うしろ》を振向《ふりむ》いてみまして、太《ふと》い黒《くろ》い尾《お》のついているのに自分《じぶん》も驚《おどろ》いて、すぐ小《ちいさ》い白《しろ》い尾《お》にしました。

「それなら君《きみ》は兎《うさぎ》だ、けれど後足《あとあし》の方《ほう》が少《すこ》し長《なが》くなくちゃあ。」

太郎《たろう》さんがそういいますと、

「こうですか、坊《ぼ》っちゃん。」

といって、狸《たぬき》の化《ば》けた兎《うさぎ》は、急《きゅう》に後足《あとあし》を長《なが》くしましたこと、*長《なが》くしましたこと。

ぐるぐる目《め》　丸《まる》くて大《おお》きな目《め》。くりくりした目《め》。
長《なが》くしましたこと……　繰《く》りかえしにより、過剰《かじょう》に長《なが》くのばす様子《ようす》が強調《きょうちょう》されている。民話調《みんわちょう》の語《かた》り口《くち》である。

「それじゃあんまり長《なが》いなあ。」

「このくらい。」

「前足《まえあし》の方《ほう》を少《すこ》しみじかくした方《ほう》がいいでしょう。」

「はい、はい。」

兎《うさぎ》は前足《まえあし》を胴《どう》から一寸《いっすん》*ほどにしてしまいました。

「それから兎《うさぎ》は三《み》つ口《くち》*のものだ。」

「なんですか。」

「三《み》つ口《くち》だよ。」

「ははぁん。」

太郎《たろう》さんも、花子《はなこ》さんも、梅《うめ》も驚《おどろ》きました。狸《たぬき》が真実《ほんとう》に口《くち》を三《みっ》つこしらえたのですもの。

一寸《いっすん》　約《やく》三・〇三センチメートル。これでは明《あき》らかに縮《ちぢ》めすぎだろうが、東宝映画《とうほうえいが》『シン・ゴジラ』（庵野秀明総監督《あんのひであきそうかんとく》／樋《ひ》口真嗣《ぐちしんじ》監督《かんとく》・特技監督《とくぎかんとく》）に登場《とうじょう》するゴジラの第二形態《だいにけいたい》（通《つう》称《しょう》「蒲田《かまた》くん」）のようで、愛嬌《あいきょう》がある。

三《み》つ口《くち》　先天的《せんてんてき》に上唇《うわくちびる》の中《なか》ほどが縦《たて》に裂《さ》けて、兎《うさぎ》の唇《くちびる》のような形状《けいじょう》であること。「兎唇《としん》」「いぐち」とも。

しょう。

狸《たぬき》は太郎《たろう》さんの言葉《ことば》がよく分《わか》らずに、三《み》つ口《くち》というのは口《くち》が三《みっ》つあることだと思《おも》ったので

「あらいやなこと、およしなさいよ、およしなさいよ。」

と梅《うめ》はいいます。太郎《たろう》さんと花子《はなこ》さんは大笑《おおわら》いをしていました。狸《たぬき》はあわてまして口《くち》を四《よっ》つにしたり、＊五《いっ》つにしたりしています。おかしくておかしくてなりません。

「三《み》つ口《くち》というのはね、上《うえ》の唇《くちびる》が三《みっ》つになっているということですよ。」

と花子《はなこ》さんは教《おし》えてやりました。それから太郎《たろう》さんは、

「兎《うさぎ》は腹鼓《はらづつみ》＊を打《う》つものだ。」

と、こんなことをいってみました。

「兎《うさぎ》も打《う》ちますか。」

狸《たぬき》の兎《うさぎ》は不思議《ふしぎ》そうな顔《かお》をしています。

「打《う》つとも打《う》つとも、早《はや》くお打《う》ちなさいよ。」

と梅《うめ》がいいました。狸《たぬき》の兎《うさぎ》は石《いし》の上《うえ》に座《すわ》りまして、自分《じぶん》の自慢《じまん》にする腹鼓《はらづつみ》を打《う》とうとしま

したが、急《きゅう》に困《こま》った顔《かお》をしました。

「坊《ぼ》っちゃん。」

「なあに。」

「こんな短《みじか》い手《て》じゃあ。」

狸《たぬき》は兎《うさぎ》だと見《み》て貰《もら》いたいために短《みじか》くした前足《まえあし》をじっと眺《なが》めています。

「そうだね、それじゃあ少《すこ》し長《なが》くしても好《い》いよ。」

「いいですか、坊《ぼ》っちゃん。」

それでいよいよ狸《たぬき》は真実《ほんとう》の狸《たぬき》の手《て》になりまして、お腹《なか》を撫《な》でまして、

「初《はじ》めます。」

といいました。太郎《たろう》さんも花子《はなこ》さんも手《て》を膝《ひざ》の上《うえ》へ載《の》せて腹鼓《はらづつみ》を聞《き》こうとしています。


口《くち》を四《よっ》つにしたり…… 一見《いっけん》ユーモラスだが、リアルな映像《えいぞう》を思《おも》い浮《う》かべてみると、なんともグロテスクな描写《びょうしゃ》である。

腹鼓《はらづつみ》 狸《たぬき》が自分《じぶん》のふくらんだ腹《はら》を叩《たた》いて、鼓《つづみ》の音《おと》をまねること。

「ぽんぽん、イヤホ、＊ぽんぽん、ぽんぽんぽんぽん、イヤホ、ぽんぽん、イヤホ、ぽんぽん。」

「上手《じょうず》だね。」

「上手《じょうず》ね、兄《にい》さん。」

「上手《じょうず》でございますねえ。」

三人《さんにん》とも感心《かんしん》してしまいました。

「狸《たぬき》さん。」

「はい。」

狸《たぬき》も思《おも》わず知《し》らず狸《たぬき》さんといわれて返事《へんじ》をしたものですから、顔《かお》を赤《あか》くしています。

「君《きみ》は狸《たぬき》でしょう。」

「はい。」

狸《たぬき》は恐入《おそれい》ってお辞儀《じぎ》をしています。

「なぜ兎《うさぎ》に化《ば》けたの。」

「まことにすみません。」

「なぜ化《ば》けたの、いってごらん。」

「はい。」

もう狸《たぬき》はすっかり真実《ほんとう》の狸《たぬき》になってしまいました。

「私《わたし》は坊《ぼ》っちゃん、皆《みんな》がね、狸《たぬき》と兎《うさぎ》という話《はなし》になるとなんでも兎《うさぎ》が好《い》い、狸《たぬき》が悪《わる》い、兎《うさぎ》はいい子《こ》だ、狸《たぬき》は悪《わる》い子《こ》だというものですから兎《うさぎ》になりたくなったのです。」

「狸《たぬき》だって今《いま》はかちかち山《やま》*の時《とき》のような悪《わる》いことはしないだろう。」

「するもんじゃありません。」

「それではいいじゃないか、いくら悪口《わるぐち》をいわれたって、自分《じぶん》が善《よ》いことをばかりしてい

イヤホ　鼓奏者《つづみそうしゃ》が要所《ようしょ》で発《はっ》する掛《か》け声《ごえ》の擬音化《ぎおんか》。

かちかち山《やま》　日本《にほん》の昔話《むかしばなし》。悪《わる》さをして老夫婦《ろうふうふ》に捕《つか》まった狸《たぬき》が、翁《おきな》の留守中《るすちゅう》、媼《おうな》をだまして縛《いまし》めを逃《のが》れ、撲殺《ぼくさつ》して肉《にく》を狸汁用《たぬきじるよう》の鍋《なべ》に入《い》れて「婆汁《ばばじる》」を作《つく》る。そして媼《おうな》に化《ば》けると、帰宅《きたく》した翁《おきな》に媼《おうな》の肉《にく》を食《く》わせ、嘲笑《ちょうしょう》しながら逃《に》げてゆく。親《した》しい翁《おきな》から敵討《かたきう》ちを頼《たの》まれた兎《うさぎ》は、狸《たぬき》を芝刈《しばか》りに誘《さそ》い出《だ》し、狸《たぬき》が背《せ》負《お》った芝《しば》にカチカチと火打《ひう》ち石《いし》で火《ひ》をつけて大《おお》やけどを負《お》わせる。そして、やけどに効《き》く薬《くすり》といつわって唐辛子《とうがらし》入《い》りの味《み》噌《そ》を塗《ぬ》らせ、痛《いた》みを倍加《ばいか》させる。最後《さいご》に兎《うさぎ》は、狸《たぬき》を漁《りょう》に誘《さそ》い出《だ》し、泥《どろ》の舟《ふね》に乗《の》せて海《うみ》に沈《しず》めてしまうのだった。

れば神様《かみさま》は大切《たいせつ》にして下《くだ》さるよ。」

「そうでしょうか。」

「そうだとも。」

「ありがとう、坊《ぼ》っちゃん、もう兎《うさぎ》に化《ば》けたりなぞはけっしていたしません。」

「狸《たぬき》でいいよ。」

「はい。」

「私等《わたしら》も可愛《かわい》がってあげるからね、お月夜《つきよ》の晩《ばん》などはまた腹鼓《はらづつみ》を打《う》ちに来《き》てちょうだい。」

「はい、まいりますとも。」

「君《きみ》にお菓子《かし》をあげよう。」

「私《わたし》もあげるわ、蜜柑《みかん》を。」

と花子《はなこ》さんもいいました。狸《たぬき》は太郎《たろう》さんと花子《はなこ》さんからお菓子《かし》と蜜柑《みかん》を貰《もら》いまして、よろこんでかえりました。

（「少女《しょうじょ》の友《とも》」一九〇八年《ねん》十二月号掲載《がつごうけいさい》）

閑《かん》山《ざん》

坂《さか》口《ぐち》安《あん》吾《ご》

昔《むかし》、越後《えちご》之《の》国《くに》魚沼《うおぬま》*の僻地《へきち》*に、閑山寺《かんざんじ》*の六袋和尚《むたいおしょう》といって近隣《きんりん》に徳望高《とくぼうたか》い*老僧《ろうそう》があった。

初冬《しょとう》の深更《しんこう》*のこと、雪明《ゆきあか》りを愛《め》ずるまま*写経《しゃきょう》*に時《とき》を忘《わす》れていると、窓外《そうがい》から毛《け》の生《は》えた手《て》*を差《さ》しのべて顔《かお》をなでるものがあった。和尚《おしょう》は朱筆《しゅひつ》*に持《も》ちかえて、その掌《てのひら》に花《はな》の字《じ》を書《か》きつけ、あとは余念《よねん》もなく*再《ふたた》び写経《しゃきょう》に没頭《ぼっとう》した。

明方《あけがた》ちかく、窓外《そうがい》から、しきりに泣《な》き叫《さけ》ぶ声《こえ》が起《おこ》った。やがて先《さき》ほどの手《て》を再《ふたた》び差《さ》しのべるものがあり、声《こえ》がいうには「和尚《おしょう》さま。誤《あやま》って有徳《ゆうとく》の沙門《しゃもん》*を嬲《なぶ》り、*お書《か》きなさいました文字《もじ》の重《おも》さに、帰《かえ》る道《みち》が歩《ある》けませぬ。不愍《ふびん》*と思《おも》い、文字《もじ》を落《おと》してくださりませ」見《み》れば一匹《いっぴき》の狸《たぬき》であった。硯《すずり》の水《みず》を筆《ふで》にしめして、掌《てのひら》の文字《もじ》を洗《あら》ってやると、雪上《せつじょう》の陰間《いんかん》を縫《ぬ》い、*闇《やみ》の奥《おく》へ消《き》えさった。

翌晩《よくばん》、坊舎《ぼうしゃ》*の窓《まど》を叩《たた》き、訪《おとな》う声《こえ》がした。雨戸《あまど》を開《あ》けると、昨夜《さくや》の狸《たぬき》が手《て》に栂《つが》*の小枝《こえだ》をた

越後之国魚沼《えちごのくにうおぬま》　現在《げんざい》の新潟県魚沼市《にいがたけんうおぬまし》。中越地方《ちゅうえつちほう》の南東部《なんとうぶ》に位置《いち》する。周囲《しゅうい》を山《やま》に囲《かこ》まれた盆地《ぼんち》で、日本《にほん》でも有数《ゆうすう》の豪雪地帯《ごうせつちたい》として知《し》られる。
僻地《へきち》　都会《とかい》から遠《とお》く離《はな》れた辺鄙《へんぴ》な土地《とち》。片田舎《かたいなか》。
閑山寺《かんざんじ》　魚沼付近《うおぬまふきん》に該当《がいとう》する寺《てら》はないとされる。作者《さくしゃ》の創作《そうさく》か。
徳望高《とくぼうたか》い　有徳《ゆうとく》で人望《じんぼう》がある。
深更《しんこう》　夜《よ》ふけ。真夜中《まよなか》。
愛《め》ずるまま　味《あじ》わい愉《たの》しみながら。
写経《しゃきょう》　供養《くよう》や修業《しゅぎょう》のため、経文《きょうもん》を書《か》き写《うつ》すこと。
毛《け》のはえた手《て》を……　このくだりは北条団水《ほうじょうだんすい》の怪談集《かいだんしゅう》『一夜《ひとよ》船《ぶね》』（一七一二）巻《まき》之《の》一《いち》第《だい》二《に》「花《はな》の一字《いちじ》の東山《ひがしやま》」の後半部分《こうはんぶぶん》を踏《ふ》まえる。遁世《とんせい》して洛東《らくとう》（京都《きょうと》の東側《ひがしがわ》）に閑居《かんきょ》する長嘯子《ちょうしょうし》（元《もと》は若狭少将勝俊《わかさのしょうしょうかつとし》）が、ある夜書物《よしょもつ》を読《よ》んでいると、窓《まど》から毛《け》だらけの手《て》が伸《の》びてきて顔《かお》を撫《な》でた。長嘯子《ちょうしょうし》は驚《おどろ》く様子《ようす》も見《み》せず、手近《てぢか》にあった朱筆《しゅひつ》で、その掌《てのひら》に花《はな》という字《じ》を書《か》きつけて、平然《へいぜん》と書物《しょもつ》を読《よ》み続《つづ》けた。やがて明《あ》け方《がた》になり、窓《まど》の外《そと》で泣《な》き叫《さけ》ぶ声《こえ》がして「花《はな》の字《じ》を消《け》してください」と言《い》う。「私《わたし》はこのあたりに棲《す》む古狸《ふるだぬき》ですが、うっかり学者《がくしゃ》先生《せんせい》に手《て》を出《だ》したら、掌《てのひら》に文字《もじ》を書《か》かれてしまい、自分《じぶん》では消《け》すことができません。これでは帰《かえ》ることもできず、夜《よ》が明《あ》けたら人々《ひとびと》に見《み》つかり殺《ころ》されてしまうでしょう。どうかお慈《じ》悲《ひ》ですから文字《もじ》を落《お》としてください」と泣《な》いて訴《うった》えた。哀《あわ》れに思《おも》った長嘯子《ちょうしょうし》が、硯《すずり》の水《みず》で洗《あら》い落《お》としてやると、礼《れい》を述《の》べて消《き》え失《う》せた。その後《ご》は夜《よ》ごと訪《おとず》れて、四季《しき》おりおりの木《き》草《くさ》の花《はな》を持《も》ってきて、窓《まど》から差《さ》し出《だ》しては帰《かえ》ってゆく。いつしかそれも途《と》絶《だ》えたので、「どうしたのだろう」と不憫《ふびん》に思《おも》い、『狸《たぬき》の言葉《ことば》』と題《だい》する小冊子《しょうさっし》を作《つく》ったという。このエピソードは、先行《せんこう》する山岡元隣《やまおかげんりん》『百物語評判《ひゃくものがたりひょうばん》』（一六八六）巻《まき》之《の》二所収《にしょしゅう》「狸《たぬき》の事《こと》」を書《か》き替《か》えたものだが、そちらでは中国《ちゅうごく》の明《みん》の時代《じだい》の話《はなし》とされており、出典《しゅってん》は『皇明通紀《こうめいつうぎ》』（正《ただ》しくは『皇明通紀直解《こうめいつうぎちょっかい》』。明代《みんだい》の皇帝《こうてい》、政治《せいじ》、文化《ぶんか》などを記《しる》した史《し》書《しょ》）であると明記《めいき》されている。しかし「狸《たぬき》の事《こと》」には、謝礼《しゃれい》に木《き》草《くさ》の花《はな》を届《とど》けるくだりは含《ふく》まれていないので、安吾《あんご》が参《さん》照《しょう》したのは「花《はな》の一字《いちじ》の東山《ひがしやま》」である可能性《かのうせい》が高《たか》い。
朱筆《しゅひつ》　朱墨《しゅずみ》で書《か》き込《こ》みや訂正《ていせい》をするのに用《もち》いる筆《ふで》。
余念《よねん》もなく　他《ほか》のことを考《かんが》えず、ひとつのことに集中《しゅうちゅう》するさま。
有徳《ゆうとく》の沙門《しゃもん》　沙門《しゃもん》は僧侶《そうりょ》。徳《とく》の高《たか》いお坊様《ぼうさま》を。
嬲《なぶ》り　馬鹿《ばか》にしてからかう。もてあそぶ。
不愍《ふびん》　哀《あわ》れに思《おも》うこと。「不愍《ふびん》」は当《あ》て字《じ》。
陰間《いんかん》を縫《ぬ》い　暗《くら》く影《かげ》になった処《ところ》を伝《つた》い歩《ある》いて。
坊舎《ぼうしゃ》　僧侶《そうりょ》の住居《じゅうきょ》。僧房《そうぼう》。
栂《つが》　マツ科《か》ツガ属《ぞく》の常緑高木《じょうりょくこうぼく》。木材《もくざい》は器具製造《きぐせいぞう》や製紙《せいし》などに利用《りよう》される。

ずさえ、それを室内《しつない》へ投《な》げいれて、逃《に》げさった。

その後《ご》、夜毎《よごと》に、季節《きせつ》の木草《きくさ》をたずさえて、窓《まど》を訪《おとず》れる習《なら》いとなった。追々《おいおい》昵懇《じっこん》を重《かさ》ねて＊心置《こころお》きなく物《もの》をいう間柄《あいだがら》となるうちに、独居《どっきょ》の和尚《おしょう》の不便《ふべん》を案《あん》じて、＊なにくれと小用《しょうよう》＊に立働《たちはたら》くようになり、いつとなくその高風《こうふう》＊に感《かん》じいって自《みずか》ら小坊主《こぼうず》＊に姿《すがた》を変《か》え、側近《そっきん》に仕《つか》えることとなった。

この狸《たぬき》は通称《つうしょう》を団九郎《だんくろう》＊といい、眷族《けんぞく》＊では名《な》の知《し》れた一匹《いっぴき》であったそうな。ほどなく経文《きょうもん》を暗《そら》んじて＊諷経《ふぎん》＊に唱和《しょうわ》し、また作法《さほう》を覚《おぼ》えて朝夜《ちょうや》の坐禅《ざぜん》に加《くわ》わり、あえて三十棒《さんじゅうぼう》＊を怖《おそ》れなかった。

昵懇《じっこん》を重《かさ》ねて　次第《しだい》に親《した》しく打《う》ち解《と》けた間柄《あいだがら》となって。
案《あん》じて　心配《しんぱい》して。
小用《しょうよう》　ちょっとした用事《ようじ》。
高風《こうふう》　優《すぐ》れて気高《けだか》い人柄《ひとがら》。
小坊主《こぼうず》　年若《としわか》い僧《そう》。見習《みなら》い僧《そう》。
団九郎《だんくろう》　魚沼《うおぬま》に近接《きんせつ》する南蒲原郡《みなみかんばらぐん》田上《たがみ》の護摩堂山《ごまどうざん》に、団九郎《だんくろう》という名《な》の狸《たぬき》（もしくは狢《むじな》）にまつわる伝説《でんせつ》がある。角川書店《かどかわしょてん》版《ばん》『越後《えちご》の伝説《でんせつ》　日本《にほん》の伝説《でんせつ》41』によれば、団九郎狸《だんくろうだぬき》は護摩《ごま》堂城《どうじょう》が陥落《かんらく》した際《さい》、城内《じょうない》の家財道具《かざいどうぐ》を、住処《すみか》にしている洞穴《ほらあな》に運《はこ》び込《こ》んで、村人《むらびと》が頼《たの》むと什器《じゅうき》を貸《か》し与《あた》えていたが（貸椀《かしわん》伝説《でんせつ》）、あるとき椀《わん》を返《かえ》さない者《もの》がいたため、人間《にんげん》の不誠実《ふせいじつ》に腹《はら》を立《た》て、家財《かざい》を燃《も》やして立《た》ち去《さ》ったとされる。
眷族《けんぞく》　「眷属《けんぞく》」とも。一族《いちぞく》。一党《いっとう》。同類《どうるい》のもの。
暗《そら》んじて　暗誦《あんしょう》して。
諷経《ふぎん》　声《こえ》をそろえて経文《きょうもん》を読《よ》むこと。
三十棒《さんじゅうぼう》　禅《ぜん》の師《し》が弟子《でし》を導《みちび》くため与《あた》える打棒《だぼう》のこと。

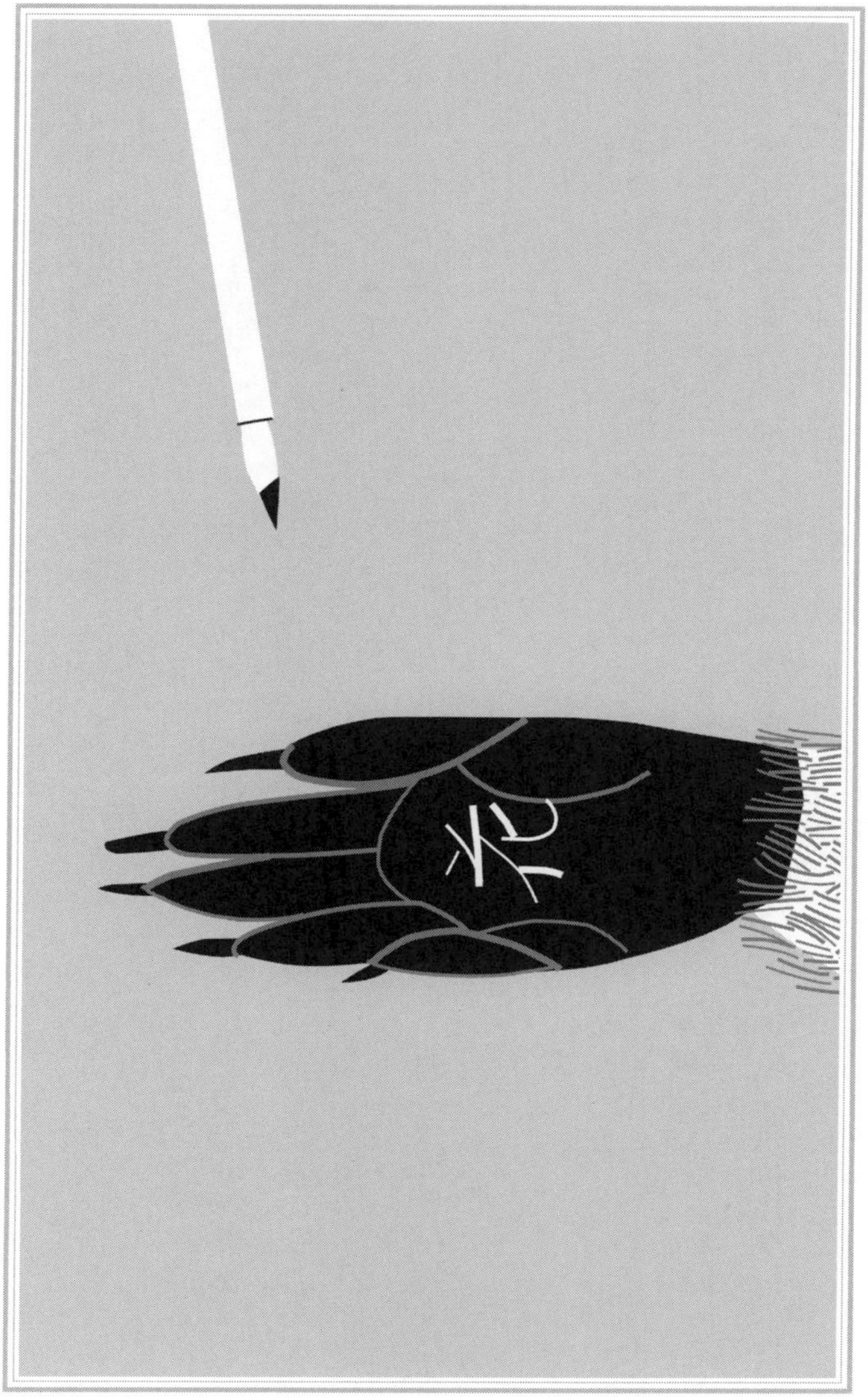

六袋和尚《むたいおしょう》は和歌俳諧《わかはいかい》をよくし、*また、折《おり》にふれて仏像《ぶつぞう》、菩薩像《ぼさつぞう》、羅漢《らかん》*像等《ぞうなど》を刻《きざ》んだ。その羅漢像《らかんぞう》、居士《こじ》*像等《ぞうなど》には狗狸《くり》*に類似《るいじ》の面相《めんそう》もあったというが、恐《おそ》らく偶然《ぐうぜん》の所産《しょさん》であって、団九郎《だんくろう》に関係《かんけい》はなかったのだろう。

いつとなく、団九郎《だんくろう》も彫像《ちょうぞう》の三昧《さんまい》*を知《し》った。木材《もくざい》をさがしもとめ、和尚《おしょう》の熟睡《じゅくすい》をまって庫裏《くり》*の一隅《いちぐう》に胡座《こざ》し、*鑿《のみ》を揮《ふる》いはじめてのちには、雑念《ざつねん》を離《はな》れ、しばしば夜《よ》の白《しら》む*のも忘《わす》れていたということである。

六袋和尚《むたいおしょう》は六日先《むいかさき》んじて*己《おの》れの死期《しき》を予知《よち》した。諸般《しょはん》のことを調《ととの》え、辞世《じせい》の句《く》*もなく、特別《とくべつ》の言葉《ことば》もなく、あたかも前栽《せんざい》へ逍遥《しょうよう》に立《た》つ*人《ひと》のように入寂《にゅうじゃく》*した。

参禅《さんぜん》の三摩地《さんまじ》*を味《あじ》わい、諷経念誦《ふぎんねんじゅ》*の法悦《ほうえつ》*を知《し》っていたので、和尚《おしょう》の遷化《せんげ》*して後《のち》も、団九郎《だんくろう》は閑山寺《かんざんじ》を去《さ》らなかった。五蘊《ごうん》*の羈絆《きはん》*を厭悪《えんお》*し、すでに一念解脱《いちねんげだつ》*を発心《ほっしん》*していたのである。

新《あ》らたな住持《じゅうじ》は弁兆《べんちょう》といった。彼《かれ》は単純《たんじゅん》な酒徒《しゅと》*であった。先住《せんじゅう》*の高風《こうふう》に比《くら》べれば百難《ひゃくなん》あったが、*彼《かれ》もまた一生不犯《いっしょうふぼん》*の戒律《かいりつ》を守《まも》り、もっぱら一酔《いっすい》また一睡《いっすい》に一日《いちじつ》の悦《よろこ》びを托《たく》していた無難《ぶなん》な坊主《ぼうず》のひとりであった。
弁兆《べんちょう》は食膳《しょくぜん》の吟味《ぎんみ》＊に心《こころ》をくばり、一汁《いちじゅう》＊の風味《ふうみ》にもあれこれと工夫《くふう》を命《めい》じた。団九郎《だんくろう》の

和歌俳諧《わかはいかい》をよくし　短歌《たんか》や俳句《はいく》を巧《たく》みに作《つく》り。
羅漢《らかん》　仏教修行《ぶっきょうしゅぎょう》の最高段階《さいこうだんかい》に達《たっ》した人《ひと》。
居士《こじ》　在俗《ざいぞく》のまま仏道修行《ぶつどうしゅぎょう》をする男子《だんし》の敬称《けいしょう》。近世《きんせい》では、在俗《ざいぞく》で禅《ぜん》の修行《しゅぎょう》をする者《もの》も、この名《な》で呼《よ》ばれた。
狗狸《くり》　犬《いぬ》や狸《たぬき》。
三昧《さんまい》　精神統一《せいしんとういつ》により安定《あんてい》し没入《ぼつにゅう》できる境地《きょうち》。
庫裏《くり》　寺《てら》の住職《じゅうしょく》や家族《かぞく》の居間《いま》。
胡座《こざ》し　あぐらをかいて座《すわ》ること。
夜の白《しら》む　夜《よ》が明《あ》ける。
六日先《むいかさき》んじて　死《し》ぬ六日《むいか》も前《まえ》に。
辞世《じせい》の句《く》　死《し》の間際《まぎわ》に詠《よ》む最後《さいご》の句《く》。
前栽《せんざい》へ逍遥《しょうよう》に立《た》つ　庭先《にわさき》へ散歩《さんぽ》に出《で》る。
入寂《にゅうじゃく》　寂滅《じゃくめつ》に入《い》る。僧《そう》が死《し》ぬこと。
三摩地《さんまじ》　「三昧《さんまい》」と同《おな》じ。
念誦《ねんじゅ》　心《こころ》に念《ねん》じて口《くち》に仏《ほとけ》の名号《みょうごう》や経文《きょうもん》を唱《とな》えること。

法悦《ほうえつ》　仏法《ぶっぽう》にふれることで得《え》られる至上《しじょう》のよろこび。
遷化《せんげ》　高僧《こうそう》が世《よ》を去《さ》ること。
五蘊《ごうん》　色《しき》・受《じゅ》・想《そう》・行《ぎょう》・識《しき》の総称《そうしょう》。あらゆる存在《そんざい》は五蘊《ごうん》から成《な》り、それゆえ無我《むが》・無常《むじょう》であると説《と》かれる。
羈絆《きはん》　行動《こうどう》を束縛《そくばく》するもの。足手《あしで》まといになるもの。
厭悪《えんお》　きらい憎《にく》むこと。いやがること。
一念解脱《いちねんげだつ》　現世《げんせ》の苦悩《くのう》から解放《かいほう》され、絶対自由《ぜったいじゆう》の境地《きょうち》をひたすら願《ねが》うこと。
発心《ほっしん》　仏道修行《ぶつどうしゅぎょう》を思《おも》い立《た》つこと。
酒徒《しゅと》　酒《さけ》飲み。
先住《せんじゅう》　先代《せんだい》の住職《じゅうしょく》。
百難《ひゃくなん》あったが　難点《なんてん》が多《おお》かったが。
一生不犯《いっしょうふぼん》　生涯《しょうがい》、妻《つま》を持《も》たない。
食膳《しょくぜん》の吟味《ぎんみ》　料理《りょうり》の素材《そざい》や調理《ちょうり》にうるさいこと。
一汁《いちじゅう》　ひと品《しな》の汁《しる》。

坐禅《ざぜん》諷経《ふぎん》を封《ふう》じて、*山陰《さんいん》*へ木《き》の芽《め》をとらせに走《はし》らせ、また、しばしば蕎麦《そば》を打《う》たせた。一《いっ》酔《すい》をもとめてのちは、肩《かた》をもませて、やがて大蘿蔔頭《だいらふとう》（だいこん）の煮《に》ゆるがごとく眠《ねむ》りに落《お》ちた。ことごとく、団九郎《だんくろう》の意外《いがい》であった。*一言一動俗臭芬々《いちごんいちどうぞくしゅうふんぷん》*として、はなはだ正《せい》視《し》に堪《た》えなかった。*

一夕《いっせき》、*雲水《うんすい》の僧《そう》*に変《へん》じて、団九郎《だんくろう》は山門《さんもん》をくぐった。折《おり》から弁兆《べんちょう》は小坊主《こぼうず》の無断不在《むだんふざい》をかこちながら、*酒食《しゅしょく》の支度《したく》に余念《よねん》もなかった。

雲水《うんすい》の僧《そう》は身《み》の丈六尺有余《たけろくしゃくゆうよ》、*筋骨隆々《きんこつりゅうりゅう》として、手足《てあし》は古木《こぼく》のようであった。両眼《りょうめ》は炬《きょ》火《か》*のごとくに燃《も》え、両頰《りょうほほ》は岩塊《がんかい》のごとく、鼻孔《びこう》は風《かぜ》を吹《ふ》き、口《くち》は荒縄《あらなわ》を縒《よ》りあわせたようであった。

雲水《うんすい》の僧《そう》は庫裏《くり》へ現《あらわ》れ、弁兆《べんちょう》の眼前《がんぜん》を立《た》ちふさいだ。それから、破《わ》れ鐘《がね》*のような大音《だいおん》声《じょう》でこう問《と》うた。

「噇酒糟《とうしゅそう》の漢《かん》（のんだくれめ）仏法《ぶっぽう》を喰《くら》うや如何《いか》に*」

弁兆《べんちょう》は徳利《とっくり》を落《おと》し、さて、臍下丹田《せいかたんでん》*に力《ちから》を籠《こ》めて、まず大喝一番《だいかついちばん》*これに応《おう》じた。

と、雲水《うんすい》の僧《そう》は、やおらかたえの*囲炉裏《いろり》の上《うえ》へ半身《はんしん》をかがめた。左手《ひだりて》に右《みぎ》の衣袖《ころもで》を収《おさ》めて、紅蓮《ぐれん》をふく*火中深《かちゅうふか》くその逞《たくま》しい片腕《かたうで》を差《さ》しいれた。そうして、大《おお》いなる燠《おき》*のひとつを鷲摑《わしづか》みにして、再《ふたた》び弁兆《べんちょう》の眼前《がんぜん》を立《た》ちふさいだ。

「噇酒糟《とうしゅそう》の漢《かん》よく仏法《ぶっぽう》を喰《くら》うや如何《いか》に」

雲水《うんすい》の僧《そう》はにじり寄《よ》って、真赤《まっか》な燠《おき》を弁兆《べんちょう》の鼻先《はなさき》へ突《つ》きつけた。弁兆《べんちょう》に二喝《にかつ》*を発《はっ》する勇《ゆう》

封《ふう》じて　やめさせて。

山陰《さんいん》　山裾《やますそ》の陰《かげ》になった場所《ばしょ》。「やまかげ」とも。

団九郎《だんくろう》の意外《いがい》であった　団九郎《だんくろう》には予想《よそう》もできないことだった。

一言一動俗臭芬々《いちごんいちどうぞくしゅうふんぷん》　言動《げんどう》の一々《いちいち》が卑俗《ひぞく》で鼻《はな》につくさま。

正視《せいし》に堪《た》えなかった　まともに見《み》ていられなかった。

一夕《いっせき》　ある夕《ゆう》べ。

雲水《うんすい》の僧《そう》　諸国遍歴《しょこくへんれき》の禅僧《ぜんそう》。

無断不在《むだんふざい》をかこちながら　（小坊主《こぼうず》が）勝手《かって》にいなくなったことをこぼしながら。

身《み》の丈六尺有余《たけろくしゃくゆうよ》　身長《しんちょう》一八〇センチメートルを超《こ》える。

炬火《きょか》　たいまつ。かがり火《び》。

破《わ》れ鐘《がね》　大《おお》きなだみ声《ごえ》の形容《けいよう》。

仏法《ぶっぽう》を喰《くら》うや如何《いか》に　仏法《ぶっぽう》を喰《く》らうとは、どういうことか。

臍下丹田《せいかたんでん》　へその下《した》の丹田《たんでん》と呼《よ》ばれる部位《ぶい》。

大喝一番《だいかついちばん》　いきなり大声《おおごえ》で叱《しか》りつけること。禅宗《ぜんしゅう》の僧侶《そうりょ》が修《しゅ》行《ぎょう》に際《さい》して用《もち》いる。

かたえの　かたわらの。

紅蓮《ぐれん》をふく　火《ひ》がめらめら燃《も》え立《た》つさま。

燠《おき》　赤《あか》く熾《おこ》った炭火《すみび》。

二喝《にかつ》　二度目《にどめ》の大喝《だいかつ》。

気《き》がなかった。思《おも》わず色《いろ》を失《うしな》って、*飛《と》びのいていた。

「この掠虚頭《りゃくきょとう》の漢《かん》（いんちきやろうめ）！」

雲水《うんすい》の僧《そう》はやにわに躍《おど》りかかって、弁兆《べんちょう》の口中《こうちゅう》へ燠《おき》を捩《ね》じこむところであった。弁兆《べんちょう》は飛鳥《ひちょう》のごとくに*身《み》をひるがえして逃《に》げていた。そのまま逐電《ちくでん》*して、再《ふたた》び行方《ゆくえ》は知《し》れなかった。

雲水《うんすい》の僧《そう》は住持《じゅうじ》となった。人称《ひとよ》んで呑火和尚《どんかおしょう》といった。すなわち団九郎狸《だんくろうだぬき》であった。懈《け》怠《たい》*を憎《にく》み、ひたすら見性成仏《けんしょうじょうぶつ》*を念《ねん》じて坐禅三昧《ざぜんざんまい》に浸《ひた》り、時《とき》に夜《よ》もすがら仏像《ぶつぞう》を刻《きざ》んで静《せい》寂《じゃく》な孤独《こどく》を満喫《まんきつ》した。

村《むら》に久次《ひさじ》というしれもの*があった。大青道心《おおあおどうしん》*の坐禅三昧《ざぜんざんまい》をおかしがり、法話《ほうわ》の集《つど》いのある夕辺《ゆうべ》、庫裏《くり》へ忍《しの》び、和尚《おしょう》の食餌《しょくじ》へやたらと砥粉《とのこ》*をふりまいておいた。砥粉《とのこ》をくらえば止《と》めようと欲《ほっ》してもおのずと放屁《ほうひ》*して止《と》める術《すべ》がないという俗説《ぞくせつ》*があるのだそうな。

はたして和尚《おしょう》は、開口一番《かいこういちばん》、放屁《ほうひ》の誘惑《ゆうわく》に狼狽《ろうばい》した。*臍下丹田《せいかたんでん》に力《ちから》を籠《こ》めれば、放屁《ほうひ》の音量《おんりょう》を大《だい》にするばかりであり、丹田《たんでん》の力《ちから》をぬけば、心気顛倒《しんきてんとう》して為《な》すところを失《うしな》う*ばかりであった。

「しばらく誦経《ずきょう》*いたそう」

和尚《おしょう》は腹痛《ふくつう》を押《おさ》えてやおら*立《たち》あがり、木魚《もくぎょ》の前《まえ》に端坐《たんざ》*した。優婆塞《うばそく》*優婆夷《うばい》*の合唱《がっしょう》にかくれて、ひそかに始末《しまつ》する魂胆《こんたん》*であった。そこでまず試《こころ》みに一微風《いちびふう》を漏脱《ろうだつ》*したところ、こ

色《いろ》を失《うしな》って　驚《おどろ》きおそれ、顔色《かおいろ》が青《あお》ざめて。
飛鳥《ひちょう》のごとくに　空《そら》とぶ鳥《とり》のように素早《すばや》く。
逐電《ちくでん》　行方《ゆくえ》をくらまし逃《に》げ去《さ》ること。失踪《しっそう》。「ちくてん」とも発音《はつおん》。
懈怠《けたい》　なまけて怠《おこた》ること。仏道修行《ぶつどうしゅぎょう》に全力《ぜんりょく》をそそがないこと。
見性成仏《けんしょうじょうぶつ》　自己《じこ》の本性《ほんしょう》を正《ただ》しく理解《りかい》して悟《さと》りを得《え》ること。禅《ぜん》宗《しゅう》の説《と》くところである。
しれもの　愚《おろ》か者《もの》。乱暴者《らんぼうもの》。
大青道心《おおあおどうしん》　大《おお》きな図体《ずうたい》の新参僧《しんざんそう》。
砥粉《とのこ》　砥石《といし》を削《けず》った粉末《ふんまつ》、もしくは黄土《おうど》を焼《や》いた粉末《ふんまつ》。刀剣《とうけん》を磨《みが》いたり、板《いた》や柱《はしら》の色《いろ》づけ、漆器《しっき》の塗下地《ぬりしたじ》などに用《もち》いられる。
放屁《ほうひ》　おならを出《だ》すこと。

したのである。

俗説《ぞくせつ》　真偽《しんぎ》は不明《ふめい》だが世間一般《せけんいっぱん》で信《しん》じられている説《せつ》。
狼狽《ろうばい》した　うろたえた。
心気顛倒《しんきてんとう》して為《な》すところを失《うしな》う　心《こころ》が乱《みだ》れ惑《まど》って、どうしてよいか分《わ》からなくなる。
誦経《ずきょう》　声《こえ》をあげて経文《きょうもん》をよむこと。
やおら　そろそろと。おもむろに。
端坐《たんざ》　姿勢《しせい》を正《ただ》して座《すわ》ること。
優婆塞《うばそく》　在俗《ざいぞく》の男性仏教信者《だんせいぶっきょうしんじゃ》。
優婆夷《うばい》　在俗《ざいぞく》の女性仏教信者《じょせいぶっきょうしんじゃ》。
魂胆《こんたん》　たくらみ。作戦《さくせん》。
一微風《いちびふう》を漏脱《ろうだつ》　微風《びふう》はそよ風《かぜ》。ひそかに少量《しょうりょう》の屁《へ》を漏《も》らそうとしたのである。

とごとく思量《しりょう》に反《はん》して、*あとはもはや大流風《だいりゅうふう》の思《おも》うがままの奔出《ほんしゅつ》*を防《ふせ》ぎかける手段《てだて》もなかった。大風笛《だいふうてき》*は高天井《たかてんじょう》に木魂《こだま》して、人々《ひとびと》がこれを怪《あや》しみ誦経《ずきょう》の声《こえ》を呑《の》んだ時《とき》には、転出《てんしゅつ》する凸凹様々《とつおうさまざま》な*風声《ふうせい》のみが大小高低《だいしょうこうてい》の妙《みょう》を描《えが》きだすばかりであった。臭気堂《しゅうきどう》に満《み》ちて、人々《ひとびと》は思《おも》わず鼻孔《びこう》に袖《そで》を当《あ》て、ひとりの立《たち》あがる気配《けはい》を知《し》ると、我先《われさ》きに堂《どう》を逃《のが》れた。

釈迦牟尼成道《しゃかむにじょうどう》*の時《とき》にも降魔《ごうま》のこと*があった。正法《しょうぼう》*には必《かなら》ず障礙《しょうげ》*のあるもの。放屁《ほうひ》を抑《おさ》えようとして四苦八苦《しくはっく》するのもいまだ法《ほう》を会得《えとく》すること遠《とお》きがゆえであり、放屁《ほうひ》の漏出《ろうしゅつ》に狼狽《ろうばい》してなすところを忘《わす》れるのも未《いま》だ全機透脱《ぜんきとうだつ》して大自在《だいじざい》*を得《え》る底《てい》の妙覚《みょうかく》に到《いた》らざるがゆえである。すなわち透脱《とうだつ》して大解脱《だいげだつ》を得《え》たならば*、拈華《ねんげ》*も放屁《ほうひ》も同一《どういつ》のものであるに相違《そうい》ない。静夜端坐《せいやたんざ》して、団九郎《だんくろう》はかく観《かん》じた。*

それにつけても、俗人《ぞくじん》の済度《さいど》*しがたいことを嘆《なげ》いて、人里《ひとざと》から一里《いちり》*ばかり山奥《やまおく》に庵《いおり》を結《むす》び*、遁世《とんせい》*して禅定《ぜんじょう》*三昧《ざんまい》に没入《ぼつにゅう》した。

冬《ふゆ》がきて、田舎役者《いなかやくしゃ》の一行《いっこう》がこの草庵《そうあん》を通《とお》りかかった。

雪国《ゆきぐに》の農夫達《のうふたち》は冬毎《ふゆごと》にその故里《ふるさと》の生業《なりわい》を失《うしな》い、* 雪解《ゆきど》けの頃《ころ》まで他郷《たごう》へ稼《かせ》ぎにでかけるの

思量《しりょう》に反《はん》して　予想《よそう》と違《ちが》って。

大流風《だいりゅうふう》の思《おも》うがままの奔出《ほんしゅつ》　突風《とっぷう》のような勢《いきお》いで、堪《こら》えに堪《こら》えていた屁《へ》を思《おも》うさま放《はな》ったのである。

大風笛《だいふうてき》　放屁《ほうひ》の音《おと》を高《たか》らかな笛《ふえ》の音《ね》にたとえたのである。

転出《てんしゅつ》する凸凹様々《とつおうさまざま》な……　凄《すさ》まじい放屁《ほうひ》の音色《ねいろ》が華麗《かれい》なオーケストラさながら千変万化《せんぺんばんか》するような描写《びょうしゃ》である。

釈迦牟尼成道《しゃかむにじょうどう》　釈迦《しゃか》が悟《さと》りを開《ひら》いたこと。

降魔《ごうま》のこと　仏道《ぶつどう》をさまたげようと襲来《しゅうらい》する悪魔《あくま》を、釈迦《しゃか》が降《ごう》伏《ぶく》したことを指《さ》す。

正法《しょうぼう》　正《ただ》しい仏《ほとけ》の教《おし》え。

障礙《しょうげ》　じゃまもの。さまたげとなるもの。

全機透脱《ぜんきとうだつ》して大自在《だいじざい》を……　以下《いか》は、曹洞宗《そうとうしゅう》の開祖《かいそ》・道元《どうげん》の『正法眼蔵《しょうぼうげんぞう》』を踏《ふ》まえたくだりである。大意《たいい》を記《しる》すと、全宇《ぜんう》宙《ちゅう》のはたらきを透《とお》り抜《ぬ》けて自由自在《じゆうじざい》な悟《さと》りの境地《きょうち》に、未《いま》だ到《とう》達《たっ》していないためなのだ、となる（ただし、他《ほか》にもさまざまな解釈《かいしゃく》がある）。

透脱《とうだつ》して大解脱《だいげだつ》を得《え》たなら　「透脱《とうだつ》」は透体脱落《とうたいだつらく》の略《りゃく》で、あらゆる煩悩《ぼんのう》・執着《しゅうじゃく》から脱《だっ》して自由《じゆう》であること。その結果《けっか》として得《え》られる絶対自由《ぜったいじゆう》の境地《きょうち》が「大解脱《だいげだつ》」。ちなみに夏目漱石《なつめそうせき》「夢十夜《ゆめじゅうや》」（『夢《ゆめ》』の巻《かん》に収録《しゅうろく》）の第六夜《だいろくや》にも「大自在《だいじざい》の妙《みょう》境《きょう》」という言葉《ことば》が出《で》てくることに留意《りゅうい》。また第二夜《だいにや》は参禅《さんぜん》をめぐる物語《ものがたり》であり、こちらも本篇《ほんぺん》と相通《あいつう》ずる部分《ぶぶん》が多《おお》い。

拈華《ねんげ》　華《はな》を拈《つま》む。釈迦《しゃか》が霊鷲山《りょうじゅせん》の説法《せっぽう》に際《さい》して花《はな》をつまんで衆《しゅ》生《じょう》に示《しめ》したとき、摩訶迦葉《まかかしょう》だけがその意《い》を悟《さと》って微笑《びしょう》したため、釈迦《しゃか》から正法《しょうぼう》を伝《つた》えられたとする「拈華微笑《ねんげみしょう》」の故事《こじ》による。

かく観《かん》じた　このように思《おも》いめぐらせて、答《こた》えを得《え》た。

済度《さいど》　仏法《ぶっぽう》を説《と》いて人々《ひとびと》を迷《まよ》いから解《と》き放《はな》ち、悟《さと》りへ導《みちび》くこと。

一里《いちり》　約《やく》四キロメートル弱《じゃく》。

庵《いおり》を結《むす》び　草木《くさき》で作《つく》られた小《ちい》さな家《いえ》に暮《く》らすこと。

遁世《とんせい》　俗世《ぞくせ》を逃《のが》れ出《で》て仏門《ぶつもん》に入《い》ること。

禅定三昧《ぜんじょうざんまい》　心《こころ》を安定《あんてい》・統一《とういつ》することで仏教《ぶっきょう》の叡智《えいち》に到達《とうたっ》しようとする修行《しゅぎょう》にふけること。

故里《ふるさと》の生業《なりわい》を失《うしな》い……　日本有数《にほんゆうすう》の豪雪地帯《ごうせつちたい》である越後《えちご》では、冬期《とうき》は他《ほか》の地方《ちほう》に出稼《でかせ》ぎに行《い》く者《もの》が多《おお》かったのである。

が昔《むかし》からの習《なら》いであった。部落《ぶらく》によって、あるいは灘伊丹《なだいたみ》の酒男《さかおとこ》*、あるいは江戸《えど》の奉公《ほうこう》*とさまざまであるが、ところによっては、越後獅子《えちごじし》*の部落《ぶらく》もあり、村回《むらまわ》りの神楽狂言芝《かぐらきょうげんしば》居等《いなど》を伝承《でんしょう》するところもあった。もとより正業《せいぎょう》は農《のう》であるが、副業《ふくぎょう》もまた概《おおむ》ね世襲《せしゅう》*で、現《げん》今《こん》もなおこのあたりには冬毎《ふゆごと》に芝居《しばい》を巡業《じゅんぎょう》する部落《ぶらく》がある。丈余《じょうよ》*の雪上《せつじょう》に舞台《ぶたい》を設《しつら》え、観《かん》客《きゃく》もまた雪原《せつげん》に筵《むしろ》をしき、持参《じさん》の重箱《じゅうばこ》をひらいて酒《さけ》をのみながら見物《けんぶつ》する。木戸《きど》*として特《とく》に規定《きてい》の金額《きんがく》がないから、金銭《きんせん》を支払《しはら》う者《もの》ははなはだ稀《まれ》で、通例米味噌野菜酒等《つうれいこめみそやさいさけなど》を木戸銭《きどせん》に代《か》え、一族《いちぞく》ひきつれて観覧《かんらん》にあつまる。演者《えんじゃ》はただひたすらに芝居《しばい》を楽《たの》しむという風《ふう》で、寒気厳烈《かんきげんれつ》の雪原《せつげん》とはいえさながらに春風駘蕩《しゅんぷうたいとう》*、「三年《さんねん》さきに勘平《かんぺい》の男前《おとこまえ》*の若《わか》い衆《しゅう》はどうなすったね。女《おんな》の子《こ》が夢中《むちゅう》になったものだったが、達者《たっしゃ》かね」「あの野郎《やろう》は嬶《かかあ》をもらって、今年《ことし》は休《やす》ましてもらいますだとの」などいう会話《かいわ》が幕《まく》の間《あいだ》に舞台《ぶたい》の上下《じょうげ》で交《か》わされる。座《ざ》長《ちょう》と見《み》える老爺《ろうや》など終生水呑百姓《しゅうせいみずのみびゃくしょう》*の見《み》るからに武骨《ぶこつ》そのものの骨柄《こつがら》*であるが、巧《たく》みに女《おんな》形《がた》をしこなして優美哀切《ゆうびあいせつ》*を極《きわ》め、涙《なみだ》の袖《そで》をしぼらせること*、いつの年《とし》も変《かわ》りがないということである。

折《おり》から一行《いっこう》のひとりに病人《びょうにん》ができた。通《とお》りかかった草庵《そうあん》をこれ幸《さいわ》いに無心《むしん》して*病人《びょうにん》を担《かつ》ぎいれたが、翌日《よくじつ》も、また翌日《よくじつ》も、はかばかしくいかない。*先《さき》を急《いそ》ぐ旅《たび》のこととて、ひとりの附添《つきそ》いを置《お》きのこして一座《いちざ》の者《もの》は立《たち》さった。
病人《びょうにん》は暮方《くれがた》から熱《ねつ》が高《たか》まり、夜《よる》は悪夢《あくむ》にうなされて譫言《うわごと》をいい、しばしば水《みず》をもとめた。

灘伊丹《なだいたみ》の酒男《さかおとこ》 酒《さけ》の醸造《じょうぞう》で有名《ゆうめい》な兵庫県《ひょうごけん》の灘《なだ》や伊丹《いたみ》で酒造《さけづく》りに携《たずさ》わる職人《しょくにん》。酒杜氏《さかとうじ》。
江戸《えど》の奉公《ほうこう》 江戸《えど》の商家《しょうか》などに住《す》み込《こ》みで働《はたら》くこと。
越後獅子《えちごじし》 越後国西蒲原郡月潟地方《えちごのくににしかんばらぐんつきがたちほう》を拠点《きょてん》とする獅子舞《ししまい》。子供《こども》たちが獅子頭《ししがしら》をかぶり、曲芸《きょくげい》をしながら、門付《かどづ》けして廻《まわ》る。角兵衛獅子《かくべえじし》とも。
世襲《せしゅう》 家業《かぎょう》や地位《ちい》・財産《ざいさん》などを子孫《しそん》が代々《だいだい》うけつぐこと。
丈余《じょうよ》 一丈《いちじょう》（約三《やくさん》メートル）あまりの。
木戸《きど》 ここでは木戸銭《きどせん》（入場料《にゅうじょうりょう》）の略《りゃく》。
春風駘蕩《しゅんぷうたいとう》 春《はる》の風《かぜ》がのどかに吹《ふ》くさまから転《てん》じて、性格《せいかく》や物《もの》腰《ごし》がのんびりしているさま。
三年《さんねん》さきに勘平《かんぺい》の 三年前《さんねんまえ》に勘平《かんぺい》の役《やく》（『仮名手本忠臣蔵《かなでほんちゅうしんぐら》』の登場人物《とうじょうじんぶつ》である早野勘平《はやのかんぺい》）を演《えん》じた。
水呑百姓《みずのみびゃくしょう》 田畑《たはた》を所有《しょゆう》していない、貧《まず》しい小作《こさく》または日雇《ひやと》いの農民《のうみん》。
骨柄《こつがら》 顔《かお》だち。
しこなして うまく演《えん》じて。
涙《なみだ》の袖《そで》をしぼらせる 迫真《はくしん》の演技《えんぎ》で観客《かんきゃく》を泣かせること。
無心《むしん》して 遠慮《えんりょ》なくねだること。要求《ようきゅう》すること。
はかばかしくいかない 良《よ》いほうへ向《む》かわない。ここでは病人《びょうにん》の容態《ようだい》が回復《かいふく》しない。

明方《あけがた》にようやく寝《ね》しずまるのが例《れい》であった。附添《つきそい》の男《おとこ》は和尚《おしょう》に祈禱《きとう》を懇願《こんがん》した。同村《どうそん》の某《なにがし》*が同《おな》じような高熱《こうねつ》に悩《なや》んだとき、真言《しんごん》の僧《そう》*に祈禱《きとう》を受《う》け、唵摩耶底連《おんまやてれん》の札《ふだ》*を水《みず》にうつしていただいたところ、翌日《よくじつ》は熱《ねつ》も落《お》ちて本復《ほんぷく》*したことを思《おも》いだしたのであった。

「拙僧《せっそう》は左様《さよう》な法力《ほうりき》*を会得《えとく》した生《い》きぼとけ*ではござらぬ」と和尚《おしょう》は答《こた》えた。「見《み》られる通《とお》り俗世間《ぞくせけん》を遁《のが》れ、一念《いちねん》解脱《げだつ》を発起《ほっき》した鈍根《どんこん》*の青道心《あおどうしん》*でござる。死生《しせい》を大悟《たいご》し*、即心即仏非《そくしんそくぶつひ》心非仏《しんひぶつ》*に到《いた》らんことを欲《ほっ》しながら、妄想《もうそう》尽《つ》きず、見透《みとお》するところははなはだ浅薄《せんぱく》な、一尿《いちにょう》床《しょう》の鬼子《きす》（寝小便垂《ねしょうべんた》れ小僧《こぞう》）とはすなわちこの坊主《ぼうず》がこと。加持祈禱《かじきとう》*は思《おも》いもより申《もう》さぬ」と受《う》けつける気配《けはい》もなかった。

　病人《びょうにん》は日毎《ひごと》に衰《おとろ》え、すでに起居《ききょ》も不自由《ふじゆう》*であった。しきりに故里《ふるさと》の土《つち》を恋《こい》しがり、また人々《ひとびと》をなつかしんだ。その音声《おんせい》も日《ひ》を経《へ》るごとに力《ちから》なく、附添《つきそ》いの友《とも》の嘆《なげ》きを深《ふか》くさせるのみだった。彼《かれ》は執拗《しつよう》に和尚《おしょう》の祈禱《きとう》を懇願《こんがん》した。

「定命《じょうみょう》*はこれ定命《じょうみょう》でござる。一切空《いっさいくう》*と観《かん》じ、雑念《ざつねん》あっては、成仏《じょうぶつ》なり申《もう》さぬぞ*」

和尚《おしょう》の答《こた》えは、いつもながら、それだけだった。そばに瀕死《ひんし》の病人《びょうにん》もなきがごとく、ひねもす*禅定三昧《ぜんじょうざんまい》であった。その大《おお》いなる趺坐僧《ふざそう》*の姿《すがた》は、山寨《さんさい》*を構《かま》えて妖術《ようじゅつ》を使《つか》う蝦蟇《がま》のように物々《ものもの》しく取澄《とりすま》して、とりつく島《しま》もない*思《おも》いをさせた。

さりとて病状《びょうじょう》は一途《いっと》に悪化《あっか》をたどるばかりで、人力《じんりき》の施《ほどこ》す術《すべ》*も見《み》えないので、附添《つきそ》いの

同村《どうそん》の某《なにがし》　付添《つきそい》の男《おとこ》と同《おな》じ村出身《むらしゅっしん》のある男《おとこ》。

真言《しんごん》の僧《そう》　密教僧《みっきょうそう》。真言宗《しんごんしゅう》の僧《そう》。

唵摩耶底連《おんまやてれん》の札《ふだ》　密教《みっきょう》で真理《しんり》を表《あら》わす秘密《ひみつ》の言葉《ことば》である御真言《ごしんごん》を記《しる》したお札《ふだ》。梵語《ぼんご》（古代《こだい》インドのサンスクリット）をそのまま音写《おんしゃ》したもの。

本復《ほんぷく》　病気《びょうき》が完全《かんぜん》に治《なお》ること。

法力《ほうりき》　仏法修行《ぶっぽうしゅぎょう》で得《え》られる不思議《ふしぎ》な力《ちから》。

生《い》きぼとけ　生身《なまみ》の人間《にんげん》でありながら仏《ほとけ》としてあがめられる高《こう》徳《とく》の人《ひと》。

鈍根《どんこん》　才智《さいち》のにぶいこと。仏教《ぶっきょう》で、素質《そしつ》や能力《のうりょく》が劣《おと》っていること。

青道心《あおどうしん》　99頁《ページ》を参照《さんしょう》。

死生《しせい》を大悟《たいご》し　死《し》と生《せい》の迷《まよ》いを去《さ》り真理《しんり》を悟《さと》って。

即心即仏非心非仏《そくしんそくぶつひしんひぶつ》　衆生《しゅじょう》の心《こころ》がそのまま仏《ほとけ》であり、また仏《ほとけ》ではないということ。宋《そう》の臨済僧《りんざいそう》・無門慧開《むもんえかい》が、禅《ぜん》の公案《こうあん》を評《ひょう》釈《しゃく》した『無門関《むもんかん》』に見《み》える言葉《ことば》。

加持祈禱《かじきとう》　仏《ほとけ》の力《ちから》を信者《しんじゃ》に加《くわ》えて保《たも》たせる「祈禱《きとう》」を「加持《かじ》」とも言《い》い、並称《へいしょう》されるようになった言葉《ことば》。

起居《ききょ》も不自由《ふじゆう》　起《お》き上《あ》がることも満足《まんぞく》にできない。

定命《じょうみょう》　人《ひと》の寿命《じゅみょう》が定《さだ》められていること。

一切空《いっさいくう》　仏教《ぶっきょう》で、あらゆる現象《げんしょう》や存在《そんざい》には実体《じったい》がなく空《くう》であること。一切皆空《いっさいかいくう》とも。

成《じょう》仏《ぶつ》なり申《もう》さぬぞ　成仏《じょうぶつ》できませんぞ。

ひねもす　終日《しゅうじつ》。朝《あさ》から晩《ばん》まで。

趺坐僧《ふざそう》　結跏趺坐《けっかふざ》（足《あし》の表裏《ひょうり》を結《むす》んで座《すわ》ること）の姿勢《しせい》で修《しゅ》行《ぎょう》する僧《そう》。

山寨《さんさい》　山中《さんちゅう》にかまえた砦《とりで》。山賊《さんぞく》などのすみか。

とりつく島《しま》もない　取《と》りすがる手《て》がかりもない。つっけんどんで思《おも》いやりがない。

人力《じんりき》の施《ほどこ》す術《すべ》　人間《にんげん》の力《ちから》で可能《かのう》な手段《しゅだん》。

男《おとこ》は、暇《ひま》あるたびに、坐禅三昧《ざぜんざんまい》の和尚《おしょう》の膝《ひざ》をゆさぶって、法力《ほうりき》の試《こころ》みを懇請《こんせい》するほかに智《ち》慧《え》の浮《う》かぶゆとりはなかった。ゆさぶる膝《ひざ》の手応《てごた》えは太根《ふとね》＊を張《は》った大松《おおまつ》の木《き》の瘤《こぶ》かと思《おも》われるばかり、なかなか微動《びどう》を揺《ゆ》りだす＊ことも絶望《ぜつぼう》に見《み》える有様《ありさま》であった。

「生者《しょうじゃ》は必滅《ひつめつ》のならい。＊執着《しゅうじゃく》して、いたずらに往生《おうじょう》の素懐《そかい》＊を乱《みだ》さるるな」

和尚《おしょう》は俗人《ぞくじん》の執念《しゅうねん》を厭悪《えんお》するもののごとく、ときに不興《ふきょう》をあらわして、＊いった。そうして、膝《ひざ》をゆさぶられても、半眼《はんがん》をひらこうとすらしなかった。

しかし、和尚《おしょう》の顔色《かおいろ》も、病者《びょうしゃ》の悪化《あっか》に競《きそ》いたって、＊日《ひ》に日《ひ》に光沢《こうたく》を失《うしな》い、その逞《たくま》しげな全身《ぜんしん》に、なんとなく衰《おとろ》えの気《き》が漂《ただよ》った。

春《はる》がきて、巡業《じゅんぎょう》の一行《いっこう》が再《ふたた》び草庵《そうあん》へ戻《もど》ったとき、すでに病人《びょうにん》は臨終《りんじゅう》を待《ま》つばかりであった。人々《ひとびと》は不幸《ふこう》な友《とも》の枕頭《ちんとう》に凝坐《ぎょうざ》して、＊悲嘆《ひたん》にくれたが、もとより人《ひと》の思《おも》いによって消《き》える命《いのち》が取《とり》もどせようものではなかった。

草庵《そうあん》の裏山《うらやま》に眺望《ちょうぼう》ひらけた中腹《ちゅうふく》の平地《へいち》を探《さが》しもとめて、涙《なみだ》ながらに友《とも》のなきがらを葬《ほうむ》った。回向《えこう》＊、引導《いんどう》＊も型《かた》のごとくに執《と》りおこなったが、和尚《おしょう》の顔色《かおいろ》はますます勝《すぐ》れず、土気色《つちけいろ》のむくみ*を表《あら》わし、眉間《みけん》の憂悶《ゆうもん》は隠《かく》しもあえず、*全身衰微《ぜんしんすいび》の色《いろ》*深《ふか》く、歩《ある》く足《あし》にも力失《ちからう》せが*ちな有様《ありさま》がただならなかった。*

一座《いちざ》の長《おさ》が進《すす》みでて、一様《いちよう》ならぬ*長逗留《ながとうりゅう》*の不始末《ふしまつ》を詫《わ》び、回向《えこう》の労《ろう》を深謝《しんしゃ》したとき、和尚《おしょう》が言《い》った。

「されば、善根《ぜんこん》、*回向《えこう》は比丘《びく》*のつとめ。ましてこの身《み》は見《み》られるごとく世《よ》を捨《す》てた沙門《しゃもん》、*

太根《ふとね》　太《ふと》い根《ね》っこ。
微動《びどう》を揺《ゆ》りだす　わずかでも動《うご》かす。
生者《しょうじゃ》は必滅《ひつめつ》のならい　命《いのち》ある者《もの》は必《かなら》ず死《し》ぬのが世《よ》の常《つね》。
素懐《そかい》　平素《へいそ》の願《ねが》い。かねてからの願《ねが》い。
不興《ふきょう》をあらわして　機嫌《きげん》をそこねて。
競《きそ》いたって　競《きそ》い合《あ》うかのように。
凝坐《ぎょうざ》して　じっとかたまったように座《すわ》りこんで。
回向《えこう》　仏事《ぶつじ》を営《いとな》み、死者《ししゃ》の成仏《じょうぶつ》を祈《いの》ること。
引導《いんどう》　死者《ししゃ》を済度《さいど》するため、葬儀《そうぎ》に際《さい》して導師《どうし》が棺前《かんぜん》で法語《ほうご》を説《と》くこと。
土気色《つちけいろ》のむくみ　顔《かお》がむくんで土《つち》のような色《いろ》になったさま。
眉間《みけん》の憂悶《ゆうもん》は隠《かく》しもあえず　苦《くる》しげに眉間《みけん》にしわをよせるさまは隠《かく》しようもなく。
全身衰微《ぜんしんすいび》の色《いろ》　全身《ぜんしん》がおとろえた状態《じょうたい》。
力失《ちからう》せがち　しばしば力《ちから》が入《はい》らない。
ただならなかった　普通《ふつう》ではなかった。異常《いじょう》だった。
一様《いちよう》ならぬ　度《ど》をこした。
長逗留《ながとうりゅう》　長《なが》いあいだ滞在《たいざい》すること。
善根《ぜんこん》　ここでは「善根宿《ぜんこんやど》」の略《りゃく》。巡礼《じゅんれい》や行《ゆ》き暮《く》れた旅行者《りょこうしゃ》などを無料《むりょう》で泊《と》めること。
比丘《びく》　修行僧《しゅぎょうそう》。
沙門《しゃもん》　僧侶《そうりょ》。出家《しゅっけ》。

お礼《れい》のことはひらに＊要《い》り申《もう》さぬ。ただ、お言葉《ことば》ゆえ、所望《しょもう》いたしてよろしいものなら、なにとぞ、一念発起《いちねんほっき》＊の心根《こころね》＊をあわれみ、塵労《じんろう》＊断《た》ちがたい鈍根《どんこん》の青道心《あおどうしん》に劬《いた》わりを寄《よ》せたまいて、俗世《ぞくせ》の風《かぜ》が解脱《げだつ》の障礙《しょうげ》とならぬよう、なるべく早《はよ》う拙僧《せっそう》ひとりにさせてくだされたい」

語《かた》る言葉《ことば》にも力《ちから》なく息苦《いきぐる》しげであった。

人々《ひとびと》はにわかに興《きょう》ざめ＊、遺品《いひん》などとりまとめるにも心《こころ》せかせて、＊いとまを告《つ》げたが＊、それを待《ま》つ間《ま》ももどかしげな和尚《おしょう》の様子《ようす》に、ほとほと＊厭《いや》気《け》さすばかりであった。

人々《ひとびと》がものの三四十間《さんしじゅっけん》＊も歩《ある》いたころ、うしろに奇異《きい》な大音響《だいおんきょう》が湧《わ》きおこった。低《ひく》く全山《ぜんざん》の地肌《じはだ》をはいわたる幅《はば》のひろいその音響《おんきょう》を耳《みみ》にしたとき、すでに人々《ひとびと》の踏《ふ》む足《あし》は自《みずか》ら七八《しちはっ》寸《すん》＊あまり宙《ちゅう》に浮《う》き、丹田《たんでん》＊に力《ちから》の限《かぎ》り籠《こ》めてみても、音《おと》の自然《しぜん》に消《き》え絶《た》えるまで、再《ふたた》び土《つち》を踏《ふ》むことができなかった。

驚《おどろ》いて、草庵《そうあん》の方《ほう》を振《ふ》りかえると、和尚《おしょう》は柱《はしら》に縋《すが》りつき、呼吸《こきゅう》は荒々《あらあら》しくその肩《かた》をふるわせていた。

再《ふたた》び大音響《だいおんきょう》を耳《みみ》にしたとき、和尚《おしょう》の法衣《ほうえ》は天《てん》に向《む》かって駆《か》けさるがごとく、裾《すそ》は高々《たかだか》と空《くう》間《かん》に張《は》りひろがり、人々《ひとびと》の足《あし》は自然《しぜん》に踏《ふ》む土《つち》を失《うしな》って、再《ふたた》び宙《ちゅう》に浮《う》いていた。

庵寺《あんでら》の屁《へ》っこき坊主《ぼうず》はの
山《やま》の粉雪《こなゆき》も黄色《きいろ》にそめ
春《はる》のさかりに紅葉《もみじ》もさかせ
おないぶつ*に尻向《けつむ》けて罰当《ばちあた》りとは面妖《めんよう》な*
仏様《ほとけさま》も金《きん》びかり*なら
　目出度《めでた》い　目出度《めでた》い

ひらに　どうか。なにとぞ。
一念発起《いちねんほっき》　ただちに念願《ねんがん》を起《おこ》し、仏道修行《ぶつどうしゅぎょう》の道《みち》に入《はい》ること。
心根《こころね》　心《こころ》の底《そこ》。本性《ほんしょう》。
塵労《じんろう》　煩悩《ぼんのう》。または、世間《せけん》のわずらわしい関《かか》わり合《あ》い。
興《きょう》ざめ　しらけてしまい。
心《こころ》せかせて　気《き》がせいて。
いとまを告《つ》げた　別《わか》れの挨拶《あいさつ》をした。
ほとほと　すっかり。

三四十間《けん》　およそ五〇～七〇メートル。
七八寸《すん》　二〇センチほど。
丹田《たんでん》　97頁《ぺーじ》を参照《さんしょう》。
おないぶつ　御内仏《おないぶつ》。寺院《じいん》で庫裏《くり》に安置《あんち》した仏像《ぶつぞう》。または自室《じしつ》に安置《あんち》して信仰《しんこう》する仏像《ぶつぞう》。持仏《じぶつ》。
面妖《めんよう》な　奇妙《きみょう》で不思議《ふしぎ》なこと。「面妖《めんよう》」は当《あ》て字《じ》。
金《きん》びかり　金《きん》ぴか。糞尿《ふんにょう》の黄金色《こがねいろ》に掛《か》けたしゃれ。

あるとき、和尚《おしょう》に依頼《いらい》の筋《すじ》があって、草庵《そうあん》を訪《たず》ねた村人《むらびと》があった。訪《おとな》うまでもなく、坐禅三昧《ざぜんざんまい》の和尚《おしょう》の姿《すがた》が、まる見《み》えであった。

「お頼《たの》み申《もう》します」

と、訪客《ほうかく》は和尚《おしょう》の後姿《うしろすがた》に向《む》かって、慎《つつ》しみ深《ぶか》く訪《おとな》いを通《つう》じた。*趺坐《ふざ》の和尚《おしょう》に微動《びどう》もなく、返事《へんじ》もなかった。四《よ》たび、五《ご》たび、訪客《ほうかく》は次第《しだい》に声《こえ》を高《たか》らかにして、同《おな》じ訪《おとな》いを繰返《くりかえ》したが、さながら木像《もくぞう》に物言《ものい》うごとく、さらに手応《てごた》えの気配《けはい》がなかった。

さて、所在《しょざい》もなさに*見回《みまわ》せば、すでに屋根《やね》は傾《かたむ》いて、ところどころに隙間《すきま》をつくり、また大空《おおぞら》ののぞけて見《み》える孔《あな》もあった。雨《あめ》の降《ふ》る日《ひ》は傘《かさ》さしても間《ま》にあうまいと思《おも》いやられるのもことわり、*畳《たたみ》はすでに苔《こけ》むすばかりの有様《ありさま》であった。長虫《ながむし》*はところを得《え》て*はいまわり、また翅虫《はむし》*は澱《よど》みを幸《さいわ》い*湧《わ》きむらがって、人《ひと》の棲家《すみか》とも思《おも》えなかった。さては和尚《おしょう》も苔《こけ》

訪《おとな》いを通《つう》じた　来訪《らいほう》を告《つ》げた。
所在《しょざい》もなさに　することがなくて退屈《たいくつ》なさま。
ことわり　道理《どうり》。
長虫《ながむし》　蛇《へび》の異称《いしょう》。
ところを得《え》て　恰好《かっこう》の居場所《いばしょ》だと心得《こころえ》て。
翅虫《はむし》　飛《と》ぶ羽《はね》のある小《ちい》さな虫《むし》の俗称《ぞくしょう》。コバエの類《たぐい》。
澱《よど》みを幸《さいわ》い　水《みず》たまりを好《この》んで。

むしたかと思《おも》われるほど、その逞《たくま》しく巨大《きょだい》な姿《すがた》は谷底《たにぞこ》に崛起《くっき》*する岩石《がんせき》めき、まるまると盛《も》りあがる額《ひたい》も頬《ほお》も、垢《あか》にすすけて、黒々《くろぐろ》と岩肌《いわはだ》の光沢《こうたく》を放《はな》つばかりであった。

訪客《ほうかく》は縁先《えんさき》ににじり寄《よ》った。*

「もし、和尚《おしょう》さま」

首《くび》を突《つ》きいれて、三《み》たび、四《よ》たび繰返《くりかえ》したが、声《こえ》の通《つう》じた様子《ようす》もなかった。たまりかねて、濡縁《ぬれえん》*へ片膝《かたひざ》をつき、はいこむばかりの姿勢《しせい》となって、片腕《かたうで》を延《のば》して和尚《おしょう》の背中《せなか》を揺《ゆす》ろうとした。

「もし。和尚《おしょう》さま」

やにわに彼《かれ》はもんどり打《う》って、土《つち》の上《うえ》にころがっていた。彼《かれ》はそのとき、今《いま》のさっき目《め》に見《み》たことが、如何様《いかよう》*に工夫《くふう》しても、呑《の》みこみかねる有様《ありさま》であった。

後向《うしろむ》きの姿《すがた》ではあるが、不興《ふきょう》げな*翳《かげ》が顔《かお》を掠《かす》めて走《はし》ったかと想像《そうぞう》された一瞬間《いっしゅんかん》、たしかに和尚《おしょう》の姿《すがた》がむくむくとふくれて、部屋《へや》いっぱいにひろがったのを認《みと》めたはずであったのである。

腰骨《こしぼね》の痛《いた》みも打忘《うちわす》れて、訪客《ほうかく》は麓《ふもと》をさして逃《に》げかえった。

ある年《とし》、行暮《ゆきく》れた*旅人《たびびと》が、破《やぶ》れほうけた*草庵《そうあん》を認《みと》めて立《たち》いり、旅寝《たびね》の夢《ゆめ》をむすんだ*。すでに棲《す》む人《ひと》の姿《すがた》はなく、壁《かべ》は落《お》ち、羽目板《はめいた》は外《はず》れて、夜風《よかぜ》は身《み》に沁《し》みて吹《ふ》きわたり、床《ゆか》の隙間《すきま》に雑草《ざっそう》がのびて、風《かぜ》吹《ふ》くたびにその首《くび》をふった。

深更《しんこう》、旅人《たびびと》はふとわが耳《みみ》を疑《うたぐ》りながら、目《め》を覚《さま》した。その居《い》る場所《ばしょ》にすぐ近《ちか》く、人々《ひとびと》のざわめきの声《こえ》がするのであった。それは遠《とお》くひろびろと笑《わら》いどよめく音《おと》にもきこえ、またすぐ近《ちか》くあまたの人《ひと》が声《こえ》を殺《ころ》して笑《わら》いさざめく音《おと》にもきこえた。

旅人《たびびと》は音《おと》する方《ほう》へにじり寄《よ》った。壁《かべ》の孔《あな》を手探《てさぐ》りにして、ひそかにのぞいた。そうして、

崛起《くっき》 山《やま》や岩《いわ》が高《たか》くそびえ立《た》つこと。
にじり寄《よ》った じりじりと近寄《ちかよ》った。
濡縁《ぬれえん》 雨戸《あまど》の敷居《しきい》の外《そと》につけた縁側《えんがわ》。
如何様《いかよう》に どのように。
不興《ふきょう》げな 面白《おもしろ》くなさそうな。不機嫌《ふきげん》そうな。

行暮《ゆきく》れた 移動《いどう》の途中《とちゅう》で日《ひ》が暮《く》れてしまった。
破《やぶ》れほうけた ほうけたは「蓬《ほう》けた」。草木《くさき》や髪《かみ》の毛《け》などが乱《みだ》れてぼうぼうなこと。
旅寝《たびね》の夢《ゆめ》をむすんだ 旅先《たびさき》で宿泊《しゅくはく》すること。

そこに、わが眼《め》を疑《うたぐ》る光景《こうけい》を見《み》た。

そこは広大《こうだい》な伽藍《がらん》*であった。どのあたりから射《さ》してくる光《ひかり》とも分《わか》らないが、幽《かす》かに漂《ただよ》う明《あか》るさによっては、奥《おく》の深《ふか》さ、天井《てんじょう》の高《たか》さが、どの程度《ていど》とも知《し》りようがない。さて、広大《こうだい》な伽藍《がらん》いっぱい、無数《むすう》の小坊主《こぼうず》が膝《ひざ》つき交《まじ》えて蠢《うごめ》いていた。ひとりは人《ひと》の袖《そで》をひき、ひとりはわが口《くち》を両手《りょうて》に抑《おさ》え、ひとりは己《おの》れの頭《あたま》をたたき、またひとりは脾腹《ひばら》*を抑《おさ》え百態《ひゃくたい》の限《かぎ》りをつくして、*ののしり、笑《わら》いさざめいていた。

やがて最《もっと》も奥手《おくて》の方《ほう》に、ひとりの小坊主《こぼうず》が立《た》ちあがった。左右《さゆう》の手《て》に各《おのおの》小枝《こえだ》を握《にぎ》り、その両肩《りょうかた》へ小枝《こえだ》を担《にな》う姿勢《しせい》をとって、両肘《りょうひじ》を張《は》り、一声高《ひとこえたか》くこう歌《うた》った。

「花《はな》もなくて」

歌《うた》いながら、へっぴり腰《ごし》*も面白《おもしろ》く、飛《と》びたつように身《み》も軽《かる》く一舞《ひとま》いした。

「あら羞《はずか》しや。羞《はずか》しや」

小坊主《こぼうず》は節面白《ふしおもしろ》く歌《うた》いたてて、両手《りょうて》の小枝《こえだ》を高々《たかだか》と頭上《ずじょう》に捧《ささ》げ、きりきりと舞《ま》った。と、舞《ま》いおわり、ひょいと尻《しり》を持《もち》あげて、一足《ひとあし》ぽんと蹴《け》りながら、放屁《ほうひ》をもらした。

花《はな》もなくて
あら羞《はずか》しや。羞《はずか》しや

小坊主《こぼうず》は、舞《ま》い、歌《うた》い、放屁《ほうひ》をたれ、こよなく悦《えつ》に入《い》る*と見《み》えた。同《おな》じ歌《うた》も、同《おな》じ舞《ま》いも、繰返《くりかえ》すたびに調子《ちょうし》づき、また屁《へ》の音《おと》も活気《かっき》を帯《お》びて、賑《にぎ》やかに速度《そくど》をはやめた。

放屁《ほうひ》のたびに、満座《まんざ》の小坊主《こぼうず》はどッとばかりにどよめいた。手《て》をうつ者《もの》もあり、鼻《はな》をつまむ者《もの》もあり、耳《みみ》に蓋《ふた》する者《もの》もあれば、さてはやにわにかたえの人《ひと》の鼻《はな》をつまんで捩《ね》じあげる者《もの》もあった。ののしり、わめき、さて、ある者《もの》は逆立《さかだ》ちし、またある者《もの》はやにわに人《ひと》の股倉《またぐら》をくぐりぬければ、またある者《もの》はあおむけにでんぐり返《がえ》って、両足《りょうあし》をばたばた振《ふ》った。

異様《いよう》なこととはいいながら、そのおかしさに堪《た》えがたく、旅人《たびびと》は透見《すきみ》*の自分《じぶん》も打忘《うちわす》れて、*

悦《えつ》に入《い》る 思《おも》いどおりにいって内心《ないしん》で喜《よろこ》ぶこと。
透見《すきみ》 隙間《すきま》から覗《のぞ》き見《み》ること。
打忘《うちわす》れて 「うち」は接頭辞《せっとうじ》で、瞬間的《しゅんかんてき》な動作《どうさ》を示《しめ》す。

伽藍《がらん》 寺院《じいん》の建築物《けんちくぶつ》。
脾腹《ひばら》 わき腹《ばら》。
百態《ひゃくたい》の限《かぎ》りをつくして ありとあらゆる姿勢《しせい》で。
へっぴり腰《ごし》 身体《からだ》をかがめ、尻《しり》をつきだした腰《こし》つき。

思《おも》わず笑声《わらいごえ》をもらした。

どよめきは光《ひかり》と共《とも》に掻消《かきき》え、あとは真《しん》の闇《やみ》ばかり。ただ自《みずか》らの笑声《わらいごえ》のみ妖《あや》しく耳《みみ》にたつ*ことを知《し》ったとき、むんずと組《く》*みついた者《もの》のために、旅人《たびびと》はすんでに捩《ね》*じふせられるところであった。必死《ひっし》の力《ちから》でふりほどき、逃《のが》れようと焦《あせ》ってみたが、絡《から》みつくものはさらに倍《ばい》する怪力《かいりき》であった。精根《せいこん》*つきはてて抵抗《ていこう》の気力《きりょく》を失《うしな》ったとき、組《く》みしかれた*旅人《たびびと》は、毛《け》だらけの脚《あし》が肩《かた》にまたがり、その両股《りょうまた》に力《ちから》をこめて、首《くび》をしめつけてくることを知《し》った。

ふと気《き》がつけば、草庵《そうあん》の外《そと》に横《よこ》たわり、露《つゆ》を受《う》け*、早朝《そうちょう》の天日《てんぴ》*に暴《さら》されている自分《じぶん》の姿《すがた》を見《み》いだした。

村人《むらびと》が寄《よ》りつどい、草庵《そうあん》を取毀《とりこわ》したところ、仏壇《ぶつだん》の下《した》に当《あた》った縁下《えんのした》に、大《おお》きな獣骨《じゅうこつ》を発《はっ》見《けん》した。片《かた》てのひら*の白骨《はっこつ》に朱《しゅ》の花《はな》の字《じ》がしみついていた。

村人《むらびと》は憐《あわれ》んで塚《つか》を立《た》て、周囲《しゅうい》に数多《あまた》の桜樹《おうじゅ》を植《う》えた。これを花塚《はなづか》と称《よ》んだそうだが、春《はる》めぐり桜《さくら》に花《はな》の開《ひら》く毎《ごと》に、塚《つか》のまわりの山々《やまやま》のみは嵐《あらし》をよび、終夜《よもすがら》悲《かな》しげに風声《ふうせい》*が叫《さけ》びかわして、一夜《いちや》に花《はな》を散《ち》らした＊ということである。この花塚《はなづか》がどのあたりやら、今《いま》は古《こ》老《ろう》＊も知《し》らないそうな。

（「文体《ぶんたい》」一九三八年第《ねんだい》一巻第《かんだい》二号掲載《ごうけいさい》）

耳《みみ》にたつ　聞《き》こえて気《き》になる。

むんずと　「むずと」。急《きゅう》に力《ちから》をこめて。勢《いきお》いよく。

すんでに　もう少《すこ》しで。あやうく。

精根《せいこん》　精力《せいりょく》と根気《こんき》。

組《く》みしかれた　組《く》み伏《ふ》せられた。

露《つゆ》を受《う》け　からだに夜露《よつゆ》がついて。

天日《てんぴ》　太陽《たいよう》。日《ひ》の光《ひかり》。

片《かた》てのひら　片方《かたほう》のてのひら。

風声《ふうせい》　風《かぜ》の音《おと》。

一夜《いちや》に花《はな》を散《ち》らした　放屁《ほうひ》のために恥《はじ》をかかされ仏道修行《ぶつどうしゅぎょう》をさまたげられた狸《たぬき》の無念《むねん》が花《はな》を散《ち》らすのであろうか。

古老《ころう》　老人《ろうじん》。としより。

尼《あま》

太《だ》宰《ざい》治《おさむ》

九月二十九日《くがつにじゅうくにち》の夜《よ》ふけのことであった。あと一日《いちにち》がまんをして十月《じゅうがつ》になってから質屋《しちや》へ*行《い》けば、利子《りし》がひと月分《つきぶん》もうかると思《おも》ったので、僕《ぼく》は煙草《たばこ》ものまずにその日《ひ》いちにち寝《ね》てばかりいた。昼《ひる》のうちにたくさん眠《ねむ》った罰《ばつ》で、夜《よる》は眠《ねむ》れないのだ。夜《よる》の十一時半《じゅういちじはん》ころ、部屋《へや》の襖《ふすま》がことことことと鳴《な》った。風《かぜ》だろうと思《おも》っていたのだが、しばらくして、またことことと鳴《な》った。おや、誰《だれ》かいるのかなとも思《おも》われ、蒲団《ふとん》から上半身《じょうはんしん》をくねくねはみ出《だ》させて腕《うで》をのばし襖《ふすま》をあけてみたら、若《わか》い尼《あま》*が立《た》っていた。

中肉《ちゅうにく》のやや小柄《こがら》な尼《あま》であった。頭《あたま》は青青《あおあお》していて、*顔全体《かおぜんたい》は卵《たまご》のかたちに似《に》ていた。頬《ほお》は浅黒《あさぐろ》く、粉《こな》っぽい感《かん》じであった。眉《まゆ》は地蔵《じぞう》さまの三日月眉《みかづきまゆ》で、眼《め》は鈴《すず》をはったように*ぱっちりしていて、睫《まつげ》がたいへん長《なが》かった。鼻《はな》はこんもりともりあがって小《ちい》さく、両唇《りょうくちびる》はうす赤《あか》く少《すこ》し大《おお》きく、紙《かみ》いちまいの厚《あつ》さくらいあいていていてそのすきまから真白《まっしろ》い歯列《しれつ》が見《み》えていた。こころもち受《う》け口《ぐち》*であった。墨染《すみぞ》めのころも*は糊《のり》つけしてあるらしく折目《おりめ》折目《おりめ》がきっちりとたっていて、いくらか短《みじ》かめであった。脚《あし》が三寸《さんずん》*くらい見《み》えていて、そのゴム毬《まり》みたいにふっくりふくらんだ桃《もも》いろの脚《あし》にはうぶ毛《げ》が薄《うす》く生《は》えそろい、足頸《あしくび》が小《ちい》さすぎる白足袋《しろたび》のためにきつくしめつけられて、くびれていた。右手《みぎて》には青玉《せいぎょく》*の珠数《じゅず》を持《も》ち、左手《ひだりて》には朱《しゅ》いろの表紙《ひょうし》の細長《ほそなが》い本《ほん》を持《も》っていた。

僕《ぼく》は、ああ妹《いもうと》だなと思《おも》ったので、おはいりといった。尼《あま》は僕《ぼく》の部屋《へや》へはいり、静《しず》かにうしろの襖《ふすま》をしめ、木綿《もめん》の固《かた》いころもにかさかさと音《おと》を立《た》てさせながら僕《ぼく》の枕元《まくらもと》まで歩《ある》いてきて、それから、ちゃんと*座《すわ》った。僕《ぼく》は蒲団《ふとん》の中《なか》へもぐりこみ、あおむけに寝《ね》たままで尼《あま》

質屋《しちや》　衣服《いふく》や貴金属《ききんぞく》などを担保《たんぽ》として、質入《しちい》れをした相手《あいて》に金銭《きんせん》を貸《か》し付《つ》けて利子《りし》を取《と》る、庶民的《しょみんてき》な金融機関《きんゆうきかん》。近代《きんだい》の文豪《ぶんごう》の中《なか》にも若《わか》いころ質屋《しちや》を愛用《あいよう》していた作家《さっか》が少《すく》なくない。

尼《あま》　剃髪《ていはつ》・出家《しゅっけ》して仏門《ぶつもん》に入《い》った女性《じょせい》。尼僧《にそう》、比丘尼《びくに》などとも。「あま」は梵語《ぼんご》で「母《はは》」の意《い》。

青青《あおあお》していて　髪《かみ》を剃《そ》り上《あ》げたばかりの様子《ようす》。

鈴《すず》をはったように　大《おお》きくてつぶらな目《め》の形容《けいよう》。

受《う》け口《ぐち》　下唇《したくちびる》が上唇《うわくちびる》よりも前《まえ》に出《で》ている口《くち》もと。

墨染《すみぞ》めのころも　僧侶《そうりょ》が身《み》につけるまっ黒《くろ》い着物《きもの》。

三寸《さんずん》　九センチメートル。

青玉《せいぎょく》　サファイアのこと。

ちゃんと　すばやく。さっと。

の顔《かお》をまじまじと*眺《なが》めた。だしぬけに恐怖《きょうふ》が襲《おそ》った。息《いき》がとまって、眼《め》さきがまっくろになった。

「よく似《に》ているが、あなたは妹《いもうと》じゃないのですね。」はじめから僕《ぼく》には*妹《いもうと》などなかったのだな、とそのときはじめて気《き》がついた。「あなたは、誰《だれ》ですか。」

尼《あま》は答《こた》えた。

「私《わたし》はうちを間違《まちが》えたようです。しかたがありません。同《おな》じようなものですものね。」

恐怖《きょうふ》がすこしずつ去《さ》っていった。僕《ぼく》は尼《あま》の手《て》を見《み》ていた。爪《つめ》が二分《にぶ》*ほども伸《の》びて、指《ゆび》の節《ふし》は黒《くろ》くしなびていた。

「あなたの手《て》はどうしてそんなに汚《きたな》いのです。こうして寝《ね》ながら見《み》ていると、あなたの喉《のど》や何《なに》かはひどくきれいなのに。」

尼《あま》は答《こた》えた。

「汚《きたな》いことをしたからです。私《わたし》だって知《し》っています。だからこうして珠数《じゅず》やお経《きょう》の本《ほん》で隠《かく》そうとしているのです。私《わたし》は色《いろ》の配合《はいごう》のために*珠数《じゅず》とお経《きょう》の本《ほん》とを持《も》って歩《ある》いているのです。黒《くろ》いころもには青《あお》と朱《しゅ》の二色《にしょく》がようつって、私《わたし》のすがたもまさって見《み》えます。」そう言《い》いながら、お経《きょう》の本《ほん》のペエジをぱらぱらめくった。「読《よ》みましょうか。」

「ええ。」僕《ぼく》は眼《め》をつぶった。

「おふみさま*です。夫人間《ソレニンゲン》ノ浮生《フジョウ》ナル*相《ソウ》ヲツラツラ観《カン》ズルニ、オオヨソハカナキモノハ、コノ世《ヨ》ノ始中終《シチュウジュ》マボロシノゴトクナル一期《イチゴ》ナリ、――てれくさくて読《よ》まれるものか。べつなのを読《よ》みましょう。夫女人《ソレニョニン》ノ身《ミ》ハ*、五障三従《ゴショウサンジュウ》トテ、オトコニマサリテカカルフカキツミ

まじまじと　視線《しせん》をそらさず、じいっと。

はじめから僕《ぼく》には……　すでに語《かた》り手《て》が、夢幻《むげん》の世界《せかい》へ入《はい》り込《こ》んでいることを示《しめ》す描写《びょうしゃ》である。

二分《にぶ》　六ミリメートル。

色《いろ》の配合《はいごう》のために　ファッションに凝《こ》る妙《みょう》な尼《あま》である。

おふみさま　蓮如《れんにょ》が浄土真宗《じょうどしんしゅう》の教義《きょうぎ》を、門徒《もんと》のために分《わ》かりやすく説《と》いた書簡《しょかん》を編《あ》んだもの。五帖《じょう》八十通《つう》から成《な》る。大谷《おおたに》派《は》では御文《おふみ》、本願寺派《ほんがんじは》では御文章《ごぶんしょう》と呼《よ》ぶ。東西《とうざい》に分裂《ぶんれつ》するまでは御文《おふみ》と呼《よ》ばれていた。

夫人間《ソレニンゲン》ノ浮生《フジョウ》ナル……　蓮如《れんにょ》の御文《おふみ》の中《なか》でも最《もっと》も有名《ゆうめい》な「白骨《はっこつ》の御文《おふみ》」冒頭《ぼうとう》の一節《いっせつ》。「浮生《フジョウ》」は、はかない浮世《うきよ》、「始中終《シチュウジュ》」は始《はじ》めから終《お》わりまで。「一期《イチゴ》」は人間《にんげん》の生涯《しょうがい》。大意《たいい》は次《つぎ》のとおり。浮世《うきよ》の移《うつ》り変《か》わるさまをよくよく考《かんが》えてみると、およそ儚《はかな》いものは人間《にんげん》が生《う》まれてから死《し》ぬまでのこと、人生《じんせい》は幻《まぼろし》のようにつかのまである。

夫女人《ソレニョニン》ノ身《ミ》ハ……　「御文《おふみ》」五帖目《じょうめ》第《だい》七通《つう》の一節《いっせつ》。「五障《ごしょう》」は女《じょ》性《せい》が生《う》まれながらに有《ゆう》する五種類《ごしゅるい》の障害《しょうがい》。梵天《ぼんてん》・帝釈《たいしゃく》・魔《ま》王《おう》・転輪聖王《てんりんじょうおう》・仏《ほとけ》の五《いつ》つにはなれないとされる。「三従《さんじゅう》」は娘《むすめ》のときは父《ちち》に、嫁《とつ》すれば夫《おっと》に、老《お》いれば子《こ》に従《したが》うこと。大《たい》意《い》は次《つぎ》のとおり。そもそも女性《じょせい》の身《み》には五障三従《ごしょうさんじゅう》といって、男性《だんせい》よりも深《ふか》い罪《つみ》があるのだ。それゆえに一切《いっさい》の女性《じょせい》を……云々《うんぬん》。

ノアルナリ、コノユエニ一切《イッサイ》ノ女人《ニョニン》ヲバ、――馬鹿《ばか》らしい。」

「いい声《こえ》だ。」僕《ぼく》は眼《め》をつぶったままでいった。「もっとつづけなさいよ。僕《ぼく》は一日一日《いちにちいちにち》、退屈《たいくつ》でたまらないのです。誰《だれ》ともわからぬひとの訪問《ほうもん》を驚《おどろ》きもしなければ好奇心《こうきしん》も起《おこ》さず、なんにも聞《き》かないで、こうして眼《め》をつぶってらくらくと話《はな》しあえるということが、僕《ぼく》もそんな男《おとこ》になれたということが、うれしいのです。あなたは、どうですか。」

「いいえ。だって、しかたがありませんもの。お伽噺《とぎばなし》がおすきですか。*」

「すきです。」

尼《あま》は語《かた》りはじめた。

「蟹《かに》の話《はなし》をいたしましょう、月夜《つきよ》の蟹《かに》の痩《や》せているのは、砂浜《すなはま》にうつるおのが醜《みにく》い月影《つきかげ》におびえ、終夜《しゅうや》ねむらず、よろばい歩《ある》くからであります。*月《つき》の光《ひかり》のとどかない深《ふか》い海《うみ》の、ゆらゆら動《うご》く昆布《こんぶ》の森《もり》のなかにおとなしく眠《ねむ》り、龍宮《りゅうぐう》*の夢《ゆめ》でも見《み》ている態度《たいど》こそゆかしいのでしょうけれども、蟹《かに》は月《つき》にうかされ、*ただ砂浜《すなはま》へ砂浜《すなはま》へとあせるのです。砂浜《すなはま》へ出《で》るや、たちまちおのが醜《みにく》い影《かげ》を見《み》つけ、おどろき、かつはおそれるのです。ここに男《おとこ》あり、ここに男《おとこ》あり、蟹《かに》は泡《あわ》をふきつつそう呟《つぶや》き呟《つぶや》きよろばい歩《ある》くのです。蟹《かに》の甲羅《こうら》はつぶれやすい。いいえ、形《かたち》からして、つぶされるようにできています。蟹《かに》の甲羅《こうら》のつぶれるときには、くらっしゅ*という音《おと》が聞《きこ》えるそうです。むかし、いぎりすのある大《おお》きい蟹《かに》は、生《うま》れながらに甲羅《こうら》が赤《あか》くて美《うつく》しかった。この蟹《かに》の甲羅《こうら》は、いたましくもつぶされかけました。それは民《みん》衆《しゅう》の罪《つみ》なのでしょうか。またはかの大蟹《おおがに》のみずから招《まね》いたむくいなのでしょうか。大蟹《おおがに》は、ひと日《ひ》その白《しろ》い肉《にく》のはみ出《で》た甲羅《こうら》をせつなげにゆさぶりゆさぶり、とあるカフェへはいったのでした。カフェには、たくさんの小蟹《こがに》がむれつどい、煙草《たばこ》をくゆらしながら女《おんな》の話《はなし》をしていました。そのなかの一匹《いっぴき》、ふらんす生《うま》れの小蟹《こがに》は、澄《す》んだ眼《め》をして、かの大蟹《おおがに》のすがたをみつめました。その小蟹《こがに》の甲羅《こうら》には、東洋的《とうようてき》な灰色《はいいろ》のくすんだ縞《しま》がいっぱいに

お伽噺《とぎばなし》がおすきですか　作者《さくしゃ》には日本《にほん》のお伽噺《とぎばなし》に材《ざい》を採《と》った「舌切雀《したきりすずめ》」「浦島《うらしま》さん」などの短篇《たんぺん》を収《おさ》める『お伽草子《とぎぞうし》』（一九四五）一巻《いっかん》がある。

よろばい歩《ある》く　よろよろ歩《ある》く。

龍宮《りゅうぐう》　海《うみ》や川《かわ》の底《そこ》にあるとされる異界《いかい》。龍宮城《りゅうぐうじょう》。

ゆかしい　上品《じょうひん》なこと。

月《つき》にうかされ　月《つき》に心《こころ》を奪《うば》われて。

おのが　自分《じぶん》の。

くらっしゅ　英語《えいご》で「崩壊《ほうかい》」や「破壊《はかい》」を意味《いみ》する crash を、crab（蟹《かに》）に掛《か》けたか。

交錯《こうさく》していました。大蟹《おおがに》は、小蟹《こがに》の視線《しせん》をまぶしそうにさけつつ、こっそり囁《ささや》いたというのです。『おまえ、くらっしゅされた蟹《かに》をいじめるものじゃないよ。』ああ、その大蟹《おおがに》に比《ひ》較《かく》すれば、小《ちい》さくて小《ちい》さくて、見《み》るかげもないまずしい蟹《かに》が、いま北方《ほっぽう》の海原《うなばら》から恥《はじ》を忘《わす》れてうかれ出《で》た。月《つき》の光《ひかり》にみせられたのです。砂浜《すなはま》へ出《で》てみて、彼《かれ》もまたおどろいたのでした。この影《かげ》は、このひらべったい醜《みにく》い影《かげ》は、ほんとうにおれの影《かげ》であろうか。おれは新《あたら》しい男《おとこ》である。しかし、おれの影《かげ》を見給《みたま》え。もうはや、おしつぶされかけている。おれの甲羅《こうら》はこんなに不格好《ぶかっこう》なのだろうか。こんなに弱弱《よわよわ》しかったのだろうか。小《ちい》さい小《ちい》さい蟹《かに》は、そう呟《つぶや》きつつよろばい歩《ある》くのでした。おれには、才能《さいのう》があったのであろうか。*いや、いや、あったとしても、それはおかしい才能《さいのう》だ。世《よ》わたりの才能《さいのう》というものだ。お前《まえ》は原《げん》稿《こう》を売《う》りこむのに、編輯者《へんしゅうしゃ》へどんな色目《いろめ》*をつかったか。あの手《て》。この手《て》。泣《な》き落《おと》しならば眼《め》ぐすりを。おどかしの手《て》か。よい着物《きもの》を着《き》ようよ。作品《さくひん》に一言《ひとこと》も註釈《ちゅうしゃく》を加《くわ》えるな。退《たい》屈《くつ》そうにこう言《い》い給《たま》え。『もし、よかったら。』甲羅《こうら》がうずく。からだの水気《みずけ》が乾《かわ》いたようだ。この海水《かいすい》のにおいだけが、おれのたったひとつのとりえだったのに。潮《しお》の香《かおり》がうせた*

なら、ああ、おれは消《き》えもいりたい。*もいちど海《うみ》へはいろうか。海《うみ》の底《そこ》の底《そこ》の底《そこ》へもぐろうか。なつかしきは昆布《こんぶ》の森《もり》。遊牧《ゆうぼく》の魚《さかな》の群《むれ》。小蟹《こがに》は、あえぎあえぎ砂浜《すなはま》をよろばい歩《ある》いたのでした。浦《うら》の苫屋《とまや》*のかげでひとやすみ。腐《くさ》りかけたいさり舟《ぶね》*のかげでひとやすみ。この蟹《かに》や。何処《いずく》の蟹《かに》*。百伝《ももづた》う。角鹿《つぬが》の蟹《かに》。横去《よこさら》う。何処《いずく》に到《いた》る。……」口《くち》を噤《つぐ》んだ。*

「どうしたのです。」僕《ぼく》はつぶっていた眼《め》をひらいた。

「いいえ。」尼《あま》はしずかに答《こた》えた。「もったいないのです。これは古事記《こじき》の、………。*罰《ばち》

才能《さいのう》があったのであろうか　小蟹《こがに》は、文筆《ぶんぴつ》に志《こころざ》し、文壇《ぶんだん》に出《で》ようとする作者自身《さくしゃじしん》の似姿《にすがた》でもある。「山月記《さんげつき》」と響《ひび》き交《か》わすくだりである。

色目《いろめ》　思《おも》いを伝《つた》えようとする目《め》つき。

うせた　なくなった。消《き》えた。

消《き》えもいりたい　消《き》え入《い》ってしまいたい。

浦《うら》の苫屋《とまや》　苫《とま》（菅《すげ》や茅《かや》を菰《こも》のように編《あ》んだ覆《おお》い）で屋根《やね》を葺《ふ》いた、浜辺《はまべ》の粗末《そまつ》な漁師小屋《りょうしごや》。藤原定家《ふじわらのていか》の歌《うた》に「見渡《みわた》せば花《はな》も紅葉《もみじ》もなかりけり　浦《うら》の苫屋《とまや》の秋《あき》の夕暮《ゆうぐれ》」（『新古今和歌《しんこきんわか》集《しゅう》』より）。

いさり舟《ぶね》　漁舟《いさりぶね》。魚《さかな》を獲《と》る舟《ふね》。漁師《りょうし》の舟《ふね》。

この蟹《かに》や。何処《いずく》の蟹《かに》。……　『古事記《こじき》』中《なか》つ巻《まき》の「応神天皇《おうじんてんのう》」のくだりに載《の》る歌《うた》。「百伝《ももづた》う」は多《おお》くの土地《とち》を伝《つた》い行《ゆ》く意味《いみ》の枕詞《まくらことば》。「角鹿《つぬが》」は越前国敦賀《えちぜんのくにつるが》の古名《こめい》。大意《たいい》は次《つぎ》のとおり。この蟹《かに》はどこの蟹《かに》だ。これは多《おお》くの土地《とち》を遠《とお》く伝《つた》い来《き》た角鹿《つぬが》の蟹《かに》だ。横這《よこば》いをしてどこへ行《い》くのだ。

口《くち》を噤《つぐ》んだ　黙《だま》った。

古事記《こじき》の、………　天皇《てんのう》の名前《なまえ》を出《だ》すのを避《さ》けたのである。

があたりますよ。はばかり*はどこでしょうかしら。」

「部屋《へや》を出《で》て、廊下《ろうか》を右手《みぎて》へまっすぐに行《い》きますと杉《すぎ》の戸板《といた》につきあたります。それが扉《とびら》です。」

「秋《あき》にもなりますと女人《にょにん》は冷《ひ》えますので。」そう言《い》ってから、いたずら児《こ》のように頸《くび》をすくめ両方《りょうほう》の眼《め》をくるくると回《まわ》して見《み》せた。僕《ぼく》は微笑《ほほえ》んだ。

尼《あま》は僕《ぼく》の部屋《へや》から出《で》ていった。僕《ぼく》はふとんを頭《あたま》からひきかぶって考《かんが》えた。高邁《こうまい》*なことがらについて思案《しあん》したのではなかった。これあ、もうけものをしたな、と悪党《あくとう》*らしくほくそ笑《え》んだ*だけのことであった。

尼《あま》は少《すこ》しあわてふためいた様子《ようす》でかえって来《き》て襖《ふすま》をぴたっとしめてから、立《た》ったままでいった。

「私《わたし》は寝《ね》なければなりません。もう十二時《じゅうにじ》なのです。かまいませんでしょうか。」

僕《ぼく》は答《こた》えた。

「かまいません。」

どんなにびんぼうをしても蒲団《ふとん》だけは美《うつく》しいのを持《も》っていたいと僕《ぼく》は少年《しょうねん》のころから心《こころ》がけていたのであるから、こんな工合《ぐあい》に不意《ふい》の泊《とま》り客《きゃく》があったときにでも、まごつくことはなかったのだ。僕《ぼく》は起《お》きあがり、僕《ぼく》の敷《し》いて寝《ね》ている三枚《さんまい》の敷蒲団《しきぶとん》のうちから一枚《いちまい》ひき抜《ぬ》いて、僕《ぼく》の蒲団《ふとん》とならべて敷《し》いた。

「この蒲団《ふとん》は不思議《ふしぎ》な模様《もよう》ですね。ガラス絵《え》*みたいだわ。」

僕《ぼく》は自分《じぶん》の二枚《にまい》の掛蒲団《かけぶとん》を一枚《いちまい》だけはいだ*。

「いいえ。掛蒲団《かけぶとん》は要《い》らないのです。私《わたし》はこのままで寝《ね》るのです。」

「そうですか。」僕《ぼく》はすぐ僕《ぼく》の蒲団《ふとん》の中《なか》へもぐりこんだ。

尼《あま》は珠数《じゅず》とお経《きょう》の本《ほん》とを蒲団《ふとん》のしたへそっとおしこんでから、ころものままで敷布《しきふ》のない蒲団《ふとん》のうえに横《よこ》たわった。

はばかり　便所《べんじょ》。トイレ。
高邁《こうまい》　けだかく並外《なみはず》れて優《すぐ》れていること。
悪党《あくとう》　わるもの。

ほくそ笑《え》んだ　物事《ものごと》がうまくいったと思《おも》って、こっそり笑《わら》った。
ガラス絵《え》　ガラスの裏面《りめん》に泥絵具《どろえのぐ》や油絵具《あぶらえのぐ》を用《もち》いて描《えが》かれた絵《え》。
はいだ　取《と》り去《さ》った。

「私《わたし》の顔《かお》をよく見《み》ていてください。みるみる眠《ねむ》ってしまいます。それからすぐきりきりと歯《は》ぎしりをします。すると如来《にょらい》＊様《さま》がおいでになりますの。」

「如来様《にょらいさま》ですか。」

「ええ。仏様《ほとけさま》が夜遊《よあそ》びにおいでになります。毎晩《まいばん》ですの。あなたは退屈《たいくつ》をしていらっしゃるのだそうですから、よくごらんになればいいわ。なにをお断《ことわ》りしたのも＊そのためなのです。」

なるほど、話《はなし》おわるとすぐ、おだやかな寝息《ねいき》が聞《きこ》えた。きりきりとするどい音《おと》が聞《きこ》えたとき、部屋《へや》の襖《ふすま》がことことと鳴《な》ったのである。僕《ぼく》は蒲団《ふとん》から上半身《じょうはんしん》をはみ出《だ》させて腕《うで》をのばし襖《ふすま》をあけてみたら、如来《にょらい》が立《た》っていた。

二尺《にしゃく》＊くらいの高《たか》さの白象《びゃくぞう》＊にまたがっていたのである。白象《びゃくぞう》には黒《くろ》く錆《さ》びた金《きん》の鞍《くら》が置《お》かれていた。如来《にょらい》はいくぶん、いや、おおいに痩《や》せこけていた。肋骨《ろっこつ》が一本一本《いっぽんいっぽん》浮《う》きでていて、鎧扉《よろいど》＊のようであった。ぼろぼろの褐色《かっしょく》の布《ぬの》を腰《こし》のまわりにつけているだけで素裸《すっぱだか》であった。かまきりのように痩《や》せ細《ほそ》った手足《てあし》には蜘蛛《くも》の巣《す》や煤《すす》がいっぱいついていた。皮膚《ひふ》はただまっくろであって、短《みじか》い頭髪《とうはつ》は赤《あか》くちぢれていた。顔《かお》はこぶし*ほどの大《おお》きさで、鼻《はな》も眼《め》もわからず、ただくしゃくしゃと皺《しわ》になっていた。

「如来様《にょらいさま》ですか。」

「そうです。」如来《にょらい》の声《こえ》はひくいかすれ声《ごえ》であった。「のっぴきならなくなって、*出《で》てきました。」

「なんだか臭《くさ》いな。」僕《ぼく》は鼻《はな》をくんくんさせた。臭《くさ》かったのである。如来《にょらい》が出現《しゅつげん》すると同《どう》時《じ》に、なんともしれぬ悪臭《あくしゅう》が僕《ぼく》の部屋《へや》いっぱいに立《た》ちこもったのである。

如来《にょらい》　仏《ほとけ》のこと。仏十号《ぶつじゅうごう》（仏《ほとけ》の十種類《じゅっしゅるい》の別名《べつめい》）のひとつ。

なにをお断《ことわ》りしたのも　先《さき》に掛蒲団《かけぶとん》は要《い》らないと言《い》ったことを指《さ》している。

二尺《にしゃく》　約《やく》六〇センチメートル。

白象《びゃくぞう》　体色《たいしょく》が白《しろ》い象《ぞう》は、東南《とうなん》アジアなどで神聖視《しんせいし》される。仏《ぶっ》教《きょう》では、釈迦《しゃか》は白象《びゃくぞう》の姿《すがた》となって母《はは》である摩耶夫人《まやぶにん》の胎内《たいない》に入《はい》り、誕生《たんじょう》したとされている。また釈迦三尊《しゃかさんぞん》の一である普賢《ふげん》菩薩《ぼさつ》は、蓮華座《れんげざ》（蓮華《れんげ》の形《かたち》の台座《だいざ》）を背《せ》にのせた六牙《ろくが》の白象《びゃくぞう》に結跏趺坐《けっかふざ》（105頁参照《ぺーじさんしょう》）して合掌《がっしょう》する姿《すがた》で描《えが》かれることが多《おお》い。

鎧戸《よろいど》　鎧板《よろいいた》を取《と》り付《つ》けた戸《と》。シャッター。

こぶし　手《て》の指《ゆび》を五本《ごほん》とも折《お》り曲《ま》げて、にぎった状態《じょうたい》。にぎりこぶし。等身大《とうしんだい》よりも微妙《びみょう》に小《ちい》さい、半端《はんぱ》なサイズであることが、その異様《いよう》な容姿《ようし》と相《あい》まって不安感《ふあんかん》を掻《か》きたてていることに留意《りゅうい》。

のっぴきならなくなって　身動《みうご》きとれない。進退《しんたい》きわまって。のっぴきは「退《の》っ引《ぴ》き」と表記《ひょうき》。

「やはりそうですか。この象《ぞう》が死《し》んでいるのです。樟脳《しょうのう》*をいれてしまっていたのですが、やはり匂《にお》うようですね。」それから一段《いちだん》と声《こえ》をひくめた。「いま生《い》きた白象《びゃくぞう》はなかなか手《て》にはいりませんのでしてね。」

「ふつうの象《ぞう》でもかまわないのに。」

「いや、如来《にょらい》のていさいからいっても*、そうはいかないのです。ほんとうに、私《わたし》はこんな姿《すがた》をしてまで出《で》しゃばりたくはないのです。いやなやつらがひっぱり出《だ》すのです。仏教《ぶっきょう》がさかんになったそうですね。」

「ああ、如来様《にょらいさま》。早《はや》くどうにかしてください。僕《ぼく》はさっきから臭《くさ》くて息《いき》がつまりそうで死《し》ぬ思《おも》いでいたのです。」

樟脳《しょうのう》 無色《むしょく》で半透明《はんとうめい》の結晶《けっしょう》で独特《どくとく》な芳香《ほうこう》を発《はっ》する。クスノキから精製採取《せいせいさいしゅ》される。防虫剤《ぼうちゅうざい》・防臭剤《ぼうしゅうざい》・医薬品《いやくひん》などに利用《りよう》される。

ていさい 世間体《せけんてい》。見《み》ため。

「お気《き》の毒《どく》でした。」それからちょっと口《くち》ごもった。「あなた。私《わたし》がここへ現《あら》われたとき滑《こっ》稽《けい》ではなかったかしら。*如来《にょらい》の現《あら》われかたにしては、少《すこ》しぶざまだと思《おも》わなかったでしょうか。思《おも》ったとおりをいってください。」

「いいえ。たいへん結構《けっこう》でした。御立派《ごりっぱ》だと思《おも》いましたよ。」

「ほほ。そうですか。」如来《にょらい》は幾分《いくぶん》からだを前《まえ》へのめらせた。「それで安心《あんしん》しました。私《わたし》はさっきからそれだけが気《き》がかりでならなかったのです。私《わたし》は気取《きど》り屋《や》なのかもしれませんね。これで安心《あんしん》して帰《かえ》れます。ひとつあなたに、いかにも如来《にょらい》らしい退去《たいきょ》のすがたをおめにかけましょう。」いいおわったとき如来《にょらい》はくしゃんとくしゃみを発《はっ》し、「しまった！」と呟《つぶや》いたかと思《おも》うと如来《にょらい》も白象《びゃくぞう》も紙《かみ》が水《みず》に落《お》ちたときのようにすっと透明《とうめい》になり、元素《げんそ》が音《おと》もなくみじんに分裂《ぶんれつ》し雲《くも》と散《ち》り霧《きり》と消《き》えた。

僕《ぼく》はふたたび蒲団《ふとん》へもぐって尼《あま》を眺《なが》めた。尼《あま》は眠《ねむ》ったままでにこにこ笑《わら》っていた。恍《こう》惚《こつ》*の笑《わら》いのようでもあるし、侮蔑《ぶべつ》*の笑《わら》いのようでもあるし、無心《むしん》*の笑《わら》いのようでもあるし、役者《やくしゃ》の笑《わら》いのようでもあるし、諂《へつら》い*の笑《わら》いのようでもあるし、喜悦《きえつ》*の笑《わら》いのようでもあるし、泣《な》き笑《わら》いのようでもあった。尼《あま》はにこにこ笑《わら》いつづけた。笑《わら》って笑《わら》って笑《わら》っているうちに、だんだんと尼《あま》は小《ちい》さくなり、さらさらと水《みず》の流《なが》れるような音《おと》とともに二寸《にすん》*ほどの人形《にんぎょう》になった。僕《ぼく》は片腕《かたうで》をのばし、その人形《にんぎょう》をつまみあげ、しさいに*しらべた。浅黒《あさぐろ》い頰《ほお》は笑《わら》ったままで凝結《ぎょうけつ》し*、雨滴《あまだれ》ほどの唇《くちびる》はなおうす赤《あか》く、けし粒《つぶ》*ほどの白《しろ》い歯《は》はきっちり並《なら》んで生《は》えそろっていた。粉雪《こなゆき》ほどの小《ちい》さい両手《りょうて》はかすかに黒《くろ》く、松《まつ》の葉《は》ほど細《ほそ》い両脚《りょうあし》は米粒《こめつぶ》ほどの白足袋《しろたび》をつけていた。僕《ぼく》は墨染《すみぞ》めのころものすそをかるく吹《ふ》いたり*などしてみたのである。

（「文藝雑誌《ぶんげいざっし》」一九三六年第《ねんだい》一巻第《かんだい》四号《ごう》に「陰火《いんか》」の一篇《ぺん》として掲載《けいさい》）

滑稽《こっけい》では……　尼《あま》と同《おな》じく（ついでに作者《さくしゃ》とも同《おな》じく）、自意《じい》識過剰《しきかじょう》な如来様《にょらいさま》である。
恍惚《こうこつ》　我《われ》を忘《わす》れてうっとりすること。
侮蔑《ぶべつ》　あなどってさげすむこと。
無心《むしん》　何《なに》も考《かんが》えない、邪念《じゃねん》がない。
諂《へつら》い　他人《たにん》にこびること。おべっか。
喜悦《きえつ》　よろこぶこと。
二寸《すん》　約《やく》六センチメートル。
しさいに　詳《くわ》しく。細《こま》かく。
凝結《ぎょうけつ》　こり固《かた》まること。
けし粒《つぶ》　ケシの種子《しゅし》。微細《びさい》なもののたとえ。
かるく吹《ふ》いたり……　フィギュア好《ず》きなら身《み》に覚《おぼ》えのある反応《はんのう》だろう。「粉雪《こなゆき》ほどの小《ちい》さい両手《りょうて》」「米粒《こめつぶ》ほどの白足袋《しろたび》」といった卓抜《たくばつ》な描写《びょうしゃ》も、ミニアチュール願望《がんぼう》を掻《か》きたててやまない。

梶《かじ》井《い》基《もと》次《じ》郎《ろう》
交《こう》尾《び》

その一《いち》

星空《ほしぞら》を見《み》あげると、音《おと》もしないで何匹《なんびき》も蝙蝠《こうもり》*が飛《と》んでいる。その姿《すがた》は見《み》えないが、瞬間《しゅんかん》瞬間《しゅんかん》光《ひかり》を消《け》す星《ほし》の工合《ぐあい》から、気味《きみ》の悪《わる》い畜類《ちくるい》*の飛《と》んでいるのが感《かん》じられるのである。

人《ひと》びとは寝静《ねしず》まっている。——私《わたし》の立《た》っているのは、半《なか》ば朽《く》ちかけた、家《いえ》の物干場《ものほしば》だ。ここからは家《いえ》の裏横手《うらよこて》の露路《ろじ》を見通《みとお》すことができる。近所《きんじょ》は、港《みなと》に舫《もや》った*無数《むすう》の回船《かいせん》*のように、ただぎっしりと建《た》てこんだ家《いえ》の、同《おな》じように朽《く》ちかけた物干《ものほし》ばかりである。私《わたし》はかつて独逸《ドイツ》のペッヒシュタイン*という画家《がか》の「市《まち》に嘆《なげ》けるクリスト」という画《え》の刷物《すりもの》*を見《み》たことがあるが、それは巨大《きょだい》な工場地帯《こうじょうちたい》の裏地《うらち》のようなところで跪《ひざまず》いて祈《いの》っているキリストの絵像《えぞう》であった。その連想《れんそう》から、私《わたし》は自分《じぶん》の今出《いまで》ている物干《ものほし》がなんとなくそうしたゲッセマネ*のような気《き》がしないでもない。しかし私《わたし》はキリストではない。夜中《よなか》になってくると病《びょう》気《き》の私《わたし》の身体《からだ》は*火照《ほて》り出《だ》し、そして眼《め》が冴《さ》える。ただ妄想《もうそう》という怪獣《かいじゅう》*の餌食《えじき》となりたくないためばかりに、私《わたし》はここへ逃《に》げだしてきて、少々身体《しょうしょうからだ》には毒《どく》な夜露《よつゆ》に打《う》たれるのである。

どの家《いえ》も寝静《ねしず》まっている。時《とき》どき力《ちから》のない咳《せき》の音《おと》が洩《も》れてくる。昼間《ひるま》の知識《ちしき》から、私《わたし》はそれが露路《ろじ》に住《す》む魚屋《さかなや》の咳《せき》であることを聞《き》きわける。この男《おとこ》はもう商売《しょうばい》も辛《つら》いらしい。二《に》

蝙蝠《こうもり》が……　小川未明《おがわみめい》「牛女《うしおんな》」と響《ひび》き交《か》わす描写《びょうしゃ》。

畜類《ちくるい》　家畜《かちく》。または広《ひろ》くけだもの。

舫《もや》った　停留《ていりゅう》した。「舫《もや》う」は舟《ふね》を杭《くい》などにつなぐこと。

回船《かいせん》　沿岸航路《えんがんこうろ》で旅客《りょかく》や貨物《かもつ》などを輸送《ゆそう》するための船《ふね》。

ペッヒシュタイン　Max Pechstein（一八八一～一九五五）。ドイツ表現主義《ひょうげんしゅぎ》の画家《がか》。ツヴィッカウに生《う》まれ、ドレスデンの美術学校《びじゅつがっこう》に学《まな》び、一九〇六年《ねん》に表現主義《ひょうげんしゅぎ》のグループ「ブリュッケ」に参加《さんか》。後《のち》にベルリンで新分離派《しんぶんりは》「ノイエ・セッション」を創設《そうせつ》し、代表者《だいひょうしゃ》となる。ゴーギャンの影響《えいきょう》を感《かん》じさせる強烈《きょうれつ》な色使《いろづか》いに特色《とくしょく》を発揮《はっき》した。

刷物《すりもの》　印刷物《いんさつぶつ》。

ゲッセマネ　(Gethsemane)　エルサレム東方《とうほう》の郊外《こうがい》にある農《のう》園《えん》。キリストが十字架《じゅうじか》にかけられる前日《ぜんじつ》、最後《さいご》の祈《いの》りを捧《ささ》げた場所《ばしょ》である。

病気《びょうき》の私《わたし》の身体《からだ》は　作者《さくしゃ》は十九歳《さい》で罹患《りかん》した肋膜炎《ろくまくえん》をきっかけに結核患者《けっかくかんじゃ》となり、何度《なんど》も療養生活《りょうようせいかつ》を余儀《よぎ》なくされ、本篇執《ほんぺんしっ》筆当時《ぴっとうじ》も肋膜炎《ろくまくえん》、肺炎《はいえん》、腎臓炎《じんぞうえん》に悩《なや》まされていた。

怪獣《かいじゅう》　現在《げんざい》のわれわれが連想《れんそう》する、いわゆる「怪獣《かいじゅう》」――ゴジラやガメラのような特撮映画《とくさつえいが》のキャラクターは、本篇《ほんぺん》が書《か》かれた一九三〇年当時《ねんとうじ》には存在《そんざい》しないので、ここでは文字《もじ》どおりの「怪《あや》しい獣《けもの》」の意味《いみ》になる。妄想《もうそう》と怪獣《かいじゅう》の取《と》り合《あ》わせとしては、泉鏡花《いずみきょうか》の「凱旋祭《がいせんまつり》」や「悪獣篇《あくじゅうへん》」、岡本綺堂《おかもときどう》の「怪獣《かいじゅう》」、内田百閒《うちだひゃっけん》の「東京日記《とうきょうにっき》」といった先駆的《せんくてき》な作例《さくれい》があり、もちろん本篇《ほんぺん》にも、極大《きょくだい》ならぬ極小《きょくしょう》を志向《しこう》した怪獣《かいじゅう》小説《しょうせつ》としての特異《とくい》な側面《そくめん》がある。ちなみに梶井基次郎《かじいもとじろう》が夭《よう》折《せつ》した翌年《よくねん》にあたる一九三三年《ねん》、世界初《せかいはつ》の本格的《ほんかくてき》な怪獣映《かいじゅうえい》画《が》というべき『キング・コング』（メリアン・C・クーパー&アーネスト・B・シェードザック監督《かんとく》）が米国《べいこく》で製作《せいさく》されているのだった。

階《かい》に間借《まが》りをしている男《おとこ》が、一度《いちど》医者《いしゃ》に見《み》てもらえというのにどうしても聴《き》かない。この咳《せき》はそんな咳《せき》じゃないといって隠《かく》そうとする。二階《にかい》の男《おとこ》がそれを近所《きんじょ》へ触《ふ》れて歩《ある》く。――家賃《やちん》を払《はら》う家《いえ》が少《すく》なくて、医者《いしゃ》の払《はら》いが皆目《かいもく》*集《あつ》まらないというこの町《まち》では、肺病《はいびょう》は陰忍《いんにん》*な戦《たたかい》である。突然《とつぜん》に葬儀自動車《そうぎじどうしゃ》が来《く》る。誰《だれ》もが死《し》んだという当人《とうにん》のいつものように働《はたら》いていた姿《すがた》をまだ新《あたら》しい記憶《きおく》のなかに呼《よ》びおこす。床《とこ》についていた間《あいだ》というのは、だからいくらもないのである。実際《じっさい》こんな生活《せいかつ》では誰《だれ》でもが自《みずか》ら絶望《ぜつぼう》し、自《みずか》ら死《し》ななければならないのだろう。

魚屋《さかなや》が咳《せ》いている。可哀想《かわいそう》だなあと思《おも》う。ついでに、私《わたし》の咳《せき》がやはりこんな風《ふう》に聞《き》こえるのだろうかと、私《わたし》の分《ぶん》として聴《き》いてみる。

先程《さきほど》から露路《ろじ》の上《うえ》には盛《さか》んに白《しろ》いものが往来《おうらい》している。これはこの露路《ろじ》だけとはいわない。表通《おもてどお》りも夜更《よふ》けになるとこの通《とお》りである。これは猫《ねこ》だ。私《わたし》はなぜこの町《まち》では猫《ねこ》がこんなに我物顔《わがものがお》に道《みち》を歩《ある》くのか考《かんが》えてみたことがある。それによると第一《だいいち》この町《まち》には犬《いぬ》がほとんどいないのである。犬《いぬ》を飼《か》うのはもう少《すこ》し余裕《よゆう》のある住宅《じゅうたく》である。その代《かわ》り通《とお》りの家《いえ》では商品《しょうひん》を鼠《ねずみ》にやられないためにたいてい猫《ねこ》を飼《か》っている。犬《いぬ》がいなくて猫《ねこ》が多《おお》いのだから自然往来《しぜんおうらい》は猫《ねこ》が歩《ある》く。しかし、なんといっても、これは図々《ずうずう》しい不思議《ふしぎ》な気《き》のする深夜《しんや》の風景《ふうけい》にはちがいない。彼等《かれら》はブールヴァール*を歩《ある》く貴婦人《きふじん》のようにゆうゆうと歩《ある》く。また市役所《しやくしょ》の測量工夫《そくりょうこうふ》*のように辻《つじ》から辻《つじ》へ走《はし》ってゆくのである。

隣《とな》りの物干《ものほし》の暗《くら》い隅《すみ》でガサガサという音《おと》が聞《き》こえる。セキセイ*だ。小鳥《ことり》が流行《はや》った時分《じぶん》にはこの町《まち》では怪我人《けがにん》まで出《だ》した。「一体誰《いったいだれ》がはじめにそんなものを欲《ほ》しいといい出《だ》したんだ」と人《ひと》びとが思《おも》う時分《じぶん》には、尾羽打《おはう》ち枯《か》らした*いろいろな鳥《とり》が雀《すずめ》に混《まじ》って餌《えさ》を漁《あさ》りに来《き》た。もうそれも来《こ》なくなった。そして隣《とな》りの物干《ものほし》の隅《すみ》には煤《すす》で黒《くろ》くなった数匹《すうひき》のセキセイが生《い》きのこっているのである。昼間《ひるま》は誰《だれ》もそれに注意《ちゅうい》を払《はら》おうともしない。ただ夜中《よなか》に

皆目《かいもく》　まったく。全然《ぜんぜん》。

陰忍《いんにん》　普通《ふつう》は「隠忍《いんにん》」と表記《ひょうき》。じっとがまんすること。ひそかに耐《た》え忍《しの》ぶこと。

ブールヴァール　(boulevard) フランス語《ご》で並木道《なみきみち》、大通《おおどお》りの意《い》。貴婦人《きふじん》とあるので、ここではパリの目抜《めぬ》き通《どお》りを指《さ》すか。

測量工夫《そくりょうこうふ》　測量士《そくりょうし》、測量技術者《そくりょうぎじゅつしゃ》。

セキセイ　背黄青鸚哥《せきせいいんこ》。オウム目《もく》の小鳥《ことり》。カラフルな体色《たいしょく》で尾《お》が長《なが》く、ペットとして飼育《しいく》される。

尾羽打《おはう》ち枯《か》らした　身分《みぶん》のある人《ひと》がおちぶれて、みじめな姿《すがた》になること。

なって変《へん》てこな物音《ものおと》をたてる生物《いきもの》になってしまったのである。

この時私《ときわたし》は不意《ふい》に驚《おど》ろいた。先程《さきほど》から露路《ろじ》をあちらへ行《い》ったりこちらへ来《き》たり、二匹《にひき》の白猫《しろねこ》が盛《さか》んに追《お》っかけあいをしていたのであるが、この時《とき》ちょうど私《わたし》の眼《め》の下《した》で、不意《ふい》に彼等《かれら》は小《ちい》さな唸《うな》り声《ごえ》をあげて組打《くみう》ち*をはじめたのである。組打《くみう》ちといってもそれは立《た》って組打《くみう》ちをしているのではない。寝転《ねころ》んで組打《くみう》ちをしているのである。私《わたし》は猫《ねこ》の交尾《こうび》を見《み》たことがあるがそれはこんなものではない。また仔猫同志《こねこどうし》がよくこんなにしてふざけているがそれでもないようである。なにかよくはわからないが、とにかくこれは非常《ひじょう》に艶《なま》めかしい所作《しょさ》*であることは事実《じじつ》である。私《わたし》はじっとそれを眺《なが》めていた。遠《とお》くの方《ほう》から夜警《やけい》*のつく棒《ぼう》の音《おと》がしてくる。その音《おと》のほかには町《まち》からはなんの物音《ものおと》もしない。静《しず》かだ。そして私《わたし》の眼《め》の下《した》では彼等《かれら》がやはりだんまりで、*しかも実《じつ》に余念《よねん》なく*組打《くみう》ちをしている。

彼等《かれら》は抱《だ》きあっている。柔《やわ》らかく噛《か》みあっている。前肢《まえあし》でお互《たがい》に突張《つっぱ》りあいをしている。見《み》ているうちに私《わたし》はだんだん彼等《かれら》の所作《しょさ》に惹《ひ》きいれられていた。私《わたし》は今彼等《いまかれら》が噛《か》みあっている気味《きみ》の悪《わる》い噛《か》み方《かた》や、今彼等《いまかれら》が突張《つっぱ》っている前肢《まえあし》の——それで人《ひと》の胸《むね》を突張《つっぱ》るときの可愛《かわい》い力《ちから》やを思《おも》い出《だ》した。どこまでも指《ゆび》を滑《すべ》りこませる温《あたたか》い腹《はら》の柔毛《にこげ》——今一方《いまいっぽう》のやつはそれを揃《そろ》えた後肢《あとあし》で踏《ふ》んづけているのである。こんなに可愛《かわい》い、不思議《ふしぎ》な、艶《なま》めかしい猫《ねこ》の有様《ありさま》を私《わたし》はまだ見《み》たことがなかった。しばらくすると彼等《かれら》はお互《たがい》にきつく抱《だ》きあったまま少《すこ》しも動《うご》かなくなってしまった。それを見《み》ていると私《わたし》は息《いき》が詰《つま》ってくるような気《き》がした。と、その途端露路《とたんろじ》のあちらの端《はし》から夜警《やけい》の杖《つえ》の音《おと》が急《きゅう》に露路《ろじ》へ響《ひび》いてきた。

私《わたし》はいつもこの夜警《やけい》が回《まわ》ってくると家《いえ》のなかへ入《はい》ってしまうことにしていた。夜中《よなか》おそく物干《ものほし》へ出《で》ている姿《すがた》などを私《わたし》は見《み》られたくなかった。もっとも物干《ものほし》の一方《いっぽう》の方《かた》へ寄《よ》っていれば見《み》られないですむのであるが、雨戸《あまど》が開《あ》いている、それを見《み》て大《おお》きい声《こえ》を立《た》てて注意《ちゅうい》をされたりするとなおのこと不名誉《ふめいよ》なので、彼《かれ》がやって来《く》るとそうそう*家《いえ》のなかへ入《はい》って

組打《くみう》ち　とっくみあい。
艶《なま》めかしい所作《しょさ》　つやっぽく美《うつく》しい、色《いろ》っぽいしぐさ。
夜警《やけい》　夜間《やかん》、火事《かじ》や犯罪《はんざい》などの警戒《けいかい》にあたる人《ひと》。夜回《よまわ》り。
だんまりで　無言《むごん》で。ここでは、登場人物《とうじょうじんぶつ》がセリフなしで闇《やみ》の中《なか》で争《あらそ》う所作《しょさ》を様式化《ようしきか》した歌舞伎《かぶき》の「だんまり」演出《えんしゅつ》のことが意識《いしき》されていると思《おも》われる。
余念《よねん》なく　91頁《ぺーじ》を参照《さんしょう》。
柔毛《にこげ》　「和毛《にこげ》」とも。鳥獣《ちょうじゅう》のやわらかい毛《け》。
そうそう　早々《そうそう》に。さっさと。

しまうのである。しかし今夜《こんや》は私《わたし》は猫《ねこ》がどうするか見届《みとど》けたい気持《きもち》でわざと物干《ものほし》へ身体《からだ》を突出《つきだ》していることにきめてしまった。夜警《やけい》はだんだん近《ちか》づいて来《く》る。猫《ねこ》は相変《あいかわ》らず抱《だ》きあったまま少《すこ》しも動《うご》こうとしない。この互《たがい》に絡《から》みあっている二匹《にひき》の白猫《しろねこ》は私《わたし》をして肆《ほしいまま》な男《だん》*女《じょ》の痴態《ちたい》*を幻想《げんそう》させる。それからはてしのない快楽《かいらく》を私《わたし》は抽《ひ》きだすことができる。……

　夜警《やけい》はだんだん近《ちか》づいてきた。この夜警《やけい》は昼《ひる》は葬儀屋《そうぎや》をやっている、なんともいえない陰気《いんき》な感《かん》じのする男《おとこ》である。私《わたし》は彼《かれ》が近《ちか》づいてくるにつれて、彼《かれ》がこの猫《ねこ》を見《み》てどんな態《たい》度《ど》に出《で》るか、興味《きょうみ》を起《おこ》してきた。彼《かれ》はやっともうあと二間《にけん》*ほどのところではじめてそれに気《き》がついたらしく、立留《たちどま》った。眺《なが》めているらしい。彼《かれ》がそうやって眺《なが》めているのを見《み》ていると、どうやら私《わたし》の深夜《しんや》の気持《きもち》にも人《ひと》と一緒《いっしょ》にものを見物《けんぶつ》しているような感《かん》じが起《おこ》ってきた。ところが猫《ねこ》はどうしたのかちっとも動《うご》かない。まだ夜警《やけい》に気《き》がつかないのだろうか。あるいはそうかも知《し》れない。それとも多寡《たか》を括《くく》って*そのままにしているのだろうか。それはこういう動物《どうぶつ》の図々《ずうずう》しいところでもある。彼等《かれら》は人《ひと》が危害《きがい》を加《くわ》える気遣《きづか》いがないと落着《おちつ》き払《はら》って少《すこ》しくらい追《お》ってもなかなか逃《に》げださない。それでいて実《じつ》に抜目《ぬけめ》なく観察《かんさつ》していて、人《ひと》にその気配《けはい》が兆《きざ》す＊と見《み》るやたちまち逃《に》げ足《あし》に移《うつ》る。
夜警《やけい》は猫《ねこ》が動《うご》かないと見《み》るとまた二足《ふたあし》三足《みあし》近《ちか》づいた。するとおかしいことには二《ふた》つの首《くび》がくるりと振《ふり》むいた。しかし彼等《かれら》はまだ抱《だ》きあっている。私《わたし》はむしろ夜警《やけい》の方《ほう》が面白《おもしろ》くなってきた。すると夜警《やけい》は彼《かれ》の持《も》っている杖《つえ》をトンと猫《ねこ》の間近《まぢか》で突《つ》いて見《み》せた。と、たちまち猫《ねこ》は二条《にじょう》＊の放射線《ほうしゃせん》となって露路《ろじ》の奥《おく》の方《ほう》へ逃《に》げてしまった。夜警《やけい》はそれを見送《みおく》ると、いつものようにつまらなそうに再《ふたた》び杖《つえ》を鳴《な》らしながら露路《ろじ》を立《た》ちさってしまった。物干《ものほし》の上《うえ》の私《わたし》には気《き》づかないで。

肆《ほしいまま》な　思《おも》いどおりにふるまうさま。
痴態《ちたい》　ばかげた、恥《は》ずかしいふるまい。
二間《にけん》　約《やく》三・六メートル。
多寡《たか》を括《くく》って　普通《ふつう》「高《たか》を括《くく》って」と表記《ひょうき》。その程度《ていど》だろうときめて見《み》くびる。
兆《きざ》す　事《こと》がおきる気配《けはい》がする。予兆《よちょう》がある。
二条《にじょう》　ふたすじ。二本《ほん》。

その二《に》

私《わたし》は一度《いちど》河鹿《かじか》*をよく見《み》てやろうと思《おも》っていた。

河鹿《かじか》を見《み》ようと思《おも》えばまず大胆《だいたん》に河鹿《かじか》の鳴《な》いている瀬《せ》のきわ*まで進《すす》んでゆくことが必要《ひつよう》である。これはそろそろ近寄《ちかよ》っていっても河鹿《かじか》の隠《かく》れてしまうのは同《おな》じだからなるべく神《じん》速《そく》に*行《おこな》うのがいいのである。瀬《せ》のきわまで行《い》ってしまえば今度《こんど》は身《み》をひそめてじっとしてしまう。「俺《おれ》は石《いし》だぞ。俺《おれ》は石《いし》だぞ」と念《ねん》じているような気持《きもち》で少《すこ》しも動《うご》かないのである。ただ眼《め》だけはらんらん*とさせている。ぼんやりしていれば河鹿《かじか》は渓《たに》の石《いし》と見《み》わけにくい色《いろ》をしているからなにも見《み》えないことになってしまうのである。やっとしばらくすると水《みず》の中《なか》やら石《いし》の蔭《かげ》から河鹿《かじか》がそろそろと首《くび》をもたげはじめる。気《き》をつけて見《み》ていると実《じつ》にいろんなところから——それが皆申《みなもう》し合《あわ》せたように同《おな》じくらいずつ——恐《おそ》る恐《おそ》る顔《かお》を出《だ》すのである。すでに私《わたし》は石《いし》である。彼等《かれら》は等《ひと》しく恐怖《きょうふ》をやり過《す》ごした体《てい》で元《もと》のところへあがってくる。今度《こんど》は私《わたし》の一望《いちぼう》の下《もと》に、余儀《よぎ》ない*ところで中断《ちゅうだん》されていた彼等《かれら》の求愛《きゅうあい》がencore*されるのである。

こんな風《ふう》にしてま近《ぢか》に河鹿《かじか》を眺《なが》めていると、ときどき不思議《ふしぎ》な気持《きもち》になることがある。芥川龍之介《あくたがわりゅうのすけ》は人間《にんげん》が河童《かっぱ》の世界《せかい》へ行《い》く小説《しょうせつ》*を書《か》いたが、河鹿《かじか》の世界《せかい》というものは案外手《あんがいて》近《ぢか》にあるものだ。私《わたし》は一度《いちど》私《わたし》の眼《め》の下《した》にいた一匹《いっぴき》の河鹿《かじか》から忽然《こつぜん》*としてそんな世界《せかい》へはいってしまった。*その河鹿《かじか》は瀬《せ》の石《いし》と石《いし》との間《あいだ》にできた小《ちい》さい流《なが》れの前《まえ》へ立《た》って、あの奇怪《きかい》な顔《かお》つきでじっと水《みず》の流《なが》れるのを見《み》ていたのであるが、その姿《すがた》が南画《なんが》*の河童《かっぱ》とも漁師《りょうし》とも

河鹿《かじか》　カジカガエル。「河鹿蛙《かじかがえる》」「金襖子《かじかがえる》」とも。谷川《たにがわ》の岩《いわ》の間《あいだ》などに棲息《せいそく》する暗褐色《あんかっしょく》で小型《こがた》の蛙《かえる》。雄《おす》は美声《びせい》で鳴《な》くので飼育《しいく》されることもある。

瀬《せ》のきわ　川《かわ》の水際《みずぎわ》。

神速《じんそく》に　すばやく。「迅速《じんそく》」とも。

らんらんと　眼《め》を鋭《するど》く光《ひか》らせるさま。

余儀《よぎ》ない　やむをえない。

encore　アンコール。フランス語《ご》で「もっと」の意《い》。音楽会《おんがくかい》で、演奏終了後《えんそうしゅうりょうご》に客《きゃく》が拍手《はくしゅ》や歓声《かんせい》で追加《ついか》の演奏《えんそう》を求《もと》めること。

人間《にんげん》が河童《かっぱ》の世界《せかい》へ行《い》く小説《しょうせつ》　芥川龍之介《あくたがわりゅうのすけ》の中篇小説《ちゅうへんしょうせつ》「河童《かっぱ》」（一九二七）のこと。

忽然《こつぜん》　たちまち。突如《とつじょ》として。

そんな世界《せかい》へはいってしまった　以下《いか》のくだりは、芥川龍之介《あくたがわりゅうのすけ》の「河童《かっぱ》」よりも、幸田露伴《こうだろはん》の短篇小説《たんぺんしょうせつ》「観画談《かんがだん》」（一九二五）における幻視《げんし》のシーンを連想《れんそう》させる。

南画《なんが》　南宗画《なんしゅうが》の略《りゃく》。中国《ちゅうごく》の山水画《さんすいが》における二大流派《にだいりゅうは》の一。日《に》本《ほん》では江戸中期《えどちゅうき》から広《ひろ》まり、池大雅《いけのたいが》や与謝蕪村《よさぶそん》が名高《なだか》い。

つかぬ点景人物《てんけいじんぶつ》＊そっくりになってきた、と思《おも》う間《ま》に彼《かれ》の前《まえ》の小《ちい》さい流《なが》れがサーッと広《ひろ》びろとした江《かわ》＊に変《へん》じてしまった。その瞬間私《しゅんかんわたし》もまたその天地《てんち》の孤客《こかく》＊たることを感《かん》じたのである。

これはただこれだけの話《はなし》に過《す》ぎない。だが、こんな時《とき》こそ私《わたし》は最《もっと》も自然《しぜん》な状態《じょうたい》で河鹿《かじか》を眺《なが》めていたといい得《え》るのかもしれない。それより前私《まえわたし》は一度《いちど》こんな経験《けいけん》をしていた。

私《わたし》は渓《たに》へ行《い》って鳴《な》く河鹿《かじか》を一匹捕《いっぴきつか》まえてきた。桶《おけ》へ入《い》れて観察《かんさつ》しようと思《おも》ったのである。桶《おけ》は浴場《よくじょう》の桶《おけ》＊だった。渓《たに》の石《いし》を入れて水《みず》を湛《たた》え、硝子《ガラス》で蓋《ふた》をして座敷《ざしき》のなかへ持《も》ってはいった。ところが河鹿《かじか》はどうしても自然《しぜん》な状態《じょうたい》になろうとしない。蠅《はえ》を入《い》れても蠅《はえ》は水《みず》の上《うえ》へ落《お》ちてしまったなり河鹿《かじか》とは別《べつ》の生活《せいかつ》をしている。私《わたし》は退屈《たいくつ》して湯《ゆ》に出《で》かけた。そして忘《わす》れた時分《じぶん》になって座敷《ざしき》へ帰《かえ》ってくると、チャブンという音《おと》が桶《おけ》のなかでした。なるほどと思《おも》って早速桶《さっそくおけ》の傍《そば》へ行《い》ってみると、やはり先程《さきほど》の通《とお》り隠《かく》れてしまったきりで出《で》てこない。

点景人物《てんけいじんぶつ》　風景画《ふうけいが》などで趣《おもむき》を出《だ》すために、小《ちい》さく描《えが》き入《い》れられる人物《じんぶつ》。

江《かわ》　大河《たいが》または入江《いりえ》。

孤客《こかく》　独《ひと》り旅《たび》をする人《ひと》。

浴場《よくじょう》の桶《おけ》　作者《さくしゃ》が伊豆湯ヶ島《いずゆがしま》の温泉場《おんせんば》で療養生活《りょうようせいかつ》をおくっていたときの体験《たいけん》である（後述《こうじゅつ》）。

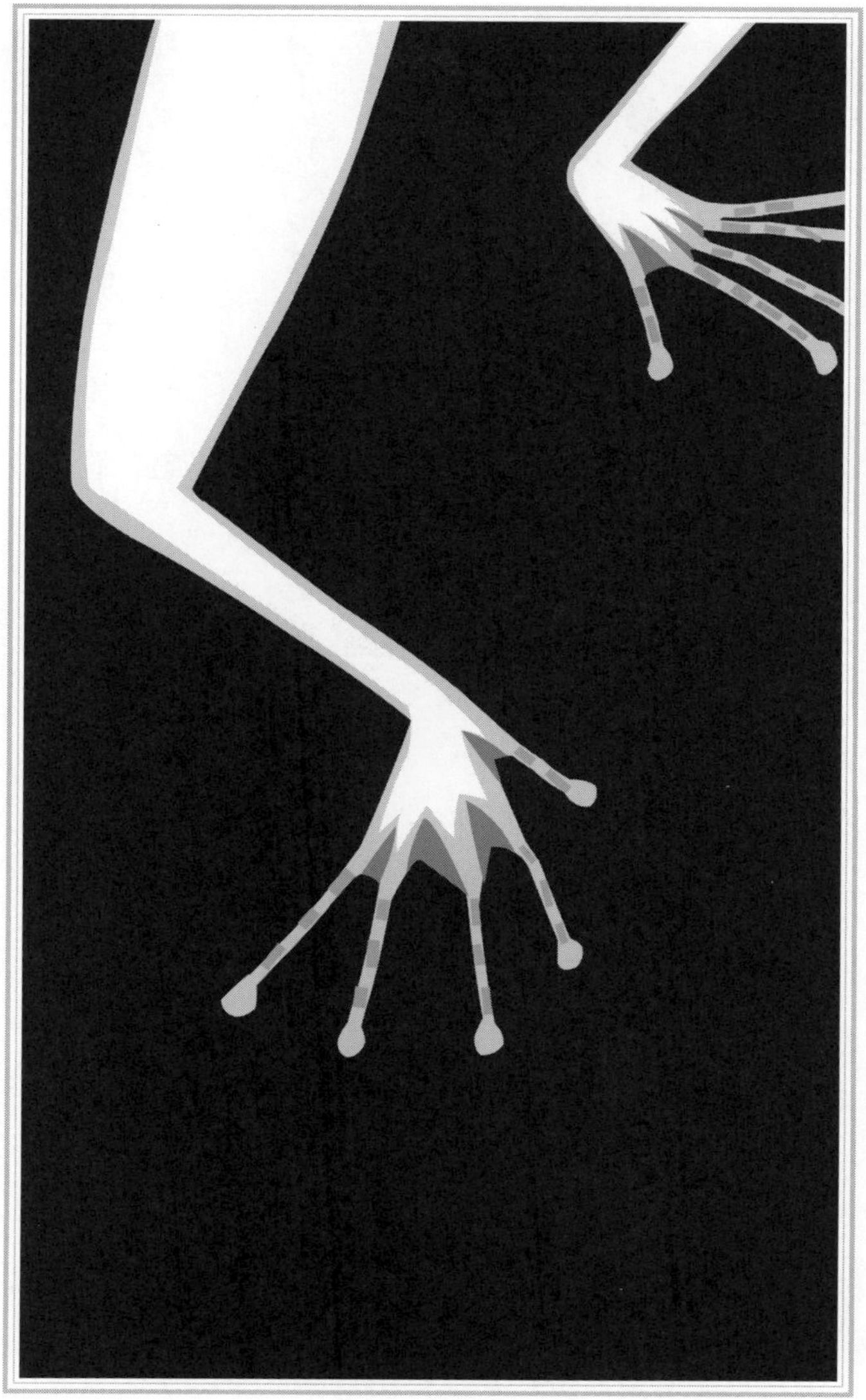

今度《こんど》は散歩《さんぽ》に出《で》かける。帰《かえ》ってくると、またチャブンという音《おと》がする。あとはやはり同《おな》じことである。その晩《ばん》は、傍《そば》へ置《お》いたまま、私《わたし》は私《わたし》で読書《どくしょ》をはじめた。忘《わす》れてしまって身体《からだ》を動《うご》かすとまた跳《と》びこんだ。最《もっと》も自然《しぜん》な状態《じょうたい》で本《ほん》を読《よ》んでいるところを見《み》られてしまったのである。翌日《よくじつ》、結局《けっきょく》彼《かれ》は「慌《あわ》てて跳《と》びこむ」ということを私《わたし》に教《おし》えただけで、身体《からだ》へ部屋中《へやじゅう》の埃《ほこり》をつけて、私《わたし》が明《あ》けてやった障子《しょうじ》から渓《たに》の水音《みずおと》のする方《ほう》へ跳《と》んでいってしまった。——これ以後《いご》私《わたし》は二度《にど》とこの方法《ほうほう》を繰返《くりかえ》さなかった。彼等《かれら》を自然《しぜん》に眺《なが》めるにはやはり渓《たに》へ行《い》かなくてはならなかったのである。

それはある河鹿《かじか》のよく鳴《な》く日《ひ》だった。河鹿《かじか》の鳴《な》く声《こえ》は街道《かいどう》までよく聞《き》こえた。私《わたし》は街道《かいどう》から杉林《すぎばやし》のなかを通《とお》っていつもの瀬《せ》のそばへ下《お》りていった。渓向《たにむこ》うの木立《こだち》のなかでは瑠璃《るり》が*美《うつく》しく囀《さえず》っていた。瑠璃《るり》は河鹿《かじか》と同《おな》じくその頃《ころ》の渓間《たにま》をいかにも楽《たの》しいものに思《おも》わせる鳥《とり》だった。村人《むらびと》の話《はなし》ではこの鳥《とり》は一《ひと》つのホラ（山《やま》あいの木《き》のたくさん繁《しげ》ったところ）にはただ一羽《いちわ》しかいない。そして他《ほか》の瑠璃《るり》がそのホラへはいって行《い》くと喧嘩《けんか》をして追《お》いだしてしまうという。私《わたし》は瑠璃《るり》の鳴声《なきごえ》を聞《き》くといつもその話《はなし》を思《おも》いだしそれをもっともだと思《おも》った。

それはいかにも我《われ》と我《わ》が声《こえ》の反響《はんきょう》を楽《たの》しんでいる者《もの》の声《こえ》だった。その声《こえ》はよく透《とお》り、一日《いちにち》中《じゅう》変《かわ》ってゆく渓《たに》あいの日射《ひざ》しのなかでよく響《ひび》いた。その頃毎日《ころまいにち》のように渓間《たにま》を遊《あそ》びほうけていた私《わたし》はよくこんなことを口《くち》ずさんだ。

――ニシビラ*へ行《い》けばニシビラの瑠璃《るり》、セコノタキ*へ来《く》ればセコノタキの瑠璃《るり》。――

そして私《わたし》の下《お》りてきた瀬《せ》の近《ちか》くにも同《おな》じような瑠璃《るり》が一羽《いちわ》いたのである。私《わたし》ははたして河鹿《かじか》の鳴《な》きしきっている*のを聞《き》くとさっさと瀬《せ》のそばまで歩《ある》いていった。すると彼等《かれら》の音《おん》楽《がく》はたと止《と》まった。しかし私《わたし》は既定《きてい》の方針通《ほうしんどお》りにじっと蹲《うずく》まっておればよいのである。しばらくして彼等《かれら》はまた元通《もとどお》りに鳴《な》きだした。この瀬《せ》には殊《こと》にたくさんの河鹿《かじか》がいた。そ

瑠璃《るり》　スズメ目《もく》ヒタキ科《か》のオオルリと、同《どう》ツグミ科《か》のコルリの総称《そうしょう》。雄《おす》は体色《たいしょく》が美《うつく》しく、美声《びせい》でさえずる。山地《さんち》の繁《しげ》った林《りん》中《ちゅう》に棲《す》む。

ニシビラ　静岡県伊豆市湯ヶ島《しずおかけんいずしゆがしま》の西平温泉《にしびらおんせん》のこと。川端康成《かわばたやすなり》の常宿《じょうやど》だった湯本館《ゆもとかん》がある。当時《とうじ》の湯ヶ島《ゆがしま》には川端《かわばた》や梶井《かじい》のほか、尾崎士郎《おざきしろう》、宇野千代《うのちよ》、萩原朔太郎《はぎわらさくたろう》ら文士《ぶんし》たちがたびたび逗留《とうりゅう》していた。

セコノタキ　同《おな》じく伊豆湯ヶ島《いずゆがしま》で、作者《さくしゃ》が療養《りょうよう》のため一九二七年《ねん》に長期逗留《ちょうきとうりゅう》した温泉旅館《おんせんりょかん》・湯川屋《ゆかわや》（現在《げんざい》は廃業《はいぎょう》）の横手《よこて》を流《なが》れる急流《きゅうりゅう》は「世古《せこ》ノ滝《たき》」と呼《よ》ばれていた。本篇《ほんぺん》の「その二」は、湯川屋滞在中《ゆかわやたいざいちゅう》の体験《たいけん》にもとづく作品《さくひん》である。同時期《どうじき》に書《か》かれた「闇《やみ》の絵巻《えまき》」には、同地《どうち》の闇《やみ》の深《ふか》さと無気味《ぶきみ》さが活写《かっしゃ》されている。

鳴《な》**きしきっている**　しきりに鳴《な》いている。

の声《こえ》は瀬《せ》をどよもして*響《ひび》いていた。遠《とお》くの方《ほう》から風《かぜ》の渡《わた》るように響《ひび》いてくる。それは近《ちか》くの瀬《せ》の波頭《なみがしら》の間《あいだ》から高《たか》まってきて、眼《め》の下《した》の一団《いちだん》で高潮《こうちょう》に達《たっ》する。*その伝播《でんぱ》は微妙《びみょう》で、絶《た》えず湧《わ》きおこり絶《た》えず揺《ゆ》れうごく一《ひと》つのまぼろしを見《み》るようである。科学《かがく》の教《おし》えるところによると、この地球《ちきゅう》にはじめて声《こえ》を持《も》つ生物《せいぶつ》が産《うま》れたのは石炭紀《せきたんき》*の両棲類《りょうせいるい》だということである。だからこれがこの地球《ちきゅう》に響《ひび》いた最初《さいしょ》の生《せい》の合唱《がっしょう》*だと思《おも》うといくらか壮烈《そうれつ》な気《き》がしないでもない。実際《じっさい》それは聞《き》く者《もの》の心《こころ》を震《ふる》わせ、胸《むね》をわくわくさせ、ついには涙《なみだ》を催《もよお》させるような種類《しゅるい》の音楽《おんがく》である。

私《わたし》の眼《め》の下《した》にはこのとき一匹《いっぴき》の雄《おす》がいた。そして彼《かれ》もやはりその合唱《がっしょう》の波《なみ》のなかに漂《ただよ》いながら、ある間《ま》をおいては彼《かれ》の喉《のど》を震《ふる》わせていたのである。私《わたし》は彼《かれ》の相手《あいて》がどこにいるのだろうかと捜《さが》してみた。流《なが》れを距《へだ》てて一尺《いっしゃく》*ばかり離《はな》れた石《いし》の蔭《かげ》におとなしく控《ひか》えている一匹《いっぴき》がいる。どうもそれらしい。しばらく見《み》ているうちに私《わたし》はそれが雄《おす》の鳴《な》くたびに「ゲ・ゲ」と満足気《まんぞくげ》な声《こえ》で受答《うけこた》えをするのを発見《はっけん》した。そのうちに雄《おす》の声《こえ》はだんだん冴《さ》えてきた。ひたむきに鳴《な》くのが私《わたし》の胸《むね》へも応《こた》えるほどになってきた。しばらくすると彼《かれ》はまた突《とっ》然《ぜん》に合唱《がっしょう》のリズムを紊《みだ》し*はじめた。鳴《な》く間《ま》がだんだん迫《せま》ってきたのである。もちろん雌《めす》は「ゲ・ゲ」とうなずいている。しかしこれは声《こえ》の振《ふる》わないせいか雄《おす》の熱情的《ねつじょうてき》なのに比《くら》べて少《すこ》し呑気《のんき》に見《み》える。しかし今《いま》に何事《なにごと》かなくてはならない。私《わたし》はその時《とき》の来《く》るのを待《ま》っていた。すると、案《あん》の定《じょう》、雄《おす》はその烈《はげ》しい鳴《な》き方《かた》をひたと*鳴《な》きやめたと思《おも》う間《ま》に、するすると石《いし》を下《お》りて水《みず》を渡《わた》りはじめた。このときその可憐《かれん》な風情《ふぜい》ほど私《わたし》を感動《かんどう》させたものはなかった。彼《かれ》が水《みず》の上《うえ》を雌《めす》に求《もと》めよってゆく、それは人間《にんげん》の子供《こども》が母親《ははおや》を見《み》つけて甘《あま》え泣《な》きに泣《な》きながら駆《か》けよってゆくときと少《すこ》しも変《かわ》ったことはない。「ギョ・ギョ・ギョ・ギョ」と鳴《な》きながら泳《およ》いでゆくのである。こんな一心《いっしん》にも可憐《かれん》な求愛《きゅうあい》があるものだろうか。それには私《わたし》はすっかりあてられてしまったのである。

どよもして　鳴《な》り響《ひび》かせて。

達《たっ》しる　原文《げんぶん》のまま。「達《たっ》する」の誤記《ごき》か。

石炭紀《せきたんき》　地質年代《ちしつねんだい》でいう古生代《こせいだい》のうち、デボン紀《き》の後《のち》、ペルム紀《き》の前《まえ》の時代《じだい》。三億六千万年前《ねんまえ》から二億九千万年前《ねんまえ》まで。巨大《きょだい》なシダ植物《しょくぶつ》が繁茂《はんも》し、爬虫類《はちゅうるい》と昆虫《こんちゅう》が出現《しゅつげん》した。

この地球《ちきゅう》に響《ひび》いた最初《さいしょ》の生《せい》の合唱《がっしょう》……　温泉地《おんせんち》の渓流《けいりゅう》の河鹿《かじか》たちの営《いとな》みという極微《きょくび》の世界《せかい》から、地球《ちきゅう》の生物進化《せいぶつしんか》という極大《マクロ》の視点《してん》へと、作者《さくしゃ》の幻視《げんし》（妄想《もうそう》？）は一気《いっき》に広《ひろ》がる。梶井《かじい》文学《ぶんがく》の真骨頂《しんこっちょう》といえよう。

一尺《しゃく》　約《やく》三〇センチメートル。

紊《みだ》し　乱《みだ》し。

ひたと　にわかに。突然《とつぜん》。

もちろん彼《かれ》は幸福《こうふく》に雌《めす》の足下《あしもと》へ到《いた》りついた。それから彼等《かれら》は交尾《こうび》した。爽《さわ》やかな清流《せいりゅう》のなかで。——しかし少《すく》なくとも彼等《かれら》の痴情《ちじょう》*の美《うつく》しさは水《みず》を渡《わた》るときの可憐《かれん》さに如《し》かなかった。*世《よ》にも美《うつく》しいものを見《み》た気《き》持《もち》で、しばらく私《わたし》は瀬《せ》を揺《ゆる》がす河鹿《かじか》の声《こえ》のなかに没《ぼっ》していた。

（「作品《さくひん》」一九三一年《ねん》一月号掲載《がつごうけいさい》）

痴情《ちじょう》　異性《いせい》を愛《あい》するあまり理性《りせい》を失《うしな》った感情《かんじょう》。

如《し》かなかった　及《およ》ばなかった。

注《ちゅう》文《もん》の多《おお》い料《りょう》理《り》店《てん》

宮《みや》沢《ざわ》賢《けん》治《じ》

二人《ふたり》の若《わか》い紳士《しんし》が、すっかりイギリスの兵隊《へいたい》のかたちをして、ぴかぴかする鉄砲《てっぽう》をかついで、白熊《しろくま》のような犬《いぬ》を二疋《にひき》つれて、だいぶ山奥《やまおく》の、木《こ》の葉《は》のかさかさしたとこを、こんなことを言《い》いながら、あるいておりました。

「ぜんたい、*ここらの山《やま》は怪《け》しからんね。*鳥《とり》も獣《けもの》も一疋《いっぴき》もいやがらん。なんでも構《かま》わないから、早《はや》くタンタアーンと、*やってみたいもんだなあ。」

「鹿《しか》の黄《き》いろな横《よこ》っ腹《ぱら》なんぞに、二《に》、三発《さんぱつ》お見舞《みまい》もうしたら、ずいぶん痛快《つうかい》だろうねえ。くるくるまわって、それからどたっと倒《たお》れるだろうねえ。」

それはだいぶの山奥《やまおく》でした。案内《あんない》してきた専門《せんもん》の鉄砲打《てっぽうう》ちも、*ちょっとまごついて、どこかへ行《い》ってしまったくらいの山奥《やまおく》でした。

それに、あんまり山《やま》が物凄《ものすご》いので、*その白熊《しろくま》のような犬《いぬ》が、二疋《にひき》いっしょにめまいを起《おこ》して、しばらく吠《うな》って、それから泡《あわ》を吐《は》いて死《し》んでしまいました。

「じつにぼくは、二千四百円《にせんよんひゃくえん》*の損害《そんがい》だ。」と一人《ひとり》の紳士《しんし》が、その犬《いぬ》の眼《ま》ぶたを、ちょっとかえしてみて言《い》いました。

「ぼくは二千八百円《にせんはっぴゃくえん》の損害《そんがい》だ。」と、もひとりが、くやしそうに、あたまをまげて言《い》いました。

はじめの紳士《しんし》は、すこし顔《かお》いろを悪《わる》くして、じっと、もひとりの紳士《しんし》の、顔《かお》つきを見《み》ながら言《い》いました。

「ぼくはもう戻《もど》ろうとおもう。」

「さあ、ぼくもちょうど寒《さむ》くはなったし腹《はら》は空《す》いてきたし戻《もど》ろうとおもう。」

ぜんたい　ここでは、そもそもの意《い》。
怪《け》しからん　よくない。他《ほか》に、異様《いよう》だ、尋常《じんじょう》でないの意《い》もあり。
タンタアーン　猟銃《りょうじゅう》を発砲《はっぽう》する音《おと》。
専門《せんもん》の鉄砲《てっぽう》打ち　地元《じもと》の猟師《りょうし》のこと。
あんまり山《やま》が物凄《ものすご》いので……　猟師《りょうし》が失踪《しっそう》し、猟犬《りょうけん》が死《し》んでしまうほどの山奥《やまおく》とは……後半《こうはん》の異常《いじょう》な展開《てんかい》を、淡々《たんたん》とした語《かた》り口《くち》で暗示《あんじ》する描写《びょうしゃ》である。
二千四百円《えん》　概算《がいさん》で、現在《げんざい》の百五十万円《えん》ほどに相当《そうとう》。

「そいじゃ、これで切《き》りあげよう。なあに戻《もど》りに、昨日《きのう》の宿屋《やどや》で、山鳥《やまどり》を拾円《じゅうえん》*も買《か》って帰《かえ》ればいい。」

「兎《うさぎ》もでていたねえ。そうすれば結局《けっきょく》おんなじこった。では帰《かえ》ろうじゃないか。」

ところがどうも困《こま》ったことは、どっちへ行《い》けば戻《もど》れるのか、いっこう見当《けんとう》がつかなくなっていました。

風《かぜ》がどうと吹《ふ》いてきて、*草《くさ》はざわざわ、木《こ》の葉《は》はかさかさ、木《き》はごとんごとんと鳴《な》りました。

「どうも腹《はら》が空《す》いた。さっきから横《よこ》っ腹《ぱら》が痛《いた》くてたまらないんだ。」

「ぼくもそうだ。もうあんまりあるきたくないな。」

「あるきたくないよ。ああ困《こま》ったなあ、なにかたべたいなあ。」

「喰《た》べたいもんだなあ。」

二人《ふたり》の紳士《しんし》は、ざわざわ鳴《な》るすすきの中《なか》で、こんなことを言《い》いました。

その時《とき》ふとうしろを見《み》ますと、立派《りっぱ》な一軒《いっけん》の西洋造《せいようづく》りの家《うち》がありました。

そして玄関《げんかん》には、

RESTAURANT
西洋料理店《せいようりょうりてん》
WILDCAT HOUSE
山猫軒《やまねこけん》

という札《ふだ》がでていました。

「君《きみ》、ちょうどいい。ここはこれでなかなか開《ひら》けてるんだ*。入《はい》ろうじゃないか。」

拾円《じゅうえん》　十円《えん》。概算《がいさん》で、現在《げんざい》の五～六千円《えん》ほどに相当《そうとう》。

風《ふう》がどうと吹《ふ》いてきて……　代表作《だいひょうさく》「風《かぜ》の又三郎《またさぶろう》」をはじめ、宮沢賢治《みやざわけんじ》の作品《さくひん》では、突風《とっぷう》はしばしば現世《げんせ》と異界《いかい》のつなぎ役《やく》となって、作中《さくちゅう》を妖《あや》しく吹《ふ》き抜《ぬ》ける。

開《ひら》けてる　開発《かいはつ》が進《すす》んでいる。

「おや、こんなとこにおかしいね。しかしとにかくなにか食事《しょくじ》ができるんだろう。」

「もちろんできるさ。看板《かんばん》にそう書《か》いてあるじゃないか。」

「はいろうじゃないか。ぼくはもうなにか喰《た》べたくて倒《たお》れそうなんだ。」

二人《ふたり》は玄関《げんかん》に立《た》ちました。玄関《げんかん》は白《しろ》い瀬戸《せと》の*煉瓦《れんが》で組《く》んで、実《じつ》に立派《りっぱ》なもんです。

そして硝子《ガラス》の開《ひら》き戸《ど》がたって、そこに金文字《きんもじ》でこう書《か》いてありました。

「どなたもどうかお入《はい》りください。決《けっ》してご遠慮《えんりょ》はありません。」

二人《ふたり》はそこで、ひどくよろこんで言《い》いました。

「こいつはどうだ、やっぱり世《よ》の中《なか》はうまくできてるねえ、きょう一日《いちにち》なんぎ*したけれど、こんどはこんないいこともある。このうちは料理店《りょうりてん》だけれどもただでご馳走《ちそう》するんだぜ。」

「どうもそうらしい。決《けっ》してご遠慮《えんりょ》はありませんというのはその意味《いみ》だ。」

二人《ふたり》は戸《と》を押《お》して、なかへ入《はい》りました。そこはすぐ廊下《ろうか》になっていました。その硝子戸《ガラスど》の裏側《うらがわ》には、金文字《きんもじ》でこうなっていました。

「ことに肥《ふと》ったお方《かた》や若《わか》いお方《かた》は、大歓迎《だいかんげい》いたします。」

二人《ふたり》は大歓迎《だいかんげい》というので、もう大《おお》よろこびです。

「君《きみ》、ぼくらは大歓迎《だいかんげい》にあたっているのだ。」

「ぼくらは両方兼《りょうほうか》ねてるから。」

ずんずん廊下《ろうか》を進《すす》んでいきますと、こんどは水《みず》いろのペンキ塗《ぬ》りの扉《と》がありました。

「どうも変《へん》な家《うち》だ。どうしてこんなにたくさん戸《と》があるのだろう。」

「これはロシア式《しき》だ。寒《さむ》いとこや山《やま》の中《なか》はみんなこうさ。」

そして二人《ふたり》はその扉《と》をあけようとしますと、上《うえ》に黄《き》いろな字《じ》でこう書《か》いてありました。

「当軒《とうけん》は注文《ちゅうもん》の多《おお》い料理店《りょうりてん》ですからどうかそこはご承知《しょうち》ください。」

「なかなかはやってるんだ。こんな山《やま》の中《なか》で。」

「それあそうだ。見《み》たまえ、東京《とうきょう》の大《おお》きな料理屋《りょうりや》だって大通《おおどお》りにはすくないだろう。」

二人《ふたり》は言《い》いながら、その扉《と》をあけました。するとその裏側《うらがわ》に、

瀬戸《せと》　瀬戸物《せともの》。陶磁器《とうじき》。

なんぎ　難儀《なんぎ》。苦労《くろう》。

「注文《ちゅうもん》はずいぶん多《おお》いでしょうがどうか一々《いちいち》こらえて*ください。」

「これはぜんたいどういうんだ。」ひとりの紳士《しんし》は顔《かお》をしかめました。

「うん、これはきっと注文《ちゅうもん》があまり多《おお》くて支度《したく》が手間取《てまど》るけれどもごめんくださいとこういうことだ。」

「そうだろう。早《はや》くどこか室《へや》の中《なか》にはいりたいもんだな。」

「そしてテーブルに座《すわ》りたいもんだな。」

ところがどうもうるさいことは、また扉《と》が一つありました。そしてそのわきに鏡《かがみ》がかかって、その下《した》には長《なが》い柄《え》のついたブラシが置《お》いてあったのです。

扉《と》には赤《あか》い字《じ》で、

「お客《きゃく》さまがた、ここで髪《かみ》をきちんとして、それからはきものの泥《どろ》を落《おと》してください。」

と書《か》いてありました。

「これはどうももっともだ。僕《ぼく》もさっき玄関《げんかん》で、山《やま》のなかだとおもって見《み》くびったんだよ。」

「作法《さほう》の厳《きび》しい家《うち》だ。きっとよほど偉《えら》い人《ひと》たちが、たびたび来《く》るんだ。」

そこで二人《ふたり》は、きれいに髪《かみ》をけずって、靴《くつ》の泥《どろ》を落《おと》しました。

そしたら、どうです。ブラシを板《いた》の上《うえ》に置《お》くや否《いな》や、そいつがぼうっとかすんでなくなって、風《かぜ》がどうっと室《へや》の中《なか》に入《はい》ってきました。

二人《ふたり》はびっくりして、互《たがい》によりそって、扉《と》をがたんと開《あ》けて、次《つぎ》の室《へや》へ入《はい》っていきました。早《はや》くなにか暖《あたたか》いものでもたべて、元気《げんき》をつけておかないと、もう途方《とほう》もないことになってしまうと、二人《ふたり》とも思《おも》ったのでした。

扉《と》の内側《うちがわ》に、また変《へん》なことが書《か》いてありました。

「鉄砲《てっぽう》と弾丸《たま》をここへ置《お》いてください。」

見《み》るとすぐ横《よこ》に黒《くろ》い台《だい》がありました。

「なるほど、鉄砲《てっぽう》を持《も》ってものを食《く》うという法《ほう》はない。*」

こらえて　がまんして。

法《ほう》はない　作法《さほう》はない。

「いや、よほど偉《えら》いひとが始終来《しじゅうき》ているんだ。」

二人《ふたり》は鉄砲《てっぽう》をはずし、帯皮《おびかわ》を解《と》いて、それを台《だい》の上《うえ》に置《お》きました。

また黒《くろ》い扉《と》がありました。

「どうか帽子《ぼうし》と外套《がいとう》と靴《くつ》をおとりください。」

「どうだ、とるか。」

「仕方《しかた》ない、とろう。たしかによっぽどえらいひとなんだ。奥《おく》に来《き》ているのは。」

二人《ふたり》は帽子《ぼうし》とオーバーコートを釘《くぎ》にかけ、靴《くつ》をぬいでぺたぺたあるいて扉《と》の中《なか》にはいりました。

扉《と》の裏側《うらがわ》には、

「ネクタイピン、カフスボタン、眼鏡《めがね》、財布《さいふ》、その他金物類《たかなものるい》、
ことに尖《とが》ったものは、みんなここに置《お》いてください。」

と書《か》いてありました。扉《と》のすぐ横《よこ》には黒塗《くろぬ》りの立派《りっぱ》な金庫《きんこ》も、ちゃんと口《くち》を開《あ》けて置《お》いてありました。鍵《かぎ》まで添《そ》えてあったのです。

「ははあ、なにかの料理《りょうり》に電気《でんき》をつかうとみえるね。金気《かなけ》のものはあぶない。ことに尖《とが》ったものはあぶないとこう言《い》うんだろう。」

「そうだろう。してみると勘定《かんじょう》は帰《かえ》りにここで払《はら》うのだろうか。」

「どうもそうらしい。」

「そうだ。きっと。」

二人《ふたり》はめがねをはずしたり、カフスボタンをとったり、みんな金庫《きんこ》の中《なか》に入《い》れて、ぱちんと錠《じょう》をかけました。

すこし行《い》きますとまた扉《と》があって、その前《まえ》に硝子《ガラス》の壺《つぼ》が一《ひと》つありました。扉《と》にはこう書《か》いてありました。

「壺《つぼ》のなかのクリームを顔《かお》や手足《てあし》にすっかり塗《ぬ》ってください。」

みるとたしかに壺《つぼ》のなかのものは牛乳《ぎゅうにゅう》のクリームでした。

「クリームを塗《ぬ》れというのはどういうんだ。」

「これはね、外《そと》がひじょうに寒《さむ》いだろう。室《へや》のなかがあんまり暖《あたたか》いとひびがきれるから、その予防《よぼう》なんだ。どうも奥《おく》には、よほどえらいひとがきている。こんなとこで、案外《あんがい》ぼくらは、貴族《きぞく》とちかづき*になるかも知《し》れないよ。」

二人《ふたり》は壺《つぼ》のクリームを、顔《かお》に塗《ぬ》って手《て》に塗《ぬ》ってそれから靴下《くつした》をぬいで足《あし》に塗《ぬ》りました。それでもまだ残《のこ》っていましたから、それは二人《ふたり》ともめいめいこっそり顔《かお》へ塗《ぬ》るふりをしながら喰《た》べました。

それから大急《おおいそ》ぎで扉《と》をあけますと、その裏側《うらがわ》には、

「クリームをよく塗《ぬ》りましたか。耳《みみ》にもよく塗《ぬ》りましたか。」

と書《か》いてあって、ちいさなクリームの壺《つぼ》がここにも置《お》いてありました。

「そうそう、ぼくは耳《みみ》には塗《ぬ》らなかった。あぶなく耳《みみ》にひびを切《き》らすとこだった。ここの主人《しゅじん》はじつに用意周到《よういしゅうとう》*だね。」

「ああ、細《こま》かいとこまでよく気《き》がつくよ。ところでぼくは早《はや》くなにか喰《た》べたいんだが、どうもこうどこまでも廊下《ろうか》じゃしかたないね。」

ちかづき　知《し》り合《あ》いになる。親《した》しくなる。

用意周到《よういしゅうとう》　用意《ようい》が万全《ばんぜん》で手抜《てぬ》かりのないこと。

クリームを
すっかり
塗ってください

するとすぐその前《まえ》に次《つぎ》の戸《と》がありました。

「料理《りょうり》はもうすぐできます。

十五分《じゅうごふん》とお待《ま》たせはいたしません。

すぐたべられます。

早《はや》くあなたの頭《あたま》に瓶《びん》の中の香水《こうすい》をよく振《ふ》りかけてください。」

そして戸《と》の前《まえ》には金《きん》ピカの香水《こうすい》の瓶《びん》が置《お》いてありました。

二人《ふたり》はその香水《こうすい》を、頭《あたま》へぱちゃぱちゃ振《ふ》りかけました。

ところがその香水《こうすい》は、どうも酢《す》のような匂《におい》がするのでした。

「この香水《こうすい》はへんに酢《す》くさい。どうしたんだろう。」

「まちがえたんだ。下女《げじょ》が風邪《かぜ》でも引《ひ》いてまちがえて入《い》れたんだ。」

二人《ふたり》は扉《と》をあけて中《なか》にはいりました。

扉《と》の裏側《うらがわ》には、大《おお》きな字《じ》でこう書《か》いてありました。

「いろいろ注文《ちゅうもん》が多《おお》くてうるさかったでしょう。お気《き》の毒《どく》でした。

もうこれだけです。どうかからだ中《じゅう》に、壺《つぼ》の中《なか》の塩《しお》をたくさんよくもみ込《こ》んでください。」

なるほど立派《りっぱ》な青《あお》い瀬戸《せと》の塩壺《しおつぼ》は置《お》いてありましたが、こんどというこんどは二人《ふたり》ともぎょっとしてお互《たがい》にクリームをたくさん塗《ぬ》った顔《かお》を見合《みあわ》せました。

「どうもおかしいぜ。」

「ぼくもおかしいとおもう。」

「沢山《たくさん》の注文《ちゅうもん》というのは、向《む》こうがこっちへ注文《ちゅうもん》してるんだよ。」

「だからさ、西洋料理店《せいようりょうりてん》というのは、ぼくの考《かんが》えるところでは、西洋料理《せいようりょうり》を、来《き》た人《ひと》にたべさせるのではなくて、来《き》た人《ひと》を西洋料理《せいようりょうり》にして、食《た》べてやる家《うち》とこういうことなんだ。これは、その、つ、つ、つ、つまり、ぼ、ぼ、ぼくらが……。」がたがたがたがた、ふるえだしてもうものが言《い》えませんでした。

「その、ぼ、ぼくらが、……うわあ。」がたがたがたがたふるえだして、もうものが言《い》えませんでした。

「遁《に》げ……。」がたがたしながら一人《ひとり》の紳士《しんし》はうしろの戸《と》を押《お》そうとしましたが、どうです、戸《と》はもう一分《いちぶ》も*動《うご》きませんでした。

奥《おく》の方《ほう》にはまだ一枚扉《いちまいと》があって、大《おお》きなかぎ穴《あな》が二《ふた》つつき、銀《ぎん》いろのホークとナイフの形《かたち》が切《き》りだしてあって、

「いや、わざわざご苦労《くろう》です。
大《たい》へん結構《けっこう》にできました。
さあさあおなかにおはいりください。*」

と書《か》いてありました。おまけにかぎ穴《あな》からはきょろきょろ二《ふた》つの青《あお》い眼玉《めだま》がこっちをのぞいています。

「うわあ。」がたがたがたがた。

「うわあ。」がたがたがたがた。

一分《いちぶ》も　少《すこ》しも。一分《ぶ》は約《やく》三ミリメートル。

おなかにおはいりください　「おなか」は実《じつ》は「お腹《なか》」の意《い》でもあり、腹《はら》の中《なか》に入《はい》れ＝食《く》われてくださいと暗《あん》に述《の》べているのである。

ふたりは泣《な》きだしました。

すると戸《と》の中《なか》では、こそこそこんなことを言《い》っています。

「だめだよ。もう気《き》がついたよ。塩《しお》をもみこまないようだよ。」

「あたりまえさ。親分《おやぶん》の書《か》きようがまずいんだ。あすこへ、いろいろ注文《ちゅうもん》が多《おお》くてうるさかったでしょう、お気《き》の毒《どく》でしたなんて、間抜《まぬ》けたことを書《か》いたもんだ。」

「どっちでもいいよ。どうせぼくらには、骨《ほね》も分《わ》けてくれやしないんだ。」

「それはそうだ。けれどももしここへあいつらがはいって来《こ》なかったら、それはぼくらの責任《せきにん》だぜ。」

「呼《よ》ぼうか、呼《よ》ぼう。おい、お客《きゃく》さん方《がた》、早《はや》くいらっしゃい。いらっしゃい。いらっしゃい。お皿《さら》も洗《あら》ってありますし、菜《な》っ葉《ぱ》ももうよく塩《しお》でもんでおきました。あとはあなたがたと、菜《な》っ葉《ぱ》をうまくとりあわせて、まっ白《しろ》なお皿《さら》にのせるだけです。はやくいらっしゃい。」

「へい、いらっしゃい、いらっしゃい。それともサラド*はお嫌《きら》いですか。そんならこれから火《ひ》を起《おこ》してフライにしてあげましょうか。とにかくはやくいらっしゃい。」

二人《ふたり》はあんまり心《こころ》を痛《いた》めたために、顔《かお》がまるでくしゃくしゃの紙屑《かみくず》のようになり、お互《たがい》にその顔《かお》を見合《みあわ》せ、ぶるぶるふるえ、声《こえ》もなく泣《な》きました。

中《なか》ではふっふっとわらってまた叫《さけ》んでいます。

「いらっしゃい、いらっしゃい。そんなに泣《な》いては折角《せっかく》のクリームが流《なが》れるじゃありませんか。へい、ただいま。じきもってまいります。さあ、早《はや》くいらっしゃい。」

「早《はや》くいらっしゃい。親方《おやかた》がもうナフキンをかけて、ナイフをもって、舌《した》なめずりして、お客《きゃく》さま方《がた》を待《ま》っていられます。」

二人《ふたり》は泣《な》いて泣《な》いて泣《な》いて泣《な》いて泣《な》きました。

そのときうしろからいきなり、

「わん、わん、ぐわあ。」という声《こえ》がして、あの白熊《しろくま》のような犬《いぬ》が二疋《にひき》、扉《と》をつきやぶって室《へや》の中《なか》に飛《と》びこんできました。鍵穴《かぎあな》の眼玉《めだま》はたちまちなくなり、犬《いぬ》どもはううとうなっ

サラド　(salad) サラダ。

てしばらく室《へや》の中《なか》をくるくる回《まわ》っていましたが、また一声《ひとこえ》、「わん。」と高《たか》く吠《ほ》えて、いきなり次《つぎ》の扉《と》に飛《と》びつきました。戸《と》はがたりとひらき、犬《いぬ》どもは吸《す》いこまれるように飛《と》んでいきました。

その扉《と》の向《むこ》うのまっくらやみのなかで、

「にゃあお、くわあ、ごろごろ。」という声《こえ》がして、それからがさがさ鳴《な》りました。

室《へや》はけむりのように消《き》え、二人《ふたり》は寒《さむ》さにぶるぶるふるえて、草《くさ》の中《なか》に立《た》っていました。

見《み》ると、上着《うわぎ》や靴《くつ》や財布《さいふ》やネクタイピンは、あっちの枝《えだ》にぶらさがったり、こっちの根《ね》もとにちらばったりしています。風《かぜ》がどうと吹《ふ》いてきて、草《くさ》はざわざわ、木《こ》の葉《は》はかさかさ、木《き》はごとんごとんと鳴《な》りました。

犬《いぬ》がふうとうなって戻《もど》ってきました。

そしてうしろからは、

「旦那《だんな》あ、旦那《だんな》あ。」と叫《さけ》ぶものがあります。

二人《ふたり》はにわかに元気《げんき》がついて、

「おおい、おおい、ここだぞ、早《はや》く来《こ》い。」と叫《さけ》びました。
簑帽子《みのぼうし》*をかぶった専門《せんもん》の猟師《りょうし》が、草《くさ》をざわざわ分《わ》けてやってきました。
そこで二人《ふたり》はやっと安心《あんしん》しました。
そして猟師《りょうし》のもってきた団子《だんご》をたべ、途中《とちゅう》で十円《じゅうえん》だけ山鳥《やまどり》を買《か》って東京《とうきょう》に帰《かえ》りました。
しかし、さっき一《いっ》ぺん紙《かみ》くずのようになった二人《ふたり》の顔《かお》だけは、東京《とうきょう》に帰《かえ》っても、お湯《ゆ》にはいっても、もうもとのとおりになおりませんでした。*

（一九二一年《ねん》十一月《がっ》十日《か》）

（一九二四年刊《ねんかん》『注文《ちゅうもん》の多《おお》い料理店《りょうりてん》』所収《しょしゅう》）

簑帽子《みのぼうし》　茅《かや》や菅《すげ》などの茎葉《けいよう》を編《あ》んで作《つく》った雨《あま》よけの帽子《ぼうし》。

もとのとおりになおりませんでした　ふたりの紳士《しんし》が山猫軒《やまねこけん》で体験《たいけん》した恐怖《きょうふ》の凄《すさ》まじさを暗示《あんじ》する結語《けつご》である。童話調《どうわちょう》の語《かた》り口《くち》が、かえって事件《じけん》の不穏《ふおん》さを高《たか》めている。

幻《げん》妖《よう》チャレンジ！

蛇《へび》くひ

泉《いずみ》鏡《きょう》花《か》

西《にし》は神通川《じんつうがは》の堤防《ていばう》を以《もつ》て劃《かぎり》とし、東《ひがし》は町盡《まちはづれ》の樹林境《じゆりんさかひ》を爲《な》し、南《みなみ》は海《うみ》に到《いた》りて盡《つ》き、北《きた》は立山《りふざん》の麓《ふもと》に終《をは》る。此間《このあひだ》十里《じふり》見通《みとほ》しの原野《げんや》にして、山水《さんすゐ》の佳景《かけい》いふべからず。其川幅《そのかははゞ》最《もつと》も廣《ひろ》く、町《まち》に最《もつと》も近《ちか》く、野《の》の稍《やゝ》狹《せま》き處《ところ》を郷屋敷田畝《がうやしきたんぼ》と稱《とな》へて、雲雀《ひばり》の巣獵《すあさり》、野草摘《のぐさつみ》に妙《めう》なり。此處《こゝ》往時《むかし》北越《ほくゑつ》名代《なだい》の健兒《けんじ》、佐々成政《さつさなりまさ》の別業《べつげふ》の舊跡《あと》にして、今《いま》も殘《のこ》れる築山《つきやま》は小富士《こふじ》と呼《よ》びぬ。

傍《かたへ》に一本《いつぽん》、榎《えのき》を植《う》ゆ、年經《としふ》る大樹鬱蒼《たいじゆうつさう》と繁茂《しげ》りて、晝《ひる》も梟《ふくろふ》の威《ゐ》を扶《たす》けて鴉《からす》に塒《ねぐら》を貸《か》さず、夜陰人靜《やいんひとしづ》まりて一陣《いちぢん》の風枝《かぜえだ》を拂《はら》へば、愁然《しうぜん》たる聲《こゑ》ありておうおうと唸《うめ》くが如《ごと》し。

されば爰《こゝ》に忌《い》むべく恐《おそ》るべきを（おう）に譬《たと》へて、假《かり》に（應《おう》）といへる一種異樣《いつしゆいやう》の乞食《こつじき》ありて、郷屋敷田畝《がうやしきたんぼ》を徘徊《はいくわい》す。驚破《すは》「應《おう》」來《きた》れりと叫《さけ》ぶ時《とき》は、幼童婦女子《えうどうふぢよし》は遁隱《にげかく》れ、孩兒《がいじ》も怖《おそ》れて夜泣《よなき》を止《とゞ》む。

「應《おう》」は普通《ふつう》の乞食《こつじき》と齊《ひと》しく、見《み》る影《かげ》もなき貧民《ひんみん》なり。頭髮《とうはつ》は婦人《をんな》のごとく長《なが》く伸《の》びたるを結《むす》ばず、肩《かた》より垂《た》れて踵《かゝと》に到《いた》る。跣足《せんそく》にて行歩《かうほ》甚《はなは》だ健《けん》なり。容顏隱險《ようがんいんけん》の氣《き》を帶《お》び、耳敏《みゝさと》く、氣銳《きするど》し。各自《おの〳〵》一條《いちでう》の杖《つゑ》を携《たづさ》へ、續々《ぞく〳〵》市街《しがい》に入込《いりこ》みて、軒每《のきごと》に食《しよく》を求《もと》め、與《あた》へざれば敢《あへ》て去《さ》らず。

初《はじ》めは人皆懊惱《ひとみなうるさゝ》に堪《た》へずして、渠等《かれら》を罵《のゝし》り懲《こ》らせしに、爭《あらそ》はずして一旦《いつたん》は去《さ》れども、翌《よく》日《じつ》驚《おどろ》く可《べ》き報怨《しかへし》を蒙《かうむ》りてより後《のち》は、見《み》す〳〵米錢《べいせん》を奪《うば》はれけり。

渠等《かれら》は己《おのれ》を拒《こば》みたる者《もの》の店前《みせさき》に集《あつま》り、或《あるひ》は戶口《とぐち》に立並《たちなら》び、御繁昌《ごはんじやう》の旦那《だんな》吝《けち》にして食《しよく》を與《あた》へず、餓《う》ゑて食《くら》ふものの何《なに》なるかを見《み》よ、と叫《さけ》びて、袂《たもと》を探《さ》ぐれば畝々《うね〳〵》と這出《はひい》づる蛇《くちなは》を摑《つか》みて、引斷《ひきちぎ》りては舌鼓《したうち》して咀嚼《そしやく》し、疊《たゝみ》とも言《い》はず、敷居《しきゐ》ともいはず、吐出《はきいだ》しては舐《ねぶ》る態《さま》は、ちらと見《み》るだに嘔吐《おうど》を催《もよほ》し、心弱《こゝろよわ》き婦女子《ふぢよし》は後三日《のちみつか》の食《しよく》を廢《はい》して、病《やまひ》を得《え》ざるは寡《すく》なし。

凡《およ》そ幾百戶《いくひやくこ》の富家《ふか》、豪商《がうしやう》、一度《いちど》づゝ、此復讐《このしかへし》に遭《あ》はざるはなかりし。渠等《かれら》の無賴《ぶらい》なる幾《いく》度《たび》も此擧動《このきよどう》を繰返《くりかへ》すに憚《はゞか》る者《もの》ならねど、衆《ひと》は其乞《そのこ》ふが隨意《まゝ》に若干《じやくかん》の物品《もの》を投《とう》じて、其惡戲《そのあくぎ》を演《えん》ぜざらむことを謝《しや》するを以《も》て、蛇食《へびくひ》の藝《げい》は暫時休憩《ざんじきうけい》を呟《つぶや》きぬ。

渠等《かれら》米錢《べいせん》を惠《めぐ》まる丶時《とき》は、「お月樣幾《つきさまいく》つ」と一齊《いつせい》に叫《さけ》び連《つ》れ、後《あと》をも見《み》ずして走《はし》り去《さ》るなり。ただ貧家《ひんか》を訪《と》ふことなし。去《さ》りながら外面《おもて》に窮乏《きうばふ》を粧《よそほ》ひ、囊中《なうちう》却《かへつ》て溫《あたゝか》なる連中《れんぢう》には、頭《あたま》から此一藝《このいちげい》を演《えん》じて、其家《そこ》の女房娘等《にようばうむすめら》が色《いろ》を變《へん》ずるにあらざれば、決《けつ》して止《や》むることなし。法《はふ》はいまだ一個人《いつこじん》の食物《しよくもつ》に干渉《かんせふ》せざる以上《いじやう》は、警吏《けいり》も施《ほどこ》すべき手段《しゆだん》なきを如何《いかん》せむ。

蝗《いなご》、蛭《ひる》、蛙《かへる》、蜥蜴《とかげ》の如《ごと》きは、最《もつと》も喜《よろこ》びて食《しよく》する物《もの》とす。語《ご》を寄《よ》す（應《おう》）よ、願《ねが》はくはせめて糞汁《ふんじふ》を啜《すゝ》ることを休《や》めよ。もし之《これ》を味噌汁《みそしる》と洒落《しやれ》て用《もち》ゐらるゝに至《いた》らば、十萬石《じふまんごく》の稻《いね》は恐《おそ》らく立處《たちどころ》に枯《か》れむ。

最《もつと》も饗膳《きやうぜん》なりとて珍重《ちんちよう》するは、長蟲《ながむし》の茹初《ゆでたて》なり。蛇《くちなは》の料理鹽梅《れうりあんばい》を潛《ひそ》かに見《み》たる人《ひと》の語《かた》りけるは、（應《おう》）が常住《じやうぢう》の居所《ねどころ》なる、屋根《やね》なき褥《しとね》なき郷屋敷田畝《がうやしきたんぼ》の眞中《まんなか》に、銅《あかゞね》にて鑄《い》たる鼎《かなへ》（に類《るゐ》す）を据《す》ゑ、先《ま》づ河水《かはみづ》を汲《く》み入《い》るゝこと八分目餘《はちぶんめよ》、用意《ようい》了《をは》れば直《たゞ》ちに走《はし》りて、一本《いつぽん》榎《えのき》の洞《うろ》より數十條《すうじふでう》の蛇《くちなは》を捕《とら》へ來《きた》り、投込《なげこ》むと同時《どうじ》に目《め》の緻密《こまか》なる笊《ざる》を蓋《おほ》ひ、上《うへ》には犇《ひし》と大《たい》石《せき》を置《お》き、枯草《こさう》を燻《ふす》べて、下《した》より爆燬《ぱツく》と火《ひ》を焚《た》けば、長蟲《ながむし》は苦悶《くもん》に堪《た》へず蜒轉廻《のたうちまは》り、遁《のが》れ

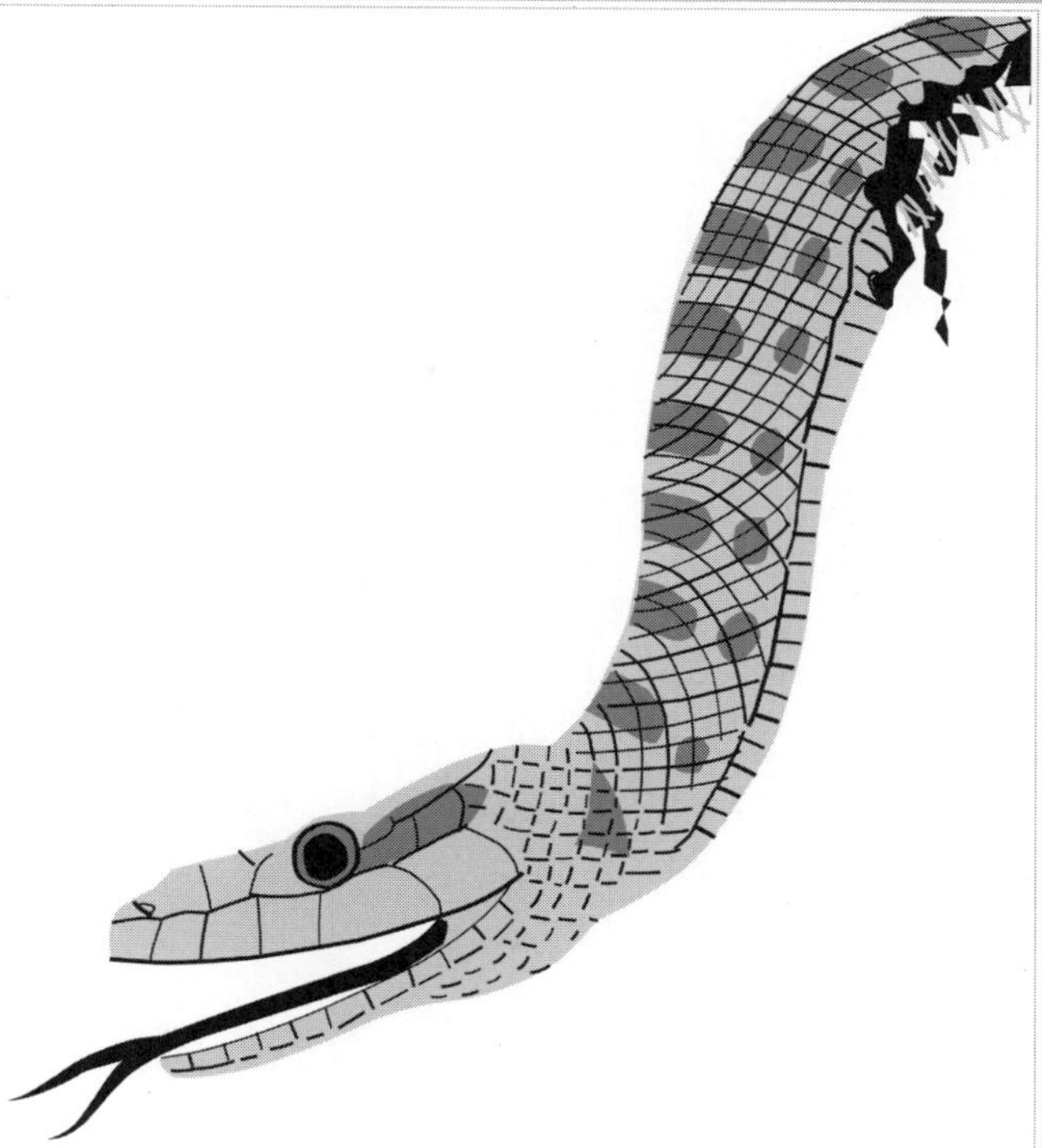

出《い》でんと吐《は》き出《いだ》す纖舌炎《せんぜつほのほ》より紅《あか》く、笊《ざる》の目《め》より突出《つきいだ》す頭《かしら》を握《にぎ》り持《も》ちてぐツと引《ひ》けば、脊骨《せぼね》は頭《かしら》に附《つ》きたるまゝ、外《そと》へ拔出《ぬけい》づるを棄《す》てて、屍傍《しかばねかたへ》に堆《うづたか》く、湯《ゆ》の中《なか》に煮《に》えたる肉《にく》をむしや——むしや喰《く》らへる樣《さま》は、身《み》の毛《け》も戰慄《よだ》つばかりなりと。

（應《おう》）とは殘忍《ざんにん》なる乞丐《きつかい》の聚合《しうがふ》せる一團體《いちだんたい》の名《な》なることは、此一《このいち》を推《お》しても知《し》る可《べ》きのみ。生《い》ける犬《いぬ》を屠《ほふ》りて鮮血《せんけつ》を啜《すゝ》ること、美《うつく》しく咲《さ》ける花《はな》を蹂躪《じうりん》すること、玲瓏《れいろう》たる月《つき》に向《むか》うて馬糞《ばふん》を擲《なげう》つことの如《ごと》きは、言《い》はずして知《し》るべきのみ。

然《しか》れども此《こ》の白晝横行《はくちうわうぎやう》の惡魔《あくま》は、四時《しじ》恆《つね》に在《あ》る者《もの》にはあらず。或《あるひ》は週《しう》を隔《へだ》てて歸《かへ》り、或《あるひ》は月《つき》をおきて來《きた》る。其去《そのさ》る時來《ときき》たる時《とき》、進退《しんたい》常《つね》に頗《すこぶ》る奇《き》なり。

一人榎《いちにんえのき》の下《もと》に立《た》ちて、「お月樣幾《つきさまいく》つ」と叫《さけ》ぶ時《とき》は、幾多《いくた》の（應《おう》）等《ら》同音《どうおん》に「お十三七《じふさんなゝ》つ」と和《わ》して、飛禽《ひきん》の翅《つばさ》か、走獸《そうじう》の脚《あし》か、一躍疾走《いちやくしつそう》して忽《たちま》ち見《み》えず。彼堆《かのうづたか》く積《つ》める蛇《くちなは》の屍《しかばね》も、彼等將《かれらまさ》に去《さ》らむとするに際《さい》しては、穴《あな》を穿《うが》ちて盡《ことごと》く埋《うづ》むるなり。さても清風《せいふう》吹《ふ》きて不《ふ》淨《じやう》を掃《はら》へば、山野一點《さんやいつてん》の妖氛《えうふん》をも止《とゞ》めず。或時《あるとき》は日《ひ》の出《い》づる立山《りふざん》の方《かた》より、或時《あるとき》は神通川《じんつうがは》を日沒《にちぼつ》の海《うみ》より溯《さかのぼ》り、榎《えのき》の木蔭《こかげ》に會合《くわいがふ》して、お月樣《つきさま》と呼《よ》び、お十三《じふさん》と和《わ》し、パラリと散《ち》つて三々五々《さんくごゞ》、彼杖《かのつゑ》の響《ひゞ》く處《ところ》妖氛《えうふん》人《ひと》を襲《おそ》ひ、變幻《へんげん》出沒《しゆつぼつ》極《きはま》りなし。

されば郷屋敷田畝《がうやしきたんぼ》は市民《しみん》のために天工《てんこう》の公園《こうゑん》なれども、隱然《いんぜん》（應《おう》）が支配《しはい》する所《ところ》となりて、猶餅《なほもち》に黴菌《かび》あるごとく、薔薇《しやうび》に刺《とげ》あるごとく、渠等《かれら》が居《きよ》を恣《ほしいまゝ》にする間《あひだ》は、一人《いちにん》も此惜《このをし》むべき共樂《きようらく》の園《その》に赴《おもむ》く者《もの》なし。其去《そのさ》つて暫時《ざんじ》來《きた》らざる間《あひだ》を窺《うかゞ》うて、老若《らうにやく》争《あらそ》うて散策野遊《さんさくやいう》を試《こゝろ》む。

さりながら應《おう》が影《かげ》をも止《とゞ》めざる時《とき》だに、厭《いと》ふべき蛇喰《へびくひ》を思《おも》ひ出《いだ》さしめて、折角《せつかく》の愉快《ゆくわい》も打消《うちけ》され、掃愁《さうしう》の酒《さけ》も醒《さ》むるは、各自《かくじ》が伴《ともな》ひ行《ゆ》く幼《をさな》き者《もの》の唱歌《しやうか》なり。

草《くさ》を摘《つ》みつつ歌《うた》ふを聞《き》けば、

拾乎《ひらを》、拾乎《ひらを》、豆拾乎《まめひらを》、
鬼《おに》の來《こ》ぬ間《ま》に豆拾乎《まめひらを》。

古老《こらう》は眉《まゆ》を顰《ひそ》め、壯者《さうしや》は腕《うで》を扼《やく》し、嗚呼《あゝ》、兒等《こら》不祥《ふしやう》なり。輟《や》めよ、輟《や》めよ、何《なん》ぞ君《きみ》が代《よ》を細石《さゞれいし》に壽《ことぶ》かざる！

などと小言《こごと》をおつしやるけれど、拾《ひろ》はにやならぬ、いんまの間《ま》。

斯《か》くの如《ごと》く言消《いひけ》して更《さら》に又《また》、

拾乎《ひらを》、拾乎《ひらを》、豆拾乎《まめひらを》、

鬼《おに》の來《こ》ぬ間《ま》に豆拾乎《まめひらを》。

と唱《とな》へ出《いだ》す節《ふし》は泣《な》くがごとく、怨《うら》むがごとく、いつも（應《おう》）の來《きた》りて市街《しがい》を横行《わうかう》するに從《したが》うて、件《くだん》の童謠東西《どうえうとうざい》に湧《わ》き、南北《なんぼく》に和《わ》し、言語《ごんご》に斷《た》えたる不快嫌惡《ふくわいけんを》の情《じやう》を喚起《よびおこ》して、市人《いちびと》の耳《みゝ》を掩《おほ》はざるなし。

童謠《どうえう》は（應《おう》）が始《はじ》めて來《きた》りし稍《やゝ》以前《いぜん》より、何處《いづこ》より傳《つた》へたりとも知《し》らず流行《りうかう》せるものにして、爾來父母姉兄《じらいふぼしけい》が誑《だま》しつ、賺《すか》しつ制《せい》すれども、頑《ぐわん》として少《すこ》しも肯《き》かざりき。

都人士《とじんし》もし此事《このこと》を疑《うたが》はば、請《こ》ふ直《たゞ》ちに來《きた》れ。上野《うへの》の汽車最後《きしやさいご》の停車場《ステエシヨン》に達《たつ》すれば、碓氷峠《うすひたうげ》の馬車《ばしや》に搖《ゆ》られ、再《ふた》び汽車《きしや》にて直江津《なほえつ》に達《たつ》し、海路一文字《かいろいちもんじ》に伏木《ふしき》に至《いた》れば、腕車十錢《わんしやじつせん》富山《とやま》に赴《おもむ》き、四十物町《あへものちやう》を通《とほ》り拔《ぬ》けて、町盡《まちはづれ》の杜《もり》を潜《くゞ》らば、洋々《やう〳〵》たる大河《たいが》と共《とも》に漠々《ばく〳〵》たる原野《げんや》を見《み》む。其處《そこ》に長髮敝衣《ちやうはつへいい》の怪物《くわいぶつ》を見《み》とめなば、寸時《すんじ》も早《はや》く踵《くびす》を回《かへ》されよ。もし幸《さいはひ》に市民《しみん》に逢《あ》はば、進《すゝ》んで低聲《ていせい》に（應《おう》）は？と聞《き》け、彼《かれ》の變《へん》ずる顏色《がんしよく》は口《くち》より先《さき》に答《こたへ》をなさむ。

無《む》意《い》無《む》心《しん》なる幼童《えうどう》は天使《てんし》なりとかや。げにもさきに童謡《どうえう》ありてより（應《おう》）の來《きた》るに一月《ひとつき》を措《お》かざりし。然《しか》るに今《いま》は此歌稀々《このうたまれ〳〵》になりて、更《さら》にまた奇異《きい》なる謠《うた》は、

屋敷田畝《やしきたんぼ》に光《ひか》る物《もの》ア何《なん》ぢや、
蟲《むし》か、螢《ほたる》か、螢《ほたる》の蟲《むし》か、
蟲《むし》でないのぢや、目《め》の玉《たま》ぢや。

頃日《けいじつ》至《いた》る處《ところ》の辻《つじ》にこの聲《こゑ》を聞《き》かざるなし。目《め》の玉《たま》、目《め》の玉《たま》！　赫奕《かくやく》たる此《こ》の明星《みやうじやう》の持主《もちぬし》なる、（應《おう》）の巨魁《きよくわい》が出現《しゆつげん》の機熟《きじゆく》して、天《てん》公《こう》其《そ》の使者《ししや》の口《くち》を藉《か》りて、豫《あらかじ》め引《いん》をなすものならむか。

（「新著月刊《しんちょげっかん》」一八九八年《ねん》三月号掲載《がつごうけいさい》）

〔現代語訳《げんだいごやく》〕

西《にし》は神通川《じんづうがわ》の堤防《ていぼう》を区切《くぎり》とし、東《ひがし》は町《まち》はずれの樹林《じゅりん》が境目《さかいめ》となり、南《みなみ》は海《うみ》に至《いた》って尽《つ》き、北《きた》は立山《たてやま》連峰《れんぽう》の麓《ふもと》に終《お》わる。その間《あいだ》は十里《じゅうり》（約《やく》四〇キロメートル）が見通《みとお》せる原野《げんや》であって、山《やま》と水《みず》をそなえた景色《けしき》の美《うつく》しさは言《い》いようもない。その川幅《かわはば》が最《もっと》も広《ひろ》く、町《まち》に最《もっと》も近《ちか》く、野原《のはら》のやや狭《せま》くなった処《ところ》を郷屋敷田畝《ごうやしきたんぼ》と呼《よ》んで、雲雀《ひばり》の巣《す》を探《さが》し求《もと》めたり、野草《やそう》を摘《つ》むのに恰好《かっこう》の場所《ばしょ》となっている。

ここは昔《むかし》、北越地方《ほくえつちほう》に勇名《ゆうめい》を馳《は》せた武将《ぶしょう》・佐々成政《さっさなりまさ》の別邸《べってい》があった旧蹟《きゅうせき》で、今《いま》も残《のこ》る築山《つきやま》（庭園《ていえん》などに築《きず》かれた人工《じんこう》の小山《こやま》）は小富士《こふじ》と呼《よ》ばれている。

そのそばには一樹《いちじゅ》の榎《えのき》が植《う》えられており、年《とし》を経《へ》た大樹《たいじゅ》は鬱蒼《うっそう》と繁茂《はんも》して、昼《ひる》でも暗《くら》いため梟《ふくろう》が威《い》嚇《かく》するので鴉《からす》も寄《よ》りつかず、夜《よる》になって人々《ひとびと》が寝静《ねしず》まり、ひとしきり風《かぜ》が枝《えだ》を吹《ふ》きはらえば、物哀《ものがな》しげな声《こえ》が「おうおう」と呻《うめ》くかのように聞《き》こえる。

それゆえ今《いま》ここに、忌《い》まわしく恐《おそ》るべきさまを、この「おう」の声《こえ》に譬《たと》えて、仮《かり》に「応《おう》」と呼《よ》ぶ一《いっ》種異様《しゅいよう》な乞食《こじき》たちがいて、郷屋敷田畝一帯《ごうやしきたんぼいったい》を徘徊《はいかい》している。「そうら、応《おう》が来《き》たぞ！」と叫《さけ》ぶ声《こえ》がすれば、女子供《おんなこども》は逃《に》げ隠《かく》れ、赤《あか》ん坊《ぼう》も怖《こわ》がって夜泣《よな》きを止《や》める。

応《おう》は普通《ふつう》の乞食《こじき》と同様《どうよう》、見《み》るに堪《た》えない姿《すがた》の貧民《ひんみん》である。頭髪《とうはつ》は女性《じょせい》のように長《なが》く伸《の》ばして結《むす》ばず、肩《かた》から垂《た》れて踵《かかと》にまで達《たっ》している。裸足《はだし》だが、とても健脚《けんきゃく》である。顔《かお》つきは陰気《いんき》で意地悪《いじわる》そうに見《み》え、耳《みみ》が敏感《びんかん》で、気性《きしょう》が鋭《するど》い。それぞれが一本《いっぽん》の杖《つえ》を手《て》にして、ぞろぞろと町《まち》なかに入《はい》り込《こ》んでは、一軒《いっけん》一軒《いっけん》で食物《しょくもつ》を要求《ようきゅう》して、与《あた》えないと一向《いっこう》に立《た》ち去《さ》らない。最初《さいしょ》は誰《だれ》もが煩《わずら》わしさに堪《たま》りかねて、かれらを声高《こわだか》に非難《ひなん》し、懲《こ》らしめようとする。応《おう》はその場《ば》で争《あらそ》うことはせず、いったんは立《た》ち去《さ》るのだが、翌日《よくじつ》になって驚《おどろ》くべき報復《ほうふく》を受《う》けてからは、どの家《いえ》も仕方《しかた》なく米《こめ》や金銭《きんせん》を恵《めぐ》んでやることになるのだった。

かれらは施《ほどこ》しを拒《こば》んだ者《もの》の店先《みせさき》に寄《よ》り集《あつ》まり、あるいは戸口《とぐち》に立《た》ち並《なら》んで、「繁盛《はんじょう》しているこの家《いえ》の主人《しゅじん》は、けちで食物《くいもの》を恵《めぐ》んでくれない。餓《う》えた者《もの》が喰《く》らうのは何《なに》か、見《み》ていろよ！」と叫《さけ》んで、着《ちゃく》衣《い》の袂《たもと》からうねうねと這《は》い出《だ》す蛇《へび》を摑《つか》んで、引《ひ》き千切《ちぎ》っては舌鼓《したつづみ》を打《う》って噛《か》み砕《くだ》き、畳《たたみ》や敷居《しきい》に吐《は》き散《ち》らしては舐《な》めまわす。チラリと見《み》るだけでも吐《は》き気《け》をもよおし、心弱《こころよわ》い婦女子《ふじょし》は三日《みっか》ほど物《もの》を食《た》べることもできず、体調《たいちょう》を崩《くず》す者《もの》も多《おお》い。

およそ数百軒《すうひゃくけん》の金持《かねも》ちや豪商《ごうしょう》で、一度《いちど》もこの復讐《しかえし》に遭《あ》わない家《いえ》はなかった。応《おう》たちは無法者《むほうもの》なので、この行《おこ》ないを繰《く》りかえすことをためらったりしないが、人々《ひとびと》は乞《こ》われるままに、いくらかの金品《きんぴん》を投《な》げ与《あた》えて、かれらが悪戯《いたずら》を演《えん》じないことの報謝《ほうしゃ》としたので、蛇食《へびく》いの芸《げい》はしばらく休演《きゅうえん》となった。

応《おう》は米《こめ》や金銭《きんせん》を恵《めぐ》まれたときは、「お月様《つきさま》いくつ」といっせいに叫《さけ》び交《か》わして、後《うし》ろも見《み》ずに走《はし》り去《さ》る。ただし、貧乏《びんぼう》な家《いえ》を訪《おとず》れることはしない。けれども、表向《おもてむ》きは窮乏《きゅうぼう》しているように見《み》せかけ、こっそり懐《ふところ》を温《あたた》めている連中《れんちゅう》には、最初《さいしょ》からこの一芸《いちげい》を演《えん》じて、その家《いえ》の主婦《しゅふ》や娘《むすめ》たちが驚《おどろ》き恐《おそ》れて顔色《かおいろ》を変《か》えるまで、決《けっ》して止《や》めることはない。法律《ほうりつ》は一個人《いちこじん》の食物《しょくもつ》にまで干渉《かんしょう》するものではないから、警官《けいかん》も取《と》り締《し》まる手段《しゅだん》がないのは、どうしようもない。

蝗《いなご》、蛭《ひる》、蛙《かえる》、蜥蜴《とかげ》などは、かれらが最《もっと》も喜《よろこ》ぶ御馳走《ごちそう》である。私《わたし》はかれらに言《い》いたい。応《おう》よ、願《ねが》わくは、せめて糞汁《ふんじゅう》だけは啜《すす》らないでくれ。もしもそれを味噌汁《みそしる》だなどとふざけて言《い》われたら、十万石《じゅうまんごく》の稲《いね》もおそらくは、たちどころに枯《か》れてしまうだろうから。

かれらが一番《いちばん》の御馳走《ごちそう》として珍重《ちんちょう》するのは、長虫《ながむし》（蛇《へび》の異称《いしょう》）の茹《ゆ》でたてである。蛇《へび》の調理方法《ちょうりほうほう》をこっそり見《み》た人《ひと》が語《かた》るには、応《おう》が常《つね》にすみかとしている、屋根《やね》も敷物《しきもの》もない郷屋敷田畝《ごうやしきたんぼ》の真《ま》ん中《なか》に、銅製《どうせい》の鼎《かなえ》（らしきもの）を据《す》えて、まず川《かわ》の水《みず》を汲《く》み入《い》れること八分目《はちぶんめ》ほど、用意《ようい》が終《お》わったらすぐさま走《はし》ってゆき、一本榎《いっぽんえのき》の洞《うろ》の中《なか》から、数十匹《すうじゅっぴき》の蛇《へび》を捕《つか》まえて来《き》て、投《な》げ込《こ》むと同時《どうじ》に目《め》の細《こま》かい笊《ざる》をかぶせ、上《うえ》にはしっかり大石《おおいし》を置《お》いて、枯草《かれくさ》で燻《いぶ》して、下《した》からパッパと火《ひ》を焚《た》けば、長虫《ながむし》は苦悶《くもん》に堪《た》えきれずのたうちまわり、逃《に》げ出《だ》そうとして口《くち》から吐《は》く細《ほそ》い舌《した》は炎《ほのお》よりも赤《あか》く、笊《ざる》の目《め》から突《つ》き出《だ》す頭《あたま》を握《にぎ》り持《も》ってグッと引《ひ》けば、背骨《せぼね》は頭部《とうぶ》に付《つ》いたまま、外《そと》へ抜《ぬ》き出《だ》したのを放《ほう》り出《だ》して、残骸《ざんがい》がかたわらに山積《やまづ》みとなるなか、湯《ゆ》の中《なか》で煮《に》えた肉《にく》をムシャムシャ喰《く》らう様子《ようす》は、身《み》の毛《け》もよだつばかりだという。

「応《おう》」とは残忍《ざんにん》な乞食《こじき》たちが集合《しゅうごう》した一団体《いちだんたい》の名称《めいしょう》であることは、この一事《いちじ》から推察《すいさつ》しても分《わ》かるだろう。生《い》きた犬《いぬ》を殺《ころ》して鮮血《せんけつ》を啜《すす》ること、美《うつく》しく咲《さ》いた花《はな》を踏《ふ》みにじること、玲瓏《れいろう》と照《て》り輝《かがや》く月《つき》に向《む》かって馬《うま》の糞《ふん》を投《な》げつけることなどは、言《い》わなくてもそれと知《し》られるところだ。

けれども、この白昼《はくちゅう》に横行《おうこう》する悪魔《あくま》たちは、春夏《しゅんか》秋冬《しゅうとう》いつでも居《い》るわけではない。隔週《かくしゅう》で帰《かえ》ったり、隔月《かくげつ》で来《き》たりする。その去《さ》るときと来《く》るときの進退《しんたい》は、とても奇妙《きみょう》だ。

一人《ひとり》が榎《えのき》の下《した》に立《た》って「お月様《つきさま》いくつ」と叫《さけ》べば、幾多《いくた》の応《おう》たちが異口同音《いくどうおん》に「お十三七《じゅうさんなな》つ」と応《こた》えて、飛《と》ぶ鳥《とり》の翼《つばさ》か走《はし》る獣《けもの》の脚《あし》でもそなえているかのように、一躍《いちやく》して走《はし》り去《さ》り、たちまち姿《すがた》を消《け》す。うずたかく積《つ》み上《あ》げた蛇《へび》の死骸《しがい》も、かれらが立《た》ち去《さ》ろうとする際《さい》には、穴《あな》を掘《ほ》ってすべて埋《う》めてゆく。そうして清《きよ》らかな風《かぜ》が吹《ふ》いて不浄《ふじょう》を吹《ふ》き払《はら》えば、山野《さんや》にいささかも妖《あや》しい気配《けはい》をとどめることはない。あるときは朝日《あさひ》が昇《のぼ》る立山《たてやま》の方角《ほうがく》から、あるときは夕陽《ゆうひ》が沈《しず》む海《うみ》から神通川《じんづうがわ》をさかのぼり、榎《えのき》の木陰《こかげ》に会合《かいごう》して、「お月様《つきさま》」と呼《よ》びかけ、「お十三《じゅうさん》」と応《おう》じ、パラリと散《ち》って三々五々《さんさんごご》、かの杖《つえ》の響《ひび》くところ、妖気《ようき》は人《ひと》を襲《おそ》い、変幻出没《へんげんしゅつぼつ》きわまりなし。

それゆえ郷屋敷田畝《ごうやしきたんぼ》は、市民《しみん》にとって天然《てんねん》の公園《こうえん》であるにもかかわらず、陰《かげ》ながら応《おう》の支配《しはい》する場《ば》所《しょ》となって、あたかも餅《もち》に黴《かび》が生《しょう》ずるように、薔薇《ばら》に刺《とげ》があるように、かれらが我《わ》が物顔《ものがお》に居《い》ついている間《あいだ》は、誰一人《だれひとり》、この愛《あい》すべき市民共有《しみんきょうゆう》の楽園《らくえん》に足《あし》を向《む》ける者《もの》はない。応《おう》が去《さ》って、しばらく来《こ》ない間《あいだ》を窺《うかが》って、老若男女《ろうにゃくなんにょ》は我勝《われが》ちに散策《さんさく》や野遊《のあそ》びに繰《く》り出《だ》すのだ。

そうはいっても、応《おう》がまったく姿《すがた》を現《あら》わさないときでさえ、嫌悪《けんお》すべき蛇《へび》食《く》いを思《おも》い出《だ》させて、せっかくの愉快《ゆかい》も打《う》ち消《け》され、憂《う》さ晴《ば》らしの酒《さけ》の酔《よ》いも醒《さ》めてしまうのは、それぞれの者《もの》が連《つ》れて行《い》く子供《こども》たちの唱歌《しょうか》ゆえである。

かれらが草《くさ》を摘《つ》みながら歌《うた》うのを聞《き》けば、

拾《ひろ》おう、拾《ひろ》おう、豆拾《まめひろ》おう、
鬼《おに》の来《こ》ぬ間《ま》に豆拾《まめひろ》おう。

年寄《としよ》りは眉《まゆ》をひそめ、大人《おとな》たちは腕組《うでぐ》みして、「ああ、子供《こども》らよ、縁起《えんぎ》でもない。止《や》めなさい、止《や》めなさい、どうしてめでたい『君《きみ》が代《よ》』でも歌《うた》おうとしないのか！」などと小言《こごと》を口《くち》にされるけれど、拾《ひろ》わにゃならぬ、いんまの間《ま》（いない間《ま》に）。

このように口《くち》ごたえしては、またしても、

拾《ひろ》おう、拾《ひろ》おう、豆拾《まめひろ》おう、
　鬼《おに》の来《こ》ぬ間《ま》に豆拾《まめひろ》おう。

と、唱《とな》えだす歌《うた》の節《ふし》は、泣《な》くように、怨《うら》むように、応《おう》がやって来《き》て市街《しがい》を横行《おうこう》するときはいつも、例《れい》の童謡《どうよう》が東西《とうざい》に湧《わ》き起《お》こり、南北《なんぼく》に相応《あいおう》じて、言語道断《ごんごどうだん》な不快《ふかい》と嫌悪《けんお》の念《ねん》を呼《よ》び起《お》こすので、耳《みみ》をふさがぬ市民《しみん》はなかった。

この童謡《どうよう》は応《おう》が初《はじ》めて来《き》た少《すこ》し前《まえ》から、どこから伝《つた》えられたとも分《わ》からないままに流行《りゅうこう》したもので、それ以来《いらい》、父母《ふぼ》や兄姉《きょうだい》が、だましたりなだめたりして止《や》めさせようとしても、子供《こども》らは頑固《がんこ》に、少《すこ》しも言《い》うことをきかなかった。

都会《とかい》の皆《みな》さん、もしもこの事《こと》を疑《うたが》うのであれば、どうか、ただちにおいでください。上野発《うえのはつ》の汽車《きしゃ》で終点《しゅうてん》の駅《えき》に着《つ》いたら、碓氷峠《うすいとうげ》を馬車《ばしゃ》で揺《ゆ》られ、ふたたび汽車《きしゃ》に乗《の》って直江津《なおえつ》に到着《とうちゃく》、海路《かいろ》を一直《いっちょく》線《せん》に伏木《ふしき》の港《みなと》に至《いた》れば、人力車《じんりきしゃ》の代金十銭《だいきんじゅっせん》で富山《とやま》に向《む》かい、四十物町《あいものちょう》（富山市内《とやましない》の町名《ちょうめい》）を通《とお》り抜《ぬ》けて、町《まち》はずれの森《もり》を抜《ぬ》ければ、満々《まんまん》と流《なが》れる大河《たいが》とともに遠《とお》くまで広《ひろ》がる原野《げんや》を目《め》にするだろう。そこに髪《かみ》を長《なが》く伸《の》ばして破《や》れ衣《ごろも》をまとった怪物《かいぶつ》の姿《すがた》を見《み》かけたら、一刻《いっこく》も早《はや》く引《ひ》き返《かえ》しなさい。もし幸《さいわ》いにも市民《しみん》に会《あ》ったなら、近寄《ちかよ》って小《ちい》さな声《こえ》で「応《おう》は？」と聞《き》いてみなさい。相手《あいて》が顔色《かおいろ》を変《か》えるのが、言葉《ことば》より先《さき》の答《こた》えとなるにちがいない。

無邪気《むじゃき》な幼童《ようどう》は、天使《てんし》だといわれるではないか。まことに、前《まえ》は童謡《どうよう》が始《はじ》まると、ひと月《つき》も経《た》たないうちに応《おう》がやって来《き》たのだ。けれども今《いま》は、この歌《うた》が聞《き》こえることはごく稀《まれ》になって、もっと奇異《きい》な歌《うた》が、

屋敷田畝《やしきたんぼ》に光《ひか》る物《もの》ァ何《なん》じゃ、
　虫《むし》か、蛍《ほたる》か、蛍《ほたる》の虫《むし》か、
虫《むし》でないのじゃ、目《め》の玉《たま》じゃ。

近《ちか》ごろは至《いた》る処《ところ》の町角《まちかど》で、この歌声《うたごえ》を耳《みみ》にする。目《め》の玉《たま》、目《め》の玉《たま》！　光《ひか》り輝《かがや》く明星《みょうじょう》のような目《め》の玉《たま》の持《も》ち主《ぬし》である、応《おう》の巨魁《きょかい》（親玉《おやだま》、ラスボス）が出現《しゅつげん》する機《き》がいよいよ近《ちか》づいたので、天帝《てんてい》がその使者《ししゃ》の口《くち》を借《か》りて、予言《よげん》しているのでもあろうか。

（東雅夫訳《ひがしまさおやく》）

編者解説《へんじゃかいせつ》

東《ひがし》　雅夫《まさお》

最近《さいきん》、アニメや漫画《まんが》、ゲームの世界《せかい》で、「文豪《ぶんごう》」という言葉《ことば》を見《み》たり聞《き》いたりする機会《きかい》が増《ふ》えました。理由《りゆう》は明々白々《めいめいはくはく》――『文豪《ぶんごう》ストレイドッグス』『月《つき》に吠《ほ》えらんねえ』『文豪《ぶんごう》とアルケミスト』等々《とうとう》、近現代日本《きんげんだいにほん》の文豪《ぶんごう》たちが個性《こせい》ゆたかなキャラクターとして活躍《かつやく》する作品《さくひん》が、人気《にんき》を博《はく》しているからです。

つい先日《せんじつ》も、東京《とうきょう》・池袋《いけぶくろ》のサンシャインシティに所用《しょよう》（蒲田《かまた》くんパフェに関《かん》する調査研究《ちょうさけんきゅう》）で出向《でむ》いたところ、映画館《えいがかん》やゲームセンターが軒《のき》を連《つら》ねて、いつもにぎやかなサンシャイン通《どお》りの外灯《がいとう》に、『文豪《ぶんごう》ストレイドッグス』の主要《しゅよう》キャラクターたちの幟《のぼり》がズラリと掲《かか》げられていて、思《おも》わず「ほう」と吐息《といき》が漏《も》れました。

仕事《しごと》がらみでよくおじゃまする金沢《かなざわ》の石川近代文学館《いしかわきんだいぶんがくかん》で開催《かいさい》された『月《つき》に吠《ほ》えらんねえ』

の原画展《げんがてん》にも、全国《ぜんこく》から多《おお》くのファンが詰《つ》めかけ、異様《いよう》な熱気《ねっき》が充満《じゅうまん》していました。もともと金沢《かなざわ》は、『月吠《つきほ》え』のメイン・キャラクターのひとりである室生犀星《むろうさいせい》に加《くわ》えて、泉鏡花《いずみきょうか》と徳田秋聲《とくだしゅうせい》という三文豪《さんぶんごう》の故郷《こきょう》としても有名《ゆうめい》な文豪濃度《ぶんごうのうど》の高《たか》い土地柄《とちがら》なので、相乗効果《そうじょうこうか》もただならぬものがあったようです。同《おな》じく金沢《かなざわ》にある泉鏡花記念館《いずみきょうかきねんかん》を訪《おとず》れたお嬢《じょう》さんたちが、『文《ぶん》スト』の鏡花《きょうか》ちゃんが実《じつ》は男性《だんせい》であることを知《し》って愕然《がくぜん》とする……などという虚実《きょじつ》さだかならぬ噂《うわさ》もありました。

かれこれ十年近《じゅうねんちか》く、アンソロジストとして〈文豪怪談傑作選《ぶんごうかいだんけっさくせん》〉（ちくま文庫《ぶんこ》）や〈文豪《ぶんごう》怪異小品集《かいいしょうひんしゅう》〉（平凡社《へいぼんしゃ》ライブラリー）などを手《て》がけてきた私《わたし》にとっては、嬉《うれ》しくもあり、なんだか気恥《きは》ずかしくもあるような毎日《まいにち》が続《つづ》いております。

さて、十代《じゅうだい》の皆《みな》さんを対象《たいしょう》に、そんな文豪《ぶんごう》たちが書《か》き残《のこ》した怪談作品《かいだんさくひん》の魅力《みりょく》を伝《つた》えるべくスタートしたアンソロジー・シリーズ〈文豪《ぶんごう》ノ怪談《かいだん》ジュニア・セレクション〉。

二巻目《にかんめ》となる本書《ほんしょ》のテーマは「獣《けもの》」です。虎《とら》に始《はじ》まり、牛《うし》、馬《うま》、兎《うさぎ》、狸《たぬき》、象《ぞう》、猫《ねこ》、蝙蝠《こうもり》、山猫《やまねこ》……身近《みぢか》な小動物《しょうどうぶつ》や家畜《かちく》から、日本《にほん》には棲息《せいそく》していない大型《おおがた》の野生動物《やせいどうぶつ》まで、さまざまなケモノとわれわれヒトにまつわる妖《あや》しくも不思議《ふしぎ》な物語《ものがたり》を蒐《あつ》めてみました。

ちなみに巻頭《かんとう》に据《す》えた「**山月記**《さんげつき》」の作者《さくしゃ》・**中島敦**《なかじまあつし》は、『文豪《ぶんごう》ストレイドッグス』のキイパースンでもありますが、作中《さくちゅう》で彼《かれ》が所属《しょぞく》することになる「武装探偵社《ぶそうたんていしゃ》」の**太宰治**《だざいおさむ》や**与謝《よさ》野晶子《のあきこ》**、**宮沢賢治**《みやざわけんじ》、**泉鏡花**《いずみきょうか》、かれらと敵対《てきたい》する「ポートマフィア」の**芥川龍之介**《あくたがわりゅうのすけ》や**梶井《かじい》基次郎《もとじろう》**、「内務省異能特務課《ないむしょういのうとくむか》」の**坂口安吾**《さかぐちあんご》……と、本巻《ほんかん》にはなぜか『文《ぶん》スト』でおなじみの文豪《ぶんごう》たちが集結《しゅうけつ》する結果《けっか》となりました。

偶然《ぐうぜん》といえば偶然《ぐうぜん》なのですが、一方《いっぽう》で、ある種《しゅ》の必然《ひつぜん》をも感《かん》じざるをえません。

なぜなら、巻頭《かんとう》の「山月記《さんげつき》」に顕著《けんちょ》なとおり、本巻《ほんかん》のテーマは、われわれ人間《にんげん》の内《うち》なる獣性《じゅうせい》に直結《ちょっけつ》しており、それはとりもなおさず、『文《ぶん》スト』のキャラクターそれぞれが有《ゆう》する「異能《いのう》」（超常現象《ちょうじょうげんしょう》を惹起《じゃっき》する特殊能力《とくしゅのうりょく》）と決《けっ》して無縁《むえん》ではないからです。

ところで「山月記《さんげつき》」は、高校《こうこう》の国語教科書《こくごきょうかしょ》に採用《さいよう》される頻度《ひんど》が非常《ひじょう》に高《たか》い作品《さくひん》としても知《し》られています。皆《みな》さんの中《なか》にも、すでに授業《じゅぎょう》でお読《よ》みになった方《かた》がいるかと思《おも》います。

もちろん私《わたし》も（すでに半世紀近《はんせいきちか》い昔《むかし》で、うろ覚《おぼ》えではありますが）教室《きょうしつ》で、この作品《さくひん》と再会《さいかい》しました。「山月記《さんげつき》」自体《じたい》は同《おな》じ〈古譚《こたん》〉連作《れんさく》の「文字禍《もじか》」や「木乃伊《みいら》」（どちらも古《こ》代《だい》オリエントを舞台《ぶたい》にした怪談文芸《かいだんぶんげい》の逸品《いっぴん》です）と共《とも》に、すでに中学時代《ちゅうがくじだい》に読《よ》んでいたのですが、高校《こうこう》の国語《こくご》の先生《せんせい》は熱心《ねっしん》な方《かた》で、中島敦《なかじまあつし》が下敷《したじ》きにした中国《ちゅうごく》の伝奇小説《でんきしょうせつ》「人虎《じんこ》伝《でん》」を紹介《しょうかい》するプリントなども配布《はいふ》してくださり、こちらは初《はじ》めて接《せっ》して、原典《げんてん》との共通《きょうつう》点《てん》や相違点《そういてん》にたいそう興味《きょうみ》をかきたてられました。

特《とく》に印象的《いんしょうてき》だったのが、原典《げんてん》にあって「山月記《さんげつき》」にはない、次《つぎ》の一節《いっせつ》です。

一日婦人《いちにちふじん》あり山下《さんか》より過《す》ぐ。時正《ときまさ》に餒迫《うえせま》る。徘徊《はいかい》すること数四《すうし》、自《みずか》ら禁《きん》ずる能《あた》はず。遂《つひ》に取《と》りて食《くら》ふ。殊《こと》に甘美《かんび》なるを覚《おぼ》ゆ。今其首飾尚《いまそのかんざしな》ほ巌石《がんせき》の下《もと》に在《あ》り。

（ある日《ひ》、ひとりの婦人《ふじん》が山中《さんちゅう》を通《とお》りすぎようとした。そのとき俺《おれ》は、まさに空腹《くうふく》が我《が》慢《まん》の限界《げんかい》に達《たっ》していた。何度《なんど》かためらったものの、とうとう堪《た》えきれず、婦人《ふじん》に襲《おそ》いかかり喰《く》ってしまった。はじめて口《くち》にした人肉《じんにく》は、ことのほか甘美《かんび》な味《あじ》がした。そのとき婦人《ふじん》が身《み》につけていた装身具《そうしんぐ》は、いまも殺害現場《さつがいげんば》の岩《いわ》の下《した》にある。）

とりわけ末尾《まつび》の「今其首飾尚《いまそのかんざしな》ほ巌石《がんせき》の下《もと》に在《あ》り」という一文《いちぶん》は、無惨《むざん》で猟奇的《りょうきてき》な殺害現《さつがいげん》場《ば》をまざまざと髣髴《ほうふつ》させて、忘《わす》れがたいものがありました。「山月記《さんげつき》」では、虎《とら》になった李徴《りちょう》が殺害《さつがい》して血《ち》の味《あじ》を覚《おぼ》える生《い》き物《もの》は、人間《にんげん》ではなく兎《うさぎ》に変《か》えられているわけですが、高校《こうこう》の先生《せんせい》は、そうした相違点《そういてん》については（まあ、当然《とうぜん》ではありますが）あっさりスルーされてしまい、なんだか肩《かた》すかしを喰《く》ったように物足《ものた》りなく感《かん》じたことを思《おも》い出《だ》します。「人虎伝《じんこでん》」に限《かぎ》らず、中国《ちゅうごく》の志怪《しかい》・伝奇小説《でんきしょうせつ》（志怪《しかい》は「怪異《かいい》を志《しる》す」、伝奇《でんき》は「奇異《きい》を伝《つた》える」の意味《いみ》）には、人間《にんげん》が虎《とら》の皮《かわ》を身《み》にまとうなどして本《ほん》物《もの》の虎《とら》に変身《へんしん》する物語《ものがたり》が少《すく》なくありません。なかでも六朝時代《りくちょうじだい》の志怪書《しかいしょ》『斉諧記《せいかいき》』に見《み》える「師道宣《しどうせん》」（邦訳題名《ほうやくだいめい》は「虎《とら》になった男《おとこ》」）という短《みじか》い話《はなし》は、「人虎伝《じんこでん》」と相通《あいつう》ずる点《てん》が多《おお》くて注目《ちゅうもく》に値《あたい》します。その前半部分《ぜんはんぶぶん》を引用《いんよう》してみましょう。

晉《しん》の太元元年《たいげんがんねん》のことである。江夏郡《こうかぐん》の安陸県《あんりくけん》（湖北省《こほくしょう》）に師道宣《しどうせん》という人《ひと》があった。

年《とし》は二十二《にじゅうに》で、子供《こども》のころから頭《あたま》がよかったのだが、ふと流行病《はやりやまい》にかかり、それがなおったときには気《き》が違《ちが》って、どう治療《ちりょう》してみてもなおらない。それからは身《み》なりにもしまりがないまま狂《くる》いまわることがますます激《はげ》しくなって、不意《ふい》に姿《すがた》をくらましたまま、虎《とら》になってしまった。

それから食《く》った人《ひと》の数《かず》は、数《かぞ》えきれないほどである。のちには桑《くわ》の木《き》の下《した》で芽《め》をつんでいた娘《むすめ》のあったのをつかまえて、食《た》べてしまった。そしてかんざしや腕輪《うでわ》は山中《さんちゅう》の岩《いわ》かげに隠《かく》しておいた。あとからまた人間《にんげん》の姿《すがた》に返《かえ》ったが、隠《かく》したところをおぼえていて、自分《じぶん》のものにしてしまったのである。（以下略《いかりゃく》）

（平凡社版《へいぼんしゃばん》『中国古典文学全集《ちゅうごくこてんぶんがくぜんしゅう》6　六朝《りくちょう》・唐《とう》・宋小説選《そうしょうせつせん》』前野直彬編訳《まえのなおあきへんやく》）

人間《にんげん》に戻《もど》れた道宣《どうせん》は都《みやこ》で仕官《しかん》したものの、うっかり虎《とら》であったときの体験《たいけん》を同僚《どうりょう》に打《う》ち明《あ》けたことから、捕《とら》えられて獄死《ごくし》するという結末《けつまつ》で、そこは後代《こうだい》の「人虎伝《じんこでん》」や「山月記《さんげつき》」とは異《こと》なるものの、右《みぎ》に引《ひ》いたくだりのディテール描写《びょうしゃ》には、偶然《ぐうぜん》とは思《おも》えない一致《いっち》点《てん》が認《みと》められます。ひとつの説話《せつわ》が、さまざまに形《かたち》を変《か》えながら、後《のち》の世《よ》へと受《う》け継《つ》がれ、さらには海《うみ》を越《こ》えて、日本《にほん》の怪談文芸作品《かいだんぶんげいさくひん》にまで流《なが》れ入《い》る……これは決《けっ》して珍《めずら》しいことではありません。なにしろ、近世最初《きんせいさいしょ》の怪談小説集《かいだんしょうせつしゅう》として知《し》られている浅井了意《あさいりょうい》の仮名《かな》草子《ぞうし》『伽婢子《おとぎぼうこ》』（一六六六）からして、『剪燈新話《せんとうしんわ》』（一三七八年頃成立《ねんごろせいりつ》）などの中国産怪奇《ちゅうごくさんかいき》小説《しょうせつ》を、日本風《にほんふう》に翻案《ほんあん》した作品《さくひん》なのですから。

本巻《ほんかん》に収《おさ》めた**芥川龍之介《あくたがわりゅうのすけ》**「**馬《うま》の脚《あし》**」と**坂口安吾《さかぐちあんご》**「**閑山《かんざん》**」も、やはりそのルーツをたどると中国《ちゅうごく》の説話文学《せつわぶんがく》に行《い》き着《つ》く作品《さくひん》です。どちらも、あの文豪《ぶんごう》がこんなブッ飛《と》んだ話《はなし》を！と驚《おどろ》かれそうな過激《かげき》で奇想天外《きそうてんがい》な内容《ないよう》ですね。

冥府《めいふ》の役人《やくにん》が、死《し》ぬべき運命《うんめい》の人物《じんぶつ》と取《と》り違《ちが》えて別人《べつじん》を連《つ》れてきたために起《お》こる珍騒動《ちんそうどう》は、実《じつ》にさまざまな説話《せつわ》に語《かた》られていて、日本《にほん》でも王朝時代《おうちょうじだい》から多《おお》くの類話《るいわ》が存在《そんざい》します。龍之介《りゅうのすけ》は『再生記《さいせいき》』所収《しょしゅう》の「士人甲《しじんこう》」などに拠《よ》りつつ、日本企業《にほんきぎょう》の北京支社《ペキンししゃ》に勤《つと》める平凡《へいぼん》な商社《しょうしゃ》マンという、現代《げんだい》でも通用《つうよう》しそうな設定《せってい》のもと、馬《うま》の脚《あし》を装着《そうちゃく》されてしまった男《おとこ》とその妻《つま》が見舞《みま》われる悲喜劇《ひきげき》を、諷刺味《ふうしみ》たっぷりに活写《かっしゃ》しています。

一方《いっぽう》、本文《ほんもん》の註釈《ちゅうしゃく》に詳《くわ》しく記《しる》したように、「閑山《かんざん》」の冒頭部分《ぼうとうぶぶん》には、江戸期《えどき》の怪談本《かいだんぼん》『一夜船《ひとよぶね》』や『百物語評判《ひゃくものがたりひょうばん》』に収《おさ》められている化狸《ばけだぬき》と文人《ぶんじん》のエピソードが、ほぼそのままの形《かたち》で用《もち》いられています。これもまた、中国明代《ちゅうごくみんだい》の『皇明通紀《こうめいつうぎ》』（宋代《そうだい》の『異聞総録《いぶんそうろく》』に載《の》る類話《るいわ》を出典《しゅってん》とする説《せつ》もあり）が典拠《てんきょ》であると『百物語評判《ひゃくものがたりひょうばん》』には記《しる》されているのです。とはいえ中盤《ちゅうばん》からの抱腹絶倒《ほうふくぜっとう》な展開《てんかい》は安吾《あんご》ならではのものであり、そこには故郷《こきょう》・新潟《にいがた》の妖怪伝承《ようかいでんしょう》なども見《み》え隠《かく》れしているように思《おも》われます。ちなみに「馬《うま》の脚《あし》」と「閑山《かんざん》」そして「山月記《さんげつき》」は、ケモノとヒトとの葛藤《かっとう》・相克《そうこく》の果《は》て、余情纏綿《よじょうてんめん》たる幕切《まくぎ》れをむかえる点《てん》でも、美事《みごと》に軌《き》を一《いつ》にしていることを指摘《してき》しておきましょう。

右《みぎ》の三作品《さんさくひん》は、文中《ぶんちゅう》に漢語《かんご》や漢詩《かんし》が頻出《ひんしゅつ》している点《てん》でも軌《き》を一《いつ》にしていますが、本書《ほんしょ》では、ルビ（よみがな）や大意《たいい》を活用《かつよう》することで、出来《でき》るかぎり、文意《ぶんい》を取《と》りやすいように工夫《くふう》をしてみました。最初《さいしょ》はとっつきにくいでしょうが、あまり細部《さいぶ》を気《き》にせず、ストーリーを愉《たの》しんでいただけたらと思《おも》います。昔《むかし》、武家《ぶけ》の子弟《してい》は、幼《おさな》いころから『論語《ろんご》』などの素読《そどく》を、有無《うむ》をいわせずやらされました。祖父《そふ》や父親《ちちおや》のあとについて、「子《し》、曰《のたま》わく……」などと意味《いみ》も分《わ》からず音読《おんどく》させられるのです。最初《さいしょ》はチンプンカンプンでも、それが日課《にっか》となるうちに、次第《しだい》に漢文《かんぶん》の意味《いみ》も理解《りかい》できるようになったとか。明治期《めいじき》の文豪《ぶんごう》や文化人《ぶんかじん》には、夏目漱石《なつめそうせき》をはじめ立派《りっぱ》な漢詩《かんし》を作《つく》った例《れい》が少《すく》なくありませんが、そうした深《ふか》い教養《きょうよう》が、漢文《かんぶん》の素読《そどく》によって培《つちか》われたことを再認識《さいにんしき》すべきではないでしょうか。

とはいえ、漢字《かんじ》とルビだらけの文章《ぶんしょう》ばかりでは、疲《つか》れてしまいますよね。

そこで本巻《ほんかん》には、**小川未明《おがわみめい》**「**牛女《うしおんな》**」、**与謝野晶子《よさのあきこ》**「**お化《ば》けうさぎ**」、**宮沢賢治《みやざわけんじ》**「**注文《ちゅうもん》の多《おお》い料理店《りょうりてん》**」という三篇《さんぺん》の童話作品《どうわさくひん》も収録《しゅうろく》してあります。ただし童話《どうわ》だからと侮《あなど》ってはいけません。いずれも平明《へいめい》な語《かた》り口《くち》で、ヒトとケモノとの底深《そこぶか》い関《かか》わりを描《えが》いて、ヒヤリとした恐怖《きょうふ》すら味《あじ》わわせる逸品《いっぴん》ぞろいなのですから。

太宰治《だざいおさむ》の「**尼《あま》**」と**梶井基次郎《かじいもとじろう》**の「**交尾《こうび》**」は、作家《さっか》の透徹《とうてつ》したまなざしが、卑近《ひきん》な日常《にちじょう》の真只中《まっただなか》に、いきなり壮大《そうだい》な幻視《げんし》の光景《こうけい》を出現《しゅつげん》させるという、幻燈魔術《げんとうまじゅつ》のような作品《さくひん》です。文豪《ぶんごう》たちが「言霊《ことだま》」という異能《いのう》の遣《つか》い手《て》であり、幻視者《げんししゃ》でもあることを、これら両作品《りょうさくひん》は実感《じっかん》させてくれるに違《ちが》いありません。

巻末《かんまつ》の「幻妖《げんよう》チャレンジ！」——今回《こんかい》は明治期《めいじき》の「文語文《ぶんごぶん》」にアタックです。現代語訳《げんだいごやく》と読《よ》みくらべながら、文語体特有《ぶんごたいとくゆう》のリズミカルな格調《かくちょう》を味《あじ》わってください。

ここでひとつ、大切《たいせつ》なことを付言《ふげん》しておきたいと思《おも》います。野獣《やじゅう》のような乞食集団《こじきしゅうだん》「応《おう》」の跳梁《ちょうりょう》ぶりを描《えが》いた泉鏡花《いずみきょうか》**「蛇くひ」**をはじめとして、本書《ほんしょ》には、今日《こんにち》の人権意識《じんけんいしき》に照《て》らすと不当《ふとう》な身分的《みぶんてき》あるいは身体的差別《しんたいてきさべつ》を被《こうむ》った人《ひと》たちが登場《とうじょう》します。こうした差別《さべつ》は絶対《ぜったい》に容認《ようにん》できないものであることは申《もう》すまでもありません。しかしながら「蛇くひ」をよく読《よ》むと、鏡花《きょうか》はむしろ、差別《さべつ》されたものたちの側《がわ》に共感《きょうかん》し肩入《かたい》れして、自作《じさく》を書《か》いていることに気《き》がつくでしょう。「応《おう》」が食物《しょくもつ》を要求《ようきゅう》するのは金持《かねも》ちや権力者《けんりょくしゃ》の家《いえ》だけで、貧《まず》しい人《ひと》たちに手出《てだ》しはしません。暴力《ぼうりょく》に訴《うった》えることもしません。ゴミはきちんと始末《しまつ》して立《た》ち去《さ》ります。だからこそ純真《じゅんしん》な子供《こども》たちは、「応《おう》」の唄《うた》を好《この》んで口《くち》ずさむのでしょう。

本当《ほんとう》の野獣《やじゅう》は、心《こころ》にケダモノを飼《か》っているのは、果《は》たしてどちらの側《がわ》なのか——こうしたことを深《ふか》く考《かんが》えさせてくれるのも、文学作品《ぶんがくさくひん》の大切《たいせつ》な役割《やくわり》であると思《おも》います。

二〇一六年《ねん》十一月《がつ》

著者《ちょしゃ》プロフィール（収録順《しゅうろくじゅん》）

中島《なかじま》敦《あつし》

（一九〇九〜一九四二）小説家《しょうせつか》。東京《とうきょう》生《う》まれ。東京帝《とうきょうてい》国大学国文科卒《こくだいがくこくぶんかそつ》。持病《じびょう》の喘息《ぜんそく》と闘《たたか》いながら執筆《しっぴつ》を続《つづ》け、一九三四年《ねん》『虎狩《とらがり》』が雑誌《ざっし》の新人特集号《しんじんとくしゅうごう》の佳作《かさく》に入《はい》る。一九四一年《ねん》、南洋庁国語教科書編集書記《なんようちょうこくごきょうかしょへんしゅうしょき》としてパラオに赴任《ふにん》。翌年《よくとし》、『山月記《さんげつき》』を収《おさ》めた『光《ひかり》と風《かぜ》と夢《ゆめ》』刊行《かんこう》後《ご》に急逝《きゅうせい》。『弟子《でし》』『李陵《りりょう》』などの代表作《だいひょうさく》は死後《しご》に発表《はっぴょう》され、その高《たか》い芸術性《げいじゅつせい》が脚光《きゃっこう》を浴《あ》びた。

小川未明《おがわみめい》

（一八八二〜一九六一）小説家《しょうせつか》、童話作家《どうわさっか》。新潟県生《にいがたけんう》まれ。早稲田大学英文科卒《わせだだいがくえいぶんかそつ》。在学中《ざいがくちゅう》に書《か》いた小説《しょうせつ》『紅雲郷《こううんきょう》』が坪内逍遙《つぼうちしょうよう》に認《みと》められる。大正《たいしょう》デモクラシー時代《じだい》は社会主義運動《しゃかいしゅぎうんどう》に参加《さんか》する一方《いっぽう》、童話《どうわ》を積極的《せっきょくてき》に書《か》くようになり、『赤《あか》い蠟燭《ろうそく》と人魚《にんぎょ》』『金《きん》の輪《わ》』など多《おお》くの童《どう》話《わ》を発表《はっぴょう》した。一九五三年《ねん》には文化功労者《ぶんかこうろうしゃ》に選《えら》ばれた。

芥川龍之介《あくたがわりゅうのすけ》

（一八九二〜一九二七）小説家《しょうせつか》。東京《とうきょう》生《う》まれ。東京帝《とうきょうてい》国大学英文科卒《こくだいがくえいぶんかそつ》。在学中《ざいがくちゅう》から創作《そうさく》を始《はじ》め、短篇《たんぺん》『鼻《はな》』が夏目漱石《なつめそうせき》に認《みと》められる。その後《ご》、王朝《おうちょう》ものの『羅生門《らしょうもん》』『芋粥《いもがゆ》』『藪《やぶ》の中《なか》』、童話《どうわ》『杜子春《とししゅん》』などを次々《つぎつぎ》と発表《はっぴょう》し文壇《ぶんだん》のスターとなる。西欧《せいおう》の短篇小説《たんぺんしょうせつ》の手法《しゅほう》・様式《ようしき》を身《み》につけ、東西《とうざい》の文献資料《ぶんけんしりょう》に材《ざい》をとりながら、自身《じしん》の主《しゅ》題《だい》を見事《みごと》に小説化《しょうせつか》した作品《さくひん》を多数発表《たすうはっぴょう》した。一九二五年《ねん》頃《ごろ》より体調《たいちょう》がすぐれず、「唯《ただ》ぼんやりした不安《ふあん》」のなか、薬物自殺《やくぶつじさつ》。

与謝野晶子《よさのあきこ》

（一八七八〜一九四二）歌人《かじん》・童話作家《どうわさっか》。大阪生《おおさかう》まれ。旧姓鳳《きゅうせいほう》。一九〇〇年《ねん》、十代《だい》から始《はじ》めた短歌《たんか》が「明星《みょうじょう》」に載《の》り、与謝野鉄幹《よさのてっかん》と出会《であ》う。翌年《よくねん》、彼《かれ》との恋《こい》を大胆《だいたん》に歌《うた》った『みだれ髪《がみ》』を刊行《かんこう》し、大評判《だいひょうばん》となった。以後《いご》「情熱《じょうねつ》の歌人《かじん》」と呼《よ》ばれ多《おお》くの歌集《かしゅう》を刊行《かんこう》。戦地《せんち》にいた弟《おとうと》にあてた詩《し》『君死《きみし》にたまふこと勿《なか》れ』や初《はつ》の『源氏《げんじ》物語《ものがたり》』現代語訳《げんだいごやく》など、活発《かっぱつ》な執筆活動《しっぴつかつどう》を続《つづ》けた。鉄幹《てっかん》とは『みだれ髪《がみ》』発刊直後《はっかんちょくご》に結婚《けっこん》、十二人《にん》の子《こ》をもうけた。

坂口安吾《さかぐちあんご》

（一九〇六〜一九五五）小説家《しょうせつか》、評論家《ひょうろんか》。新潟県《にいがたけん》生《う》まれ。東洋大学文学部印度哲学倫理学科卒業後《とうようだいがくぶんがくぶいんどてつがくりんりがっかそつぎょうご》、同人誌《どうじんし》「言葉《ことば》」を創刊《そうかん》。一九三一年《ねん》に発表《はっぴょう》した短篇《たんぺん》『風博士《かぜはかせ》』が牧野信一《まきのしんいち》に認《みと》められ、新進作家《しんしんさっか》として脚光《きゃっこう》を浴《あ》びる。戦後《せんご》、評論《ひょうろん》『堕落論《だらくろん》』、小説《しょうせつ》『白痴《はくち》』などで旧来《きゅうらい》の道徳《どうとく》に縛《しば》られない新《あたら》しい文学《ぶんがく》の旗手《きしゅ》となった。純文学《じゅんぶんがく》のみならず、歴史小説《れきししょうせつ》や推理小説《すいりしょうせつ》も多数発表《たすうはっぴょう》するなど多彩《たさい》な執筆活動《しっぴつかつどう》を展開《てんかい》した。

太宰治《だざいおさむ》

（一九〇九〜一九四八）小説家《しょうせつか》。青森県《あおもりけん》生《う》まれ。東京《とうきょう》帝国大学仏文科中退《ていこくだいがくふつぶんかちゅうたい》。在学中《ざいがくちゅう》、非合法運動《ひごうほううんどう》に関係《かんけい》するが、脱落《だつらく》。酒場《さかば》の女性《じょせい》と鎌倉《かまくら》で心中《しんじゅう》をはかり、ひとり助《たす》かる。一九三五年《ねん》、『逆行《ぎゃっこう》』が、第一回芥川賞《だいいっかいあくたがわしょう》の次席《じせき》となり、翌年《よくねん》、第一創作集《だいいちそうさくしゅう》『晩年《ばんねん》』を刊行《かんこう》。この頃《ころ》、薬物《やくぶつ》中毒《ちゅうどく》で苦《くる》しむ。一九三九年《ねん》、井伏鱒二《いぶせますじ》の世話《せわ》で石原美知子《いしはらみちこ》と結婚《けっこん》、平静《へいせい》をえて『富嶽百景《ふがくひゃっけい》』など芸術的《げいじゅつてき》に優《すぐ》れた傑作《けっさく》を多数発表《たすうはっぴょう》する。戦後《せんご》、『斜陽《しゃよう》』などで流行作家《りゅうこうさっか》となるが、山崎富栄《やまざきとみえ》と玉川上水《たまかわじょうすい》で入水自殺《じゅすいじさつ》。代表作《だいひょうさく》に『走《はし》れメロス』『人間失格《にんげんしっかく》』など。

梶井基次郎《かじいもとじろう》

（一九〇一〜一九三二）小説家《しょうせつか》。大阪《おおさか》生《う》まれ。一九二四年《ねん》、東京帝国大学英文科《とうきょうていこくだいがくえいぶんか》に入学《にゅうがく》。同人誌《どうじんし》「青空《あおぞら》」で積極的《せっきょくてき》に活動《かつどう》するが、肺結核《はいけっかく》が悪化《あっか》し卒業《そつぎょう》はかなわなかった。療養《りょうよう》のため訪《おとず》れた伊豆《いず》の湯ケ島温泉《ゆがしまおんせん》で川端康成《かわばたやすなり》、広津和郎《ひろつかずお》らと交流《こうりゅう》し創作《そうさく》を続《つづ》けた。しかし病《やまい》は次第《しだい》に重《おも》くなり、初《はじ》めての創作集《そうさくしゅう》『檸檬《れもん》』刊行《かんこう》の翌年《よくねん》、郷里大阪《きょうりおおさか》にて逝去《せいきょ》。

宮沢賢治《みやざわけんじ》

（一八九六〜一九三三）詩人《しじん》、童話作家《どうわさっか》。岩手県《いわてけん》生《う》まれ。

盛岡高等農林学校卒《もりおかこうとうのうりんがっこうそつ》。日蓮宗《にちれんしゅう》を信仰《しんこう》した。一九二一年《ねん》から五年間《ねんかん》、花巻農学校《はなまきのうがっこう》で教鞭《きょうべん》をとる。教《おし》え子《ご》との交流《こうりゅう》を通《つう》じ岩手県《いわてけん》の現実《げんじつ》を知《し》り、農民《のうみん》の生活向上《せいかつこうじょう》をめざして羅《ら》須地人協会《すちじんきょうかい》を設立《せつりつ》。農業《のうぎょう》技術指導《ぎじゅつしどう》、文化活動《ぶんかかつどう》などに着《ちゃく》手《しゅ》するが、理想《りそう》かなわぬまま過労《かろう》で肺結核《はいけっかく》が悪化《あっか》。最後《さいご》の五年間《ねんかん》は病床《びょうしょう》で、童話《どうわ》の創作《そうさく》や改稿《かいこう》を進《すす》めた。著作《ちょさく》に詩集《ししゅう》『春《はる》と修羅《しゅら》』、童話集《どうわしゅう》『注文《ちゅうもん》の多《おお》い料理店《りょうりてん》』など。

泉鏡花《いずみきょうか》

（一八七三～一九三九）小説家《しょうせつか》。石川県金沢生《いしかわけんかなざわう》まれ。北《ほく》陸英和学校中退《りくえいわがっこうちゅうたい》。一八九一年《ねん》より尾崎紅葉《おざきこうよう》に弟子入《でしい》り。一八九五年発表《ねんはっぴょう》の『夜行巡査《やこうじゅんさ》』『外科室《げかしつ》』で新進作家《しんしんさっか》としての地位《ちい》を確立《かくりつ》。以後《いご》、『照葉狂言《てりはきょうげん》』、『高野聖《こうやひじり》』、『婦《おんな》系図《けいず》』など、江戸文芸《えどぶんげい》の影響《えいきょう》を受《う》けた浪漫的《ろうまんてき》・神秘的《しんぴてき》な作品《さくひん》を多数発表《たすうはっぴょう》し、独自《どくじ》の幻想文学《げんそうぶんがく》の境地《きょうち》を開《ひら》いた。

底本一覧

中島敦「山月記」『中島敦全集 第一巻』筑摩書房
小川未明「牛女」『定本 小川未明童話全集1』講談社
芥川龍之介「馬の脚」『芥川龍之介全集5』ちくま文庫
与謝野晶子「お化うさぎ」『与謝野晶子児童文学全集② 童話篇』春陽堂書店
坂口安吾「閑山」『坂口安吾全集02』筑摩書房
太宰治「尼」『太宰治全集1』ちくま文庫
梶井基次郎「交尾」『梶井基次郎全集 全一巻』ちくま文庫
宮沢賢治「注文の多い料理店」『新校本 宮澤賢治全集 第12巻』筑摩書房
泉鏡花「蛇くひ」『鏡花全集 巻四』岩波書店

＊本シリーズでは、原文を尊重しつつ、十代の読者にとって少しでも読みやすいよう、文字表記をあらためました。
●右記の各書を底本とし、新漢字、現代仮名づかいにあらためました。ただし『蛇くひ』については例外的に旧仮名づかいのままとしました。
●ふりがなは、すべての漢字に付けています。原則として底本などに付けられているふりがなは、そのまま生かし、それ以外の漢字には編集部の判断でふりがなを付しました。
●代名詞、副詞、接続詞、補助動詞などで、仮名にあらためても原文を損なうおそれが少ないと思われるものは、仮名にしました。
●作品の一部に、今日の人権意識に照らして不当・不適切と思われる表現・語句がふくまれていますが、発表当時の時代的背景と作品の文学的価値に鑑み、原文を尊重する立場からそのままにしました。

東雅夫（ひがし・まさお）
一九五八年、神奈川県生まれ。アンソロジスト、文芸評論家。元「幻想文学」編集長で、現在は怪談専門誌「幽」編集顧問。『遠野物語と怪談の時代』で日本推理作家協会賞を受賞。著書に『百物語の怪談史』『文学の極意は怪談である』、編纂書にちくま文庫版『文豪怪談傑作選』、平凡社ライブラリー版『文豪怪異小品集』ほか多数、監修書に岩崎書店版『怪談えほん』ほかがある。

中川学（なかがわ・がく）
イラストレーター、僧侶。一九六六年生まれ。京都の浄土宗禅林派瑞泉寺住職。お寺をアトリエに描きだす〝和ポップ〟なイラストレーションは国内外で定評があり、多くの書籍の装画や挿絵に作品を提供している。絵本に『絵本 化鳥』『朱日記』『世界でいちばん貧しい大統領のスピーチ』『夢はどうしてかなわないの？』『えほん遠野物語 やまびと』、装画・挿絵に『とっぴんぱらりの風太郎』など。

装丁－小沼宏之
編集協力・校正－上田宙
編集担当－北浦学

文豪ノ怪談 ジュニア・セレクション
獣 太宰治・宮沢賢治ほか

二〇一六年十二月二十五日 初版第一刷発行
二〇一九年 一 月三十一日 初版第三刷発行

編 東雅夫
絵 中川学

発行者 小安宏幸
発行所 株式会社汐文社
〒102-0071
東京都千代田区富士見1-6-1
TEL 03-6862-5200
FAX 03-6862-5202
http://www.choubunsha.com

印刷 新星社西川印刷株式会社
製本 東京美術紙工協業組合

ISBN978-4-8113-2328-2